El mar y su carroña
Rolfe Mejía

Tercer Puesto
III Concurso Internacional de Novela Contacto Latino

El mar y su carroña
Todos los Derechos de Edición Reservados
©2015, Rolfe Mejía
Portada © 2015, Camila Quevedo
Pukiyari Editores/Colección Kimera

ISBN-10: 1630650390
ISBN-13: 978-1-63065-039-1

PUKIYARI EDITORES
www.pukiyari.com

*"Los malvados se burlan en
público de los hombres de bien,
y en secreto los respetan y envidian".*
—BACON

*"El que nace para ahorcado,
nunca morirá ahogado".*
—T. FULLER

Esta obra está dedicada a
Rubén Mejía Zapata (1973 - 1993),
mi primo.

Índice

Carta para Luis Sortilegio

"*Mierda... ya estábamos trabajando, y si seguía-
mos así, pronto recaudaríamos buena plata. Cham-
beamos donde toda tu vida quisiste hacerlo. Tu padre
nos acomodó en una embarcación gracias a su amigo
fornido del Boris-Boris. Aunque tú, Cutrero forajido,
mal comportado como tu aspecto, jodido, alentador,
feo de cuerpo entero, estabas ganándote el aprecio
del Capitán, de los tripulantes, gracias a tu trabajo,
sabías algo siquiera; y sabías también sacarte al diablo de encima con cualquiera. Desde mozuelo te veía
practicarlo clandestinamente: te adentrabas a la mar
como si ella fuera parte de ti y tú parte de ella. «Éste
es mi mundo, mi sueño», cantidades de veces me lo
repetiste, fuera de tu casa, en el bar, en el burdel. La
escuela te quedó demasiado grande. A los profesores
destacados en las áreas de Ciencias y Letras los viste
como seres sobrenaturales, difíciles de alcanzar. Lenguas largas rodaron el chisme hasta mi cuadra de que
verdaderamente aprendiste a vomitar en el colegio,
no como me lo confiaste, que lo hiciste cuando saliste
millas adentro. Te dieron, comentan, un cuaderno de
caligrafía, y, como hormiguitas desconcertadas, en su
recta caminata, viste las letras. Te dio asco y se te
vino el huayco, buitreaste encima del cuaderno. ¿Tanto sería?* "Todo es engaño, huevón", *me dijiste.* 'Así
hablan pues', *te respondí. De repente mentira, pero la
cosa que este chisme tiene años, y la gente, hasta ahora, se lo viene pasando de lengua en lengua, burlán-*

dose. Advertiste, ya, meses antes, que abandonarías la Gran Unidad Escolar, que te habías cansado de ella. Eso nunca fue contigo sinceramente, pues tu mente se ocupaba de lleno en meterte al trabajo marino. Lo conseguiste, lo lograste, te quedarías en una nave con nombre de mujer a la que yo amaba bastante. Eras nuestro amigo, de todo el barrio; a pesar de que venías de cuadras arriba, te acostumbraste a juntarte con nosotros. Las primeras veces, cuando te evadías, yo creí que solo lo hacías de puro pendejo; como esa era la costumbre de comportarte, di por emularte. Luego no, era cierto, te largabas de a pocos. Te regañaba, te insultaba, procurando que te sintieras mal con eso, que vuelvas avergonzado con tus amigos, pero de qué valió si seguías con la misma vaina. Lo aceptabas sin inmutarte. Primero, lo pasabas por alto, te llegaba; después, se te salieron los demonios y reventaste. Cierta noche calorienta de perdición colegial, en que las botellas giraban, desordenadas; en descubrimiento de nuevas etapas de la vida, me miraste de reojo, y al medirme de insultos, por poco me desmugras. ¿Qué te iba aconsejar? Al final, me llegaste también al sexo, a la punta del prepucio, y desanimaste en mí toda la intención de brindarte mi ayuda. Era una noche agria, sudosa, pero limpia, la última. El licor de cebada, con sabor a sangre; sentía yo como partículas salpicadas se pegaban en mi lengua, se desprendían, se chorreaban por mi laringe... Como lo estaba allá arriba, en ese infinito azul, se salpicaba de estrellas. La golpiza que tuvimos fue porque tú la iniciaste, sacaste el puñete primero. Reconozco que tuve un poco de culpa, no debí mandarme de esa forma con Miguel. Pero el que estiró el brazo creyéndose el macho, fuiste tú, hueveras de mierda. No es que deje de ser tu amigo, si no, desde que llegó Alejandro, es a quien te pegaste más. Ambos lateaban a menudo, y por vivir en el mismo vecindario, no se dejaban casi. Unas personas mayores como nosotros, fíjate. O chiquillos, diré. Yo ya me considero viejo. Tenemos que estar siempre unidos ahora en esta cojudez, como sea, así se nos vaya todo chueco. Serranito, chaparrito llegó el Alejo, ¿cierto? Bajó de la altura correteado a balazos, dice él, asustado por los mismos terroristas. Tantísimas veces que se murió por conocer la costa, llegó a la conclusión que era la misma idiotez quedarse en la serranía como anclarse en Chimbote, en esta ciudad en forma de búmeran. De lo sucedido hoy, de seguro que estará cuesta arriba, enterrado en la chacra, olvidándose de todo; madre, hermanos, a enfrentarse de nuevo a esa irreparable calamidad de la guerrilla. Es que hubo una tremenda explosión en la comisaría del centro. Ya se habrán enterado. Ya lo veo al cholo también. Quedó en escombros el destacamento de la policía; muchos muertos; una irreparable pérdida. (Solo así podría llamársele a esos daños en las alturas, los estragos causados por los senderistas casi en todas las regiones). Del cual este cholo resultó ileso, en dos ocasiones me lo fijó, orínate. Acababa de establecerse cerca de tu casa, por esas cuadras de jirones recortados y verticales. No acostumbrado a su totalidad, se matriculó en el colegio más antiguo y prestigioso de la localidad, orientado por nosotros quienes realizamos nuestros estudios básicos. Tú, no. Aquellos claustros sampedranos, impregnados de humos salmuerosos y requemados por la solana. Terminó realizando tus mismos menesteres, siguió tus pasos y qué más quería que por el buen pago. Miguel y yo de la misma forma, orientado por ti. ¡A cutrear se ha dicho! Las intenciones de seguir estudiando de Alejandro eran claras, y sí respondía el cholo ese. A mí, sin exagerar, me entusiasmó mucho que un recién bajado arribara con más actitudes académicas que un costeño que tiene a disposición colegios a la vuelta de la esquina. En relación a otros, que dando tumbos y en situaciones inhumanas estudian en la serranía peruana. Y no era engaño lo que las estadísticas arrojan en cifras: treinta por ciento de los matriculados no acaban el año lectivo. Todos los cutreros del puerto en el aire de conocimientos, entre ellos tú. Las evadidas, los retiros, la búsqueda del pan del día, ahuecaba más y más el ejército de alumnado. Ahora, gracias a tu enredo, cholo pendejo tomó tu rumbo. Se me distanciaron ambos. Yo le había tomado cariño, los cuatro éramos patas. Pero, no sabes, el cholo solo a mí me narró sus desventuras, de los horrores que vivió en su pueblo y, —yo no le creí— llegué a pensar que este serranito, así, tenía todas las de llevársela como buen cuentista, y que inventaba los episodios con una realidad palpable... ¡Ay!... ¿Regresará al colegio el serranito? Cuando vuelva lo encontraré de regreso, ¿o ya no... ? ¡Ah...! Un fuerte dolor con pena siento calarme la pierna. Luis, era que te mantengas en la línea, no era que hagas caso a las blasfemias borbotadas por el enemigo. No hubiera pasado ni michi, no nos hubiéramos distanciado y seguiríamos chupando como todos los sábados. Cambia ese carácter, hueveras. Tranquilos, sanos, conversando, bailando, gozantes, qué hermoso, ¿no?, si la luna estaba allí, la tierra no se movía de nuestro lado, *ni el mar subido su marejada. Por las puras revives la bronca. ¿O mejor sería así?: desahuevarnos. Si el cholo se te juntó, yo lo hice para el piurano. ¿Quién pudo imaginar que nos saldríamos mechando? Ni por mi cabeza realmente, oye. Siempre conversábamos de noche en la calle, solo los dos, cuando te aburrías de caminar hasta nuestro barrio. Somos causas. Salimos de pescadores unas veces por tu encargo, gracias, antes que el cholo pisase terreno costeño, antes; y gracias, en una bolichera de regular tamaño, de hermosos contornos; gracias por eso. Miguel, el guapo de Miguel, todas las costillas lo querían. Cualquier mocosa, no sé, donde sea; en el colegio, por la calle, las chiquillas le soltaban miradas atractivas, suspiros quejosos, silbaditas alargadas, susurros indiscretos, que le tomaban desprevenido, le hacían volverse. Bien vanidoso el hombre. Sufrían por él las chibolas. Tocaban su puerta, lo llamaban por teléfono, hasta que su madre y hermana se hartaban y les colgaban. Sin mentir, hasta las hembras que chambeaban en Tres Cabezas —ese burdel de Chimbote— le rebajaban la mitad de la tarifa, eso, cuando el lupanar rebalsaba de parroquianos. Te lo afirmo yo. «Las jermas no están contentas hasta que se las coman», se jactaba el pendenciero. «Primero se hacen las difíciles, pero mételes la rata y vas a ver cómo cambian». Recuerdo, poco después de conocernos, en un mes de abril, así como este, cuando el verano terminaba por languidecer y dar paso al otoño, me dijo que tenía suerte con las chiquillas. Que el escozor de sus piernas las ponía incomodas, y fijo que el primero que se lanza pesca, de ley. «Estás loco, si eso lo sabe todo el mundo —lo reprimí y lo ratifiqué—. Si tener una hembra es lo más fácil de mundo». «¿Entonces por qué no tienes en estos momentos?», volvió a insistir. La cosa para mí era tener una chica como su hermana... uy... Me pasé para templado. «Nunca te he visto con jerma, Juan», me jodía. Se lo iba a decir, solo que no encajaba en esos momentos. Nacido yo, como tú, en este puerto, criado a la atmósfera sudorosa, con su agobiante atardecer lánguido, conocíamos de sus trotes y cambios diarios. «Qué pestilencia», me lo reclamó la semana pasada el piurano, antes de pelearnos. Fue la única y última vez que lo hicimos, pues desde que nos tomamos la palabra éramos como familiares. Pero qué familiar. No merecía serlo, en serio. Es que la culpa la tuve yo, la cagué todito. Sabes que no soy un mal tipo. La cosa que no debería entrar donde no encajaba, pero encajé, porque ella así lo quiso. Y nos sacamos la mugre por eso; que ya se la olía además. Al voto del serrano nos dimos, nos repartimos los golpes iguales. Me agarré contigo puctetumadre, porque sacaste cara por él. Me tomaste desprevenido por la espalda, eres un cobarde y oportunista. Sabes cuándo entrarle al contrincante, mañoso. Preferiría el ardor de esos puñetes por la cara, puntapiés, la jalada del boliche, el quemazón del desembarque, la aburrida guardianía, que lo que ahora siento. Es como si un puñal penetrara mi corazón y me lastima, me lastima... Todo porque estaba emperrado de la linda Sofía, su hermana, todo por eso. Quería que se entere, pero no se me pasó por la cabeza que reaccionara intempestuoso. En realidad, aunque no lo creas, ya me la jodía a hurtadillas, solo que lo tenía chitón para mí, porque tú eras otro de los enamorados. Los cuatro: tú, piurano, yo, y el cholo, tuvimos la culpa.*

Hay que ser realistas, aquí nadie se salva. Era evidente que esta bronca iba a suceder, aunque con demora, sucedería. Meses ya, la ocasión no se hizo esperar. Estaba enterado que la borrachera pasada, cuando te reventaron el cráneo, el culpable fuiste tú. Nos trafeaste al piurano y a mí, nos engañaste bravucón, por eso te mandaba indirectas escondidas que te dolieran. Te sorprendieron ultrajando al mariposa, sexo oral le obligabas hacerte, de mañana, cuando la tibia llovizna se apagaba sofocada. Cuando gritaba la maricueca, una tira de fumones corrieron a defenderlo. Allí te notaron y te reconocieron. Aprovecharon, te asaltaron, te desfundaron los bolsillos, encima te reventaron la cabeza de un botellazo. Apenas si tuviste reacción y zafaste depravado, cortándole la pierna a uno de ellos, donde yo lo tengo ahora. Eso no cuentas, imbécil. Ahora, al final, llegó tu oportunidad. Tu sed de venganza no esperaría. Te referiste para los patas de color. ¿Estás seguro que eran ellos? ¿El otro, el que te dio con la botella? Su hermano, ¿seguro? ¿Quién será?, en la oscuridad todos parecen iguales. Hasta que otra vez, la culpa mía, te incité a volver a la perdición. Tu rebeldía cobró vigor, como siempre. Les harías lo mismo que te hicieron, pero creo que se te pasó la mano. Era para apaciguarnos de los insultos que nos mandaban los malandrines... ¿Serían los cafiches aquellos zambos...? Nos hubiéramos cargado con las palabrotas y largado; Miguel tampoco dio por aguantarse; Alejandro queriéndole entrar: pero el licor no calma a nadie de sus actos. Yo devolvía los insultos a chispazos, la gente nos dejó campo como el corral de gallos, la mecha se prendió en todo el perímetro. El serrano Cutrero, contigo, no

supieron medirse, caray. *Parece que nos lo cargamos...* «¡Lo mataron!», *el Laura que se jalaba los
cabellos... Temprano fijo que le cayó la policía.
«¡Asesinos de la madrinansilanparinpanpuctesuma-
dre!», se desquiciaba el Laura, ¿lo viste?, cómo se
puso. Averigua. Perdiste el trabajo, el cholo, todos.
Yo mis ilusiones de estudiar, igual el Miguel. Qué
dirá don Boris-Boris de nosotros, don Bernardo, tan
buenas personas que son. Una simple borrachera, en
dónde estábamos, qué nos sucedió. Por querer dár-
noslo de malos, solo para demostrar al Patrón que
éramos como él, qué cojudez".*

I. EL BAR

La noche era oscura y lúgubre. En la frondosidad del horizonte micramente se divisaba el muelle, oscuro, tenebroso, con la apariencia de un ciempiés gigante reposando con firmeza anclado por sus largas y numerosas patas para defenderse ante el fuerte oleaje del mar. Se le notaba en momentos fugaces por el vaivén de las aguas alborotadas de la noche de invierno; al cual ni todos los lagos, ríos que cubren y se abren a campo traviesa podrían igualársele. Se sentía la llegada de las embarcaciones pesqueras, en fila india, una detrás de otra, subiendo y bajando, con sus bodegas llenas, desbordantes de pescado, en su mayoría sardina y anchoveta. Los pescadores se movían como pequeñas hormigas obreras sobre la cubierta, entre popa y proa, haciendo venias de su arribo, con señales de luces que a la vista de cualquier presente lo pasa como monserga.

El repiqueteo del oleaje comenzó a mojarle y a salpicarle por el nimbo de su sombra cuando el turbión de agua tropezaba con las rocas. Sentado sobre una enorme piedra apreciaba la magnitud del océano, tan amplio, tan inalcanzable, tan quejumbroso. Rocas, de las muchísimas que están apostadas en el litoral, donde es un verdadero criadero de ratas, gatos, perros sarnosos y hambrientos, que por las noches se sienten por todo el malecón sus chillidos y ladridos, su boca brutaba como la de un vagabundo que pulula por las nocturnidades en busca de su ración. Acodado sobre sus muslos, y las manos cogidas de la cabeza, a cada arcada parecía desprendérsele. La frente topa rodillas, cabizbaja, vomitaba por segunda vez. Trataba de arrojar toda la porquería que había ingerido, ayudándose con los dedos, hostigándose la laringe, ya casi estaba sin bilis.

Una mano tosca, como la de un palanero, dedos deformes y gruesos, huella digital borroneada, sintió posarse en su espalda.

—Juan Carlos —le llamó Lucho en forma irónica—. Qué, ¿ya no das?, ¿para eso venimos? ¿Recién medianoche y te emborrachaste? No me vengas con eso ahora, pues. ¿Así te quieres agarrar mano a mano conmigo en la fiesta de tu promoción? Puctesumadre. Aún no se aparecen las hembritas y tú en estas consecuencias, así no vas aguantar ni jodiendo.

—Espera —susurró Juan, parándose medio moribundo, ayudándose del brazo de su amigo—. Ya voy. Déjame echar esta porqueriza y regreso... Ve, ve, no me tardo, apenas un tanto y estoy allá.

—Vamos a seguir echándole. El bar acaba de sopearse, y la música está de la patada —se exaltó, ahora haciendo ademanes de héroe alcohólico, trataba de fingir como si no hubiese pasado nada. *'Bueno, era cierto, solo estábamos bebiendo'*—. Eres pollo. A la puta madre. Párate.

—Aguanta carajo —dijo aturdido Juan Carlos—. Estoy hasta mi culo, huevón. —Le ganaron ráfagas de hipo; abrió la boca y emanó espuma.

—Yo no me muevo de aquí, cojudo —bailoteó en el aire Luis—. Nos regresamos los dos y punto.

Este era su amigo Luis Sortilegio, un espurio de joven. No tanto, pero resentido de la vida. Acechado por el trago, el humo y la perdición. De corta talla apenas, descendiente de una familia membrudezca y carcelaria. Su tez chamuscada, magra, pelo erizado, le daban un aspecto poco sociable.

Desde muy niño se diferenciaba de los demás de sus compañeros porque era el más juguetón. Apenas había terminado la primaria, eso, a duras penas, a gatas. Su madre, la señora Matilde Martínez se hizo famosa en el colegio; anduvo los seis años sobornando a los profesores, tratando de todas maneras que su quinto hijo acabe el colegio. Se ganó a buena honra el apelativo de Burro, pues era el único que sacaba las más bajas calificaciones. Los alumnos, cuando acababan un grado, y el próximo arrancaba el otro, ahí lo encontraban. Sus compañeros no se explicaban y cuchicheaban en su contra a escondidas. Una vez, uno de ellos terminó por decirle sus verdades, lo cual fue motivo para una brega, donde quien resultó recibiendo su merecido fue el acusador. Desde esa fecha que lo vieron echarse a los golpes, terminaron por chuparse, ya no le fastidiarían con ese apodo, no le gustaba.

En la secundaria paraba evadiéndose del glorioso Colegio Nacional San Pedro. A la hora de recreo salía corriendo para la esquina del segundo pabellón que da de frontis a la playa, donde escudriñaba las lanchas que se dirigían para el desembarque, bajaba las escaleras velozmente, corría el patio a grandes trancos y subía el delgado murito de adobe carcomido por el tiempo, por donde su cuerpecito menudo se desvanecía en el inmenso canchón colindante a la playa. En el muelle sacaba una bolsa negra que cargaba siempre en el bolsillo, se desembutía del uniforme quedando en un cortito shorcito huequeado. Remojaba los pieces a la muerte de las olas para sentir qué tan caliente o fría estaba el agua. Si le hacía estremecerse como un saltimbanqui, es porque estaba helada; si le daba ganas de aflojar los huesos, es porque la sentía tibiecita. Lo escondía por unos tubos de fábricas finitas, cerca de la arena, mientras él escogía la columna menos rasposa para subirse con destreza de arácnido. Arriba hurtaba sigiloso, y salía corriendo a confundirse con los demás cutreros directo a las lanchas. Una vez adentro, seleccionaba los pescados más caros, con una aguja gruesa e hilo de nailon les traspasaba las agallas, y salía a venderlos al mercado para ganarse unos reales. Le decían Cutrerito, por esa rutina que llevaba a diario. La agarró de costumbre, le gustó ganarse la vida desde temprana edad. Uno de sus sueños era perderse dentro de esas bolicheras, ver qué había detrás de ese horizonte recto, destrozado por islotes.

Luis le pasó el brazo por el pescuezo:

—Anda Juan, carajo, vamos a seguir chupando. Mira que la noche es corta —se exaltó Lucho, ahora más fuerte, jalándolo del cuello—. Camina, hueveras. Sábado por la noche, hoy tenemos que amanecernos. Levántate de una vez.

—Hemos chupado como mierda —dijo Juan Carlos. La cabeza le daba más vueltas que un trompo—. Me siento una cochinada.

—Métele más trago —orientó Lucho—, para que le cortes la hostiga.

Salieron abrazados, enlazados, tambaleantes, dejando a sus espaldas el espolón, con su ensordecedora bulliciosa a la bravura del mar.

***

Regresaron al *bungalow* semidestruido por los calendarios y la abrasadora brisa. Era una viejaracha casa que carecía de piso; las mesas y sillas de madera viejas, apolilladas, llenaban de bolitas amarillas el suelo. Las posaderas recubridas por recortes de boliche picado, al momento de sentarse tendrían que hacerlo lentamente para no desfondarse. Cuántos pendejos no se habrán ido patas arriba embebidos de licor. Cantidades, incontables, huarapientos, andrajosos. De techo vaciado, la mitad mezcla, la otra rellenado de esteras, pedían a gritos ser repuestas. En la segunda planta, solo dos ventanas circulares le daban forma de cabina de embarcación, donde el Laura —ese maricón alto, de buen trasero, pero con sus años encima, trataba de mantener su juventud con variedades de cremas y polvos sobre su rostro cetrino— guardaba sus enseres, y de madrugada requetemordía la almohada cuando el marido, Jairo Esquerre, le rasgaba los calzones. En esos instantes solo se escuchaba de la perdición putonal que sucedía en la primera planta. Dentro, el local se topaba de maleantes, maricas, prostitutas y cafiches. El ambiente estaba en su clímax. *'Sí, ya era de noche, hora exacta en que se inicia la perdición'.*

—¿Dónde te has ido? —le preguntó el alto, simpático, de buena figura atlética llamado Miguel Ángel, pasándole la botella justo cuando terminaba de bailar—, ten, chupa.

—Lo encontré como cojudo sentado en las rocas en pleno buitreo —se adelantó Lucho.

—Botaba esta mierda —respondió Juan en son de asco. Jaló una silla para sentarse—. Lo tenía subiendo y bajando de la boca al estómago. Corrí con las manos aplastándome los labios porque se me venía el huayco.

—Hueveras de mierda —insultó Miguel.

—Mozo, mozo —vociferó Lucho, enérgico—. Una caja de cervezas —golpeaba la mesa, emulando a su padre, que era igualito—. Al toque, ya, mosaico.

Seguido se acercó un marica, tallona, con unos tacos número siete, caminando como modelo de *pasarella;* traía un vestido floreado corto, escotadito por la espalda, con una malla negra por la que se notaban sus bien formadas piernas rapadas. Su pelo negro vino se mecía de un lado a otro conforme quebraba sus pasos. Se le quedaron mirando los tres, los presentes, como queriendo devorarla, pasarla enterita. La flema ácida de sus bocas les incitaba a babear sobre esa anatomía de mujer, les aumentaba la excitación e inducía a una erección. Si no hubiesen tenido la idea en sus cabezas que era un señor marisco, pagarían buen billete a semejante putón.

—Hola —le saludó Luis—. Estás bien rica, amorcito. Vamos a ver si más tarde me sacas mi lechecita —quiso tocarle las piernas.

—¿Si? —murmuró—. ¿Qué les sirvo?

Su figura curvada se vertió en sombra sobre la mesa cuando se interpuso al fluorescente. Mascaba un pedazo de chicle incoloro e inflaba globos a cada instante. Era la única, la mejor del Rincón del Mar, (o mejor decir: el único, el mejor); más rica inclusive que las mismas putañeras de por ahí, solo que un relleno de carne le colgaba entre las piernas a él.

—Una caja de cervezas —habló enojado el Cutrero de Lucho, porque el *gay* no se dejó manosear—. Muévete marisco, levanta las alas —replicó en forma enérgica, creyéndose bien macho.

No respondió nada, ni atinó a moverse. Callado, inmuto, tieso, con las manos pegadas a la cintura, golpeaba tenuemente el suelo con los tacos al compás de los boleros.

—¿Qué esperas? —JC o Juan Carlos (de cualquier forma se entendía su nombre), se levantó enojado—. Te estamos pidiendo una caja. ¿Qué le pasará a este coño? ¿Qué esperas? —Ella les miraba con los ojillos sombreados, corridos por la grasa del amanecer. *'Creo que este marisco se nos había templado'*. Se rectificaba entre Miguel y Juan, pues los dos eran guapos. Les regaló una sonrisita pretenciosa.

¿Querría para perforárselo por detrás?, pensó el piurano, el Miguel, y comenzó la bragueta del pantalón, como un badajo a pesar y abultársele.

Cambió la mirada para una pared atiborrada de palabras obscenas y señaló a medio brazo un letrero escrito a tiza que decía: *"Se paga por adelantado"*. Cutrero le plantó una mirada matonesca de esas: *No digas nada o disparo.* Le dijo:

—Mira marisco parinpanpuctetumadre, ¿me vas a traer las cervezas?, ¿o no? —se sacó al diablo de encima Lucho—. ¿O quieres para levantarnos y sangrarte el hoyo en mancha?

—¿Sabes leer o eres analfabeto? —respondió despacio, haciendo fuerzas para que no reviente su voz varonil, no dejándolo vibrar en exceso su lengua lenguaraz y no mostrar al animal de sus adentros.

—¿Qué piensas, que no te voy a pagar? —Se paró Lucho y la silla dio a tumbarse para atrás.

—Suave Cutrero, tranquilo —lo calmaba el piurano cogiéndolo del brazo —'No pasaba nada'—, le obligaba a reponerse—. No seas imbécil —le dijo al oído—, de aquí salimos fritos pescadito. Calma, calma.

—Siéntate —JC le ayudaba del otro brazo, jalándolo de los hombros.

—Está loco este marisco —refunfuñó de vuelta. Sentado samaqueó la apolillada mesa. Terminó de sacar de su bolsillo unos billetes arrugados y lo hizo rodar hasta el cenicero—. ¿Acaso estamos misios?

—Tráeme las cervezas —ordenó Miguel, cogiendo el equivalente, se lo dio—. Ten. Y bien heladas, si no, que te las regreso —sintió repantigarse en el boliche.

Sin darse cuenta, el resto de escoria viviente se había quedado mirando fijamente el *show*. El invertido tomó el dinero, se retiró haciendo gestos burlescos, tratando de hacerles quedar mal, como si es que no se hubiese intimidado, quebrándose todo una puta.

***

El amanecer quejumbroso les había caído encima. El tabaco con el licor borbotaba sus cráneos; a las alocadas neuronas les extinguía el adormecimiento. El piurano se quedó tieso sobre la mesa inundada de colillas con cerveza derramada. Toda la madrugada las parejas entraron y salieron en forma desordenada, sin pausas, apurados, ganando la tarifa y el trueque sexual.

—Hay que tener billete ahora para levantarse un marica —se quejó hostigoso a su pata, uno que eructaba en una mesa vecina a la de ellos—. Escucha. —Le acercó la cara para ponérselo frente a frente—. Los tiempos han cambiado. Ese marisco acaba de mandarme a la misma mierda.

—Mariscos del carajo —fustigó su amigo, fumando—. Ni que fueran hembritas.

—Ahora los que tenemos que pagar somos nosotros. Antes te llamaban, te invitaban los tragos, te llevaban a la pollería, te vestían, hasta pagaban el hotel. Daba gusto hacerles el favor —conversaba con ademanes hoscos el pata.

El rectangular armatoste musical chilló hasta la playa, cuando el Laura lo sintonizaba, tratando de ordenar el dial en una emisora. Garuaba.

—Come papito, te decían —continuaba. Su amigo fumaba ansioso—. Para que toda la noche te avientes cinco talcos y me destroces este culito que me carco-

me el calzón. Ahora véelos a estos hijos de perra, queriendo que les rueguen, no hacen caso. —Pegó un
silbo—. No ves. Hasta mi chivo acaba de ponerme los
cuernos. Querrán recuperar el billete de las siliconas.
Cagadas. Ni me provoquen porque soy capaz de agarrar uno afuera y metérselo el palo de esta silla por el
culo. Para que sepan quién soy yo, carajo —culminó
endiablado.

—A ti no te harán caso, semejante Lucifer de las
profundidades abismales —dijo Lucho en la oreja de
JC, como mirando de reojo al pendejo—. Qué te van a
parar bola con semejante cara que tienes. *"Bien negro
y con aspecto de ladrón".*

—Es tan feo que se parece a ti, Cutrero —se burló
Juan Carlos.

—Espera un rato —balbuceó Lucho y se paró de
un estirón—. Regreso —se motivó al escuchar.

—¿Dónde vas? —Juan le protestó tratando de re-
tenerlo, pero se le zafó y le dijo que esperara, que
comprara más licor.

—Ya vengo —le habló excitado y los ojos le brillaban como farolillos nocturnos—. Voy a tirarme ese
marisco, al toque nomás, no te preocupes, le diré que
me dé una mamada y estoy aquí —le dijo en el forcejeo, apaciguándolo.

Caminó con dirección al bar donde pareció trasta-
billarse en sus últimos pasos. Juan lo vio por imágenes
desparramarse en un cúmulo de sanguaza. *'¿Qué con-
versaría con el Laura?'.* JC le silbaba llamándolo,
venga ya y siga chupando. La dueña le señalaba para
él, su amigo, pero éste giró la cabeza y debajo del

mostrador le enseñaba la palma de la mano a Juan indicándole que espere. Le mandó para que no se apure un par de cervezas. Ahora otra pareja se asomaba por la entrada y se confundieron entre la bailanta desembozada. Anda, levántate otro marisquito, parece que le indicaban, esos que están en su juerga y bebidos hasta las patas. Aferrado estaba el Cutrero en levantarse al marica que chambeaba de camarera. Tomó la mano del Laura, le hizo un puño. Le obsequiaría algo. Ella sin apurarse llamó al *gay*. Luis la interrumpió sacándole a bailar y ni bien terminaron, desaparecieron, seguro con dirección al malecón. ¿Dónde más?

—Miguel —*'palmeaba su espalda'*—. Larguémonos Miguel, está amaneciendo —no respondía, estaba más seco que una piedra lunar y más caliente que herramienta de yunquero—. Miguel —volvió a insistir, esta vez meciéndolo. Lo levantó de los pelos, lo cacheteó, al no reaccionar lo dejó. Chupaba solo.

***

—¿Qué haces? —tartamudeó el piurano a las dos horas, luego de recobrar el conocimiento—. ¿Lucho? ¿Dónde se ha metido el Cutrero?

A los dos les sorprendió una luz brillante, el suelo húmedo de las avenidas se evaporaron, soltando una humedad porosa y blanquecina.

Miguel se rascaba la cabeza despeinada, como si sintiera un hormigueo dentro; sus ojos rojos y venosos eran clara muestra de la mala noche que había pasado. El sopor se tornó irresistible. Los rayos de sol, asomados por la ventana, invadían medio metro adentro. Los gallos aturdidos por el espectáculo nocturno se olvidaron de cacarear al alba. Ni siquiera el guachimán de la empresa de enfrente se acordó de soplar el pito, solo, sentado, se cubría hasta las orejas con un sobretodo grisáceo. Y, mirando de su covacha, así se pasó la noche entera. Él sabía que esa clase de frío es maligno. Miles de veces venía repitiéndose lo mismo: humo asfixiante de las empresas pesqueras, junto a la calina, el puerto despedía un olor putrefacto con sabor y olor a anchoveta.

Salieron desorbitados, entumecidos, tullidos, con las manos resguardadas en los bolsillos, dispersándose de los demás al empuje del viento. Caminaban como senil a postrimerías de ser recogidos por la parca. *'Una golpiza en la víspera es como si hubiésemos recibido'.*

En ese instante, desde el retrete a la vuelta del local, Luis apareció como una centella, relampagueando chispas a cada salto. Venía a su encuentro, despavorido, tumefacto, estupefacto.

—¡Corran! —gritó pasmado, pasando al vuelo—. ¡Corran carajo!

¿Estaría recordando, tal vez, la maratón que ganó en la escuela para su aniversario años atrás? ¿Estaría imponiendo nuevo récord a su marca? ¡No! Tenía la cara sanguinolenta y la camisa hecha harapos. La sangre le chorreaba por la sien izquierda deslizándose hasta la barbilla. Llevaba consigo un pedazo de fierro punzante que cogió para defenderse por el frenesí de locura con que fue golpeado. Juan y Miguel le siguieron de inmediato; en el desvarío, las piernas parecían correr solas. Una mancha le perseguía, no se les podía percibir en su totalidad. Era la banda de los uruguayos que correteaba a Lucho desde la Plaza Grau, y venían armados de palos, chavetas y correas. La mañana aclaró a lo largo y ancho, sirvientas barrían los pórticos de las viviendas y los primeros trabajadores marinos salían de las empresas. El muelle y las fábricas dejaron de hacer ruido. A cinco cuadras rectas al norte de pura carrera, doblaron a la derecha, por la avenida Bolognesi. Cuando los maleantes dejaron de perseguirle, se regresaban vociferando a voz en cuello:

—¡No te atrevas a volver, Cutrero! ¡A la próxima sí que no te salvas, sales muerto de acá!

Luis trastabilló inconsciente al mandato temperativo de sus fuerzas, se acababa de derrumbar a la altura de la avenida Villavicencio.

—Te han herido, mierda. —JC atinó a gritar desesperado, levantándolo.

—Me han cortado —hablaba con cierta dificultad el herido—. ¡Su cafiche...! ¡No aguanto...! ¡Ese negro!

Los chismosos no se movían de las esquinas; paseándose remolones, aguantaban sus pasos. En efecto, Lucho de pie, era pesado por sus amigos. Medio rostro lo tenía desaparecido por la hemorragia que continuaba levemente, no le calmaba por nada. Su cabeza se tiraba para adelante, sus piernas insostenidas solo las arrastraba, chispando la pista. En momento se detenían a llamar taxis que pasaban cuando el segundero se daba una vuelta entera; paraban, y al ver al herido encendían motores, desanimados.

—Doblemos por aquí —mandó el piurano, un poco cansado—. Por aquí hay una posta médica.

—Mejor llevémoslo para su casa —propuso Juan, agitado también—. Hoy domingo no creo que atiendan en ningún sitio.

Mordía los dientes, señal del fuerte dolor que le envolvía. Ni el duche de maceración que tenía encima le servía de analgésico. Le vaciaron los bolsillos, todo, hasta la boleta de pagos, que indicaba buena suma de dinero y él se estaba poniendo la cerveza.

Cerca de una esquina Miguel señaló: «¡Allá es!». Para una clínica de cinco pisos, oxigenada por un árbol enano, entraron embalados por emergencia. En la camilla, rumbo a la sala de operaciones, cayó desmayado, perdiendo la razón. Después de dos horas de expectante espera por la salud de su amigo, volvió a salir el doctor que lo tenía a su cargo.

—¿Cómo resultó todo, doctor? —preguntó Juan Carlos, adelantándose a sus otros compañeros.

—Lo hemos puesto diez puntos en la cabeza —dijo—. Ha tenido un largo corte.

—Mierda —fustigó Miguel.

1. La Asunción de la Reyna

Cuando llegó de Piura era apenas un niño tranquilo, sano, corregido, acucioso, de buenos modales que, de repente, trataba de aburguesarse cuando se le encendía la mecha ante cualquier contrariedad. Narraba, gallardo, omnipresente, cada vez que viera necesario, de su glorioso álbum genealógico; soltaba reminiscencias de su familia, que venía por el apellido, y que a sus amigos poco les importaba, a manera que tenga que ver con la hermanita. Decía que era descendiente próximo de uno de los héroes más gloriosos de la patria: Miguel Grau, el Caballero de los Mares. ¿Y qué? Cosa que la hermanita era linda y todos le habían clavado los ojos de templados. Sí, que su padre era accionista del famoso Club Grau, donde pasaban alegres fines de semana y vacacionaban con sus seres queridos. Pero como escritura del destino cayeron, se hundieron en la bancarrota, su padre fracasó en los negocios. Llegaron a embargarle gran parte de su propiedad y cerraron sus cuentas bancarias; ya no confiaron en sus nuevos proyectos, y le negaron los préstamos para que vuelva a reflotarse al mercado. Tuvieron que amortizar la deuda pendiente con artículos superfluos de mucho cariño —joyas y aros de la bisabuela, cuadros de pan de oro, álbum de ritornelos de plata lustrosa—, encima que se los baratearon descaradamente. Para no ser fruto apetecible de la vergüenza, de las malas lenguas, de las habladurías ácidas, que se le venían a cataratas, salieron de la ciudad, con dirección al sur del mapa, kilómetros abajo. ¿Trujillo? No. En algún momento, lo pensaron. Por ahora al puerto de Chimbote; para ese distrito soporífero, humeante, gargareante y roncador, que saboriza a pestilencia, a hedor vomitable y nauseabundo, a humo de pescado y alcantarilla.

Su hijo mayor, Miguel Ángel Grau, con sus hermosos cabellos largos, oleados, alto, figurativo, de buen porte atlético, y de facciones bien trazadas, amoldaban sus vértebras perfectas. Sus claros ojos marrones hacían juego con unas cejas llenas, muy pobladas. A veces, cuando se le escapaba una sonrisita con fuerza, enseñaba unas muelas sobresaltadas, grandes como las del conejo. Y en las rarísimas ocasiones que le jodían de muelón, él indicaba que era la clara evidencia de su estirpe.

Llegaron a instalarse por el barrio de Juan Carlos, así por así, de mera casualidad. Lo poco que conocían de Chimbote era de su existencia geográfica, que es un puerto progresivo donde se produce la harina de pescado, que la gente vive de la pesca, su mayor sustento, más nada. Solo don Renato Grau, su padre, lo miró muchísimas veces desde el aire, cuando realizaba sus actividades en la capital.

Se alojaron frente a la vivienda de Juan, alquilando toda la segunda planta de su vecina Enriqueta Vargas. El chisme que corría de esa vieja soplona y solterona era que zampaba chibolos a su alcoba para que le bajasen la calentura. Juan Carlos, o como también lo llamaban, JC, ya había madurado, hasta inaugurado nueva voz. Lo sereno que era lo acompañó con su desarrollo. Tenía un halo fugaz a Miguel —diferenciando la manera de ser y poses amaneradas—, claro que con menos pinta, pero el piurano, exageradamente de dientes, se los llevaba de encuentro a todos. Primero pensaron en quedarse unos cuantos meses, luego, con más calma, buscar un departamento amplio en Trujillo. Después se desanimaron, sí, se les pasó el tiempo, hasta les encantó el barrio, triste, juguetón, grande, chico, eso, hasta cierto punto, mientras no ocurriera nada grave.

Siempre salían al mediodía para ir con ella al colegio. ¿Ella? «La chica hermosa que es, preciosa, muy buenamoza. Qué linda, sí, ¡para qué exagerar!», exclamó Juan Carlos al verla por primera vez cuando desembarcaban sus enseres frente a su jato y él estaba solo afuera, aturdido por los malestares de una noche desaforada. Y cuando iba a la escuela, tan rica que con solo verla bastaba, era como poseerla, traerla consigo, añorarla por su aureola de ninfa. Escondía su hermoso cuerpo de mujer debajo de un bolsudo faldón que le nivelaba las pantorrillas, y encima unas medias negras altas, no dejaban admirar ni una pizca de su linda figurita, ni de esas piernas llenitas y entalladitas, que le quedaban cabalita. Ella era y se llamaba Sofía Grau Casafranca. Para templarse, emperrarse, enamorarse en el acto, sin pensarlo. A pesar de que llegaba del norte, no tenía la apariencia a un tostadito por la brisa marina. Era blanca como leche, con esos ojos cegadores, soñolientos, emperadores. Se parecía a su madre, Rosario Casafranca, a la que raras veces se la veía asomarse. Nunca hasta ese momento de su existencia Juan Carlos había visto una chica tan preciosa como ella. Apenas se le presentó a la vista quedó más templado que las cuerdas de una guitarra, que de un niño a su juguete favorito, que de un becerro a la luna, que del viento a la copa de los árboles. Se templó de sus ojazos que se acompañaban de unas pestañitas besacielo, se enamoró de sus cabellos arremolinados aguarda la tibia brisa del verano, de toda ella; de toditas esas hermosas partes que orlan a un ser con vida llamado hembra. Cosa que la amiguita lo tenía de sobra y bien creados, como a soplo divino, mismo aliento de santo.

Al mes casi de alojados, JC conversaba esporádicamente con Miguel Ángel. Se conocieron de casualidad; se pasaron la voz en una tienda, de puro intuitivos, porque se veían constantemente y vivían frente a frente, no pudieron darse por evadidos. Poco a poco fue el acercamiento, hasta que una fecha, conversando, gastándose fingidas bromas, se dieron cuenta que bordeaban las cinco de la madrugada. Y esto les empezó a suceder seguido, se ponía tan ameno el circunloquio que se invadían de historias, chistes o chismes (del nuevo jale del equipo preferido, si iban bien en el curso de álgebra, o si la chica más guapa de la escuela había terminado con su enamorado), que hasta la pestilencia que despedían las fábricas no les infligía signos de ascuas, o la pasaban inadvertida. Así nació una amistad entre ambos. Se cayeron bacán, pajita, causas, como se dice, ¿no? Latearían a todas partes.

Fingía lo enamorado que estaba de su hermanita, no veía la manera de cómo se la presenten. O, por lo menos, tratar por su intermedio, de sacarle a un baile; pues ella nunca salía, solo él se divertía. Para eso se hizo más amigo, ganó su confianza. Caminaban, chupaban, se vacilaban, eran uña y carne, tierra y mar, sol y luna, hasta que le presentó al Cutrero de Luis, el

Lucho. Él fue quien les incitó a pescar, a trabajar en el muelle. Aunque feíto le cayó macanudo, pues en cierta forma guardaba cortesía, no se le veía tan de arranque o lisuriento. Los dos lo hicieron conocer el puerto y sus valles aledaños, su Plaza de Armas con su pileta decorada que borbota agua crisposa, el litoral torrentoso y empedrado, su vivero forestal de prominentes eucaliptos, todo, hasta los huecos escondidos de un muelle desprejuiciado y progresista.

—¿Qué te parece? —le preguntó a Miguel Ángel la semana pasada, cuando bajaron del ómnibus que les dejó en la esquina de su barrio—. ¿Hermoso, más o menos, feo, horrible? ¿Qué categorías le das a este distrito sórdido y bárbaro? Elige de frente y sin pensarlo.

—La segunda —le respondió a Juan Carlos, escogiendo y soltando una risita de felicidad; sus pómulos se ruborizaron paltoso—. Es más o menos a pesar de que huele mierda —añadió cuando se sentó en la vereda de la loca Enriqueta que los espiaba sádicamente.

—Mira. ¿Ves aquellas sábanas blancas que corren pesadas encima de nosotros, y que se van formando como bolos? —preguntó ojos arriba JC.

—No son sábanas, sino frazadas —sentenció Miguel, provisto a reír.

—Ya. No pienses que es la neblina que nace del sudor del océano. Todo lo contrario, son las últimas erupciones de las empresas harineras. En la madrugada se siente peor, lo habrás notado. Yo ya no lo siento. La gente de aquí tiene pulmones de minero, viven acostumbrados al vaho de la sardina, de la anchoveta.

También lo harás tú. Es solo cuestión de acostumbrarse. Lo único que nos queda ahora es que comiencen a nacernos escamas.

Calculó a la hora que salían provistos para el abordaje. Corría la persiana de su ventana y fisgoneaba quedito para verlos aparecer, y saldría a pelo cuando ellos lo hicieran. Todo estaba calculado y cronometrado para la sorpresa y el saludo, así el acompañamiento obligado. El encuentro debería ser de repente, al vuelo, al azar, había que hablarle, saludarle, pasarle la voz. La sensación de estar a su junto le amodorraba su ser y se escarapelaba suplíciamente derritiéndose de amor. El sofisma de hacer pasar por alto al hermano dicho asunto de acercamiento a tan rica preciosura parece que resultó inoperante y creía acertar suspicaz que Miguel Ángel se dio cuenta, solo que se hacía el de las mangas largas. No contaba, lo malo, con ningún contacto para que se le pongan de bandeja y poder acercarse a la linda Sofía. Todas las amigas de su cuadra, e incluso las menores que él, estaban en proceso de gestación; otras que terminaron de alumbrar no salían a la calle. A las que sí, se hacían las señoronas, caminaban con sus criaturas en brazos, restableciendo sus cuerpos amorfos, gastados por el parto o la cesárea, ya no se prestaban para el vacilón. Ivonne Salinas, la amiga más cercana, de quien era su confidente y ella de él, también corría su proceso gestativo, que tenía su abacería, todas las noches, antes de que contrajera nupcias, iba a visitarla; ella siempre le hacía el bajo con sus amigas guapas. Cuántas veces le pasaba como su primo y se levantaba a las más bonitas, ahora le sería de suma necesidad. Que recuerde, mucho antes de que Miguel y su familia se instalen en el barrio, se la pasaban cotorreando de enamorados, de esas templaderas de colegial empedernido y bohemio, recién aceptado al mundo de la borrachera y lidiando con su organismo a aceptar el humo del tabaco, y las jaladas de coca y marihuana, que a veces son necesarias, no le podía decir que no, que ahora no podía, que se mande, que le converse, que le sirva de enganche. Es que son los primeros días de sueños húmedos, ideas lascivas, y no había cómo atraerse a esa hembrita. No se van a recordar de la primera corrida de paja, del primer polvorete en ese burdel chimbotano, el Tres Cabezas. Aquel que diga que no, miente. Ivonne era muy noble y sincera —a pesar que tuvo sus escapaditas por allí, como cualquier chica— fue su enamorada de una sola noche, de un chape loco como le decía él. Ahora la artillería fue dirigida para la chica de enfrente y ¿le acertaría? Ivonne reía prestándose para el juego a ver si le ligaba. Sonreía a lo que fueron unos simples chapecitos. Siempre lo recordaba cuando se la agarró en el tono de la virgen estando zampado. «Así quiero con ella». Le hacía una venia de vibrar la mano, negaba con la cabeza, le tiraba cositas para que se calle. Qué decir de su marido, un señor de edad que le doblaba a ella, chambeaba de conserje en la municipalidad, y la vivaracha se amarró apenas le pintaron unos centavos mal habidos. Este cargo lo ocupaba años, ya que entró de arribista, chupamedias y bajacierres; quedando estancado porque le descubrieron fraudes en unas planillas contables. ¿Lo mismo que al padre de Miguel Ángel? Todas las mañanas, listo para largarse de saco y corbata, admiraba la lindura de Sofía cuando entraba por el pan para el desayuno. Por eso estaba celoso y le soltó el soplo a Ivonne, y ella como si nada, con la risa encendida, como si ya conociera a su marido al revés y derecho. Pero como venía laborando tiempo y le pagaban bien, la vestía a su gusto, se notaba que la adoraba. Claro que la chica era guapa, solo que ahora estaba chorreaba por culpa de su primera criatura. Nunca se pondría así Sofía. Su primer calato daba sus primeros pasos y esperaba el segundo para octubre. Juan Carlos la veía recuperada, como antes, bonita, espigadita, espinosita, rogándole dizque se aviente un polvito con su sano amigo. Que le haga cachudo al santurrón de su marido, como se lo ponían a ella. Y si sale, siempre con la mente azorando por los contornos puliditos de la piuranita mamacita que le quitaba la respiración.

Felizmente no tenía competencia por el barrio, él era el más agraciado y atractivo, a decir. Sandro Pardavé, Esteban Rojas, Nardo Crespo, no se le igualaban en pinta ni fregando. Sofía solo podía fijarse en él. No cabía duda de eso, si es que buscaba pareja en el barrio. Eso se lo aseguraba, que se los llevaba de encuentro a todos, y Luis Sortilegio caía indignado, quien también se sumaba al grupete de los templados. Pero al pensar en la escuela se les cayó el vendaje territorial y cerrado. Conocían, por exceso, que apenas la vieran, tan pura y bella, se le mandarían sigueteándole como lebrel a una sabrosa presa, o la rondarían como gallinazos para cazar a las ovejillas indefensas de un solo zarpazo.

Estos encuentros premeditados le ponían los crespos como clavos. Se suponía que sería al chiripazo, sin desearlo, involuntariamente. Hasta que apareció Miguel Ángel, perfectamente vestido, fifí, aromatizado y espolveado, a que sí, y, el fisgón, sin perder tiempo cogió sus cosas, salió a darle el encuentro.

—Juan —le ganó en pasarle la voz el piurano, revisando el manojo de sus cuadernos que parecía que llevaba de todos los cursos.

—Miguel —siguió en saludarlo Juan Carlos, también, lleno de libros.

—Vamos –le pasó la voz el amigo.

—Sí –respondió al toque JC.

—Espera. —El piurano se quedó pensativo y seguía revisando minuciosamente por las hojas de los libros.

—¿En qué estás? —preguntó Juan Carlos al verlo un tanto indeciso.

—Mi libretilla —dijo—, me olvido. Diablos. Espera un segundo Juan. No te vayas a ir. Salgo para irnos juntos. La voy a buscar adentro.

—Apúrate —dijo JC tratando de hacerle entender que ya era tarde.

—Espérame. —Le hizo un aguante Miguel.

—Corre pues —dijo Juan, apresurándolo.

En medio de la calle deshabitada, sin carros, quedó esperando animoso. ¿Seguro que saldría ella, a entreverarse con la abrasadora brisa del mediodía?, sí, ¿a bañarse de ese marmóreo aguamarina?, sí, ¿exhumarse en su delante estirando un vaho de heno floral y piedras lisas?, ¡sí! ¿Estaría su hada madrina dándole los últimos toques mágicos? Claro. ¿Se asomaría hecha una reyna? Por supuesto. Bastaba paciencia, esperar, aguardar, en unos momentos se le presentaría a sus ojos y él cegaría de amor, empañado por su luz pétrea resplandeciente. Por el *capot* chilloso lo confundió con un escarabajo-auto. Fue picado por un picaflor en el jardín y lo pasó por sus orejas ronroneando al vuelo; el escarabajo tomaba la pista. La saliva se lo pasaba de impaciente acorde a los nervios de su templadera, las piernas héticas, los huesos descalcificados, suspendido o no, esperaba todo un hueverazas. Fijo que estaban por cerrar el portón y el auxiliar estaría, al igual que él, en medio de la pista, soplando el pito para que los alumnos se apuren y dejen de fregar a las chicas que se daban por evadidas alargándoles la cara, pero en el fondo que les gustaba a las pendejas. ¿Sofía sería como esas mostrencas y cucufatas? No. Pero, qué mierda, a las finales valía la pena estar varado ahí, paseándose de aquí para allá, mordiéndose las uñas de cobarde, en vilo, desesperanzado, suspendido en cuerda de equilibrista. El que no llora, no mama; el que no espera, no consigue nada, se aconsejó razonablemente. ¿Tanto tiempo necesitaría para arreglarse a una chica tan guapa como Sofía?, se preguntó desfallecido. No lo necesitaba, y ella sabía que no, como los que la conocen, esos encamotados floritureros, silbadores y suspirosos. Si hasta cuando amanece irradia belleza, como febo su luz enternecido, así, envuelta en un rebozo de edredones camuflosos, diosa greca. Ella no. Era el cojudo del hermano. Lo que haría por matarlo de la angustia al amigo en la calle. Una boleta no le haría perder tiempo exagerado, y JC, entre aguas brumosas, deseaba dar un hola, qué tal, con el hermano presente y diga: «Conócela a mi hermana, Juan», así, para que atenúe un poco el roche. Y ahora con la boleta, ¿qué la extravío?, ¿qué se le quedó en la carpeta?, ¿en dónde?, pues no sabía y ya se estaba poniendo vuelta y media la casa para encontrarla. O ya lo encontraría y estaba metido en su baño, toqueteándose el cabello, cepillándose las muelazas, sino algo más que eso; qué más, acaso encerrado... y se asomó por la puerta del callejón de media hoja, de saberse, apurado...

—¿Ya? —preguntó Juan Carlos al verlo salir con velocidad.

—Vamos hueveras, dale —dijo veloz como una bala y el lapicero que se suspendía de sus labios, bajó de la acera. Es tarde.

—¿Adivina qué hora va ser? —preguntó Juan Carlos para hacerlo reaccionar.

—Casi la una –dijo su amigo, apurado.

—Te demoraste mucho —dijo Juan Carlos, como exigiéndole detalles.

—Tuve que esperar. —Miguel la hizo larga.

—¿Y tanto? —se desconcertó Juan Carlos—. Por poco y te dejo.

—Camina más rápido. —Tenía Miguel media cuadra adelante, agigantando los pasos, listo para echarse a correr.

—Te demorabas un poco más, hueveras, y me largaba solo —contestó Juan, regresando la mirada hacia atrás a ver si salía... Si les seguía Sofía. No merodeaba por su cabeza que faltaría ese día, y el templado se ensartaría. Cómo. Si no se perdía ni un solo día de clases, cómo que faltar, si hasta parece que odiaba los feriados; era inquietante para ella, más dulce y espiritual, lo reponía creando poesías y sainetes cortos que le gustaban tanto. No podía tener más lindo pasatiempos.

—Dale. —Miguel casi quería correr.

—Aguarda. —Juan se sintió hostigado.

—Hueveras, voy a llegar tarde.

¿Tu hermana? ¿Qué tiene? ¿Le sucede algo? ¿No irá hoy al colegio?, pensaba Juan que no entendía ni jota. ¡Pero ella no falta jamás! Este cojudo siempre lo acompaña, van juntos.

—Apresúrate que nos quedamos afuera. —Él se adelantaba y punto.

Hueveras de mierda, seguía craneando JC. La mierda que se quede hoy, justo hoy.

—Tengo dos faltas. Una más y me echa de su clase esa vieja de Literatura —se asaba el piurano mordiéndose los dientes—. Para salado es a la primera hora. Avanza. Ahora sí nos quedamos en la calle y nos cagamos por huevones.

—Qué hueveras pues, ¿por un día?, nos quitamos a matar la tarde a la playa —dijo Juan intuyendo lo que se imaginaba—. El colegio aburre. Vamos a relajarnos al muelle.

—No jodas —se apuró Miguel Ángel—. Irás tú solo, porque hoy no falto ni por las puras. Estoy con falta con la profesora.

—Mañana le dices que no pudiste asistir porque estabas enfermo —se le salió la intuición a Juan Carlos, que es lo clásico, y él lo hubo practicado un montón de veces, cuando, simplemente, no le entraban ganas de ir al colegio.

—¿Corremos? —avispó Miguel, señalándole la avenida.

—Aguarda hueveras. El auxiliar todavía espera a que todos entren.

—Tú no tendrás nada importante hoy, por eso que te llega al sexo un día más.

—Hueveras, si estoy fregado como tú, qué crees —dijo Juan, bajo de entusiasmo.

—Entonces apura... —se abalanzó Miguel.

—Espera. —JC protestó—. No ves, por qué te hiciste un culo por una boleta de mierda —le fue insistente, como reclamándole explicaciones, y tenía el deber de dárselas.

—No la encontraba pues hueveras —dijo el piurano—. Me olvidé dónde la había dejado. Estaba recordando y buscando hasta dejar la casa como repasada por un huracán...

Sí, pero por ese canal no iba el asunto que quería conocer el muchacho.

—¿Y sabes dónde la dejé? —interrumpió su amigo—. En una repisa en el cuarto de mis viejos.

Y Juan pensando que qué caracho le importaba el destino de una boleta.

—¿Tu hermanita no asistirá hoy? —Juan que continuaba rajándose el cerebro, recrudecido, sin poder hablar para no levantar sospecha y fuera descubierto. Esperaría hasta que el mismo hermano le explicara los motivos.

—Es que mi hermana no vendrá hoy. —¡Bingo! Ahí estaba, lo escupió—. Tuve que esperar mientras escribía una nota a su profesor, avisándole que no podrá rendir el examen porque se encuentra indispuesta. Se quedará en casa —conversaba sin alterarse, ni bajaba el ritmo de sus pasos.

—¿Es de consideración? —preguntó Juan.

—Nada. Apenas una gripe con un dolor de cabeza. Sabes cómo son las mujeres: al primer síntoma, sienten desvanecerse.

—Pero, ¿habrá tomado algo? —se inquietó JC.

—Un descongestionante. Ya se le pasará.

—Qué salada, justo para los exámenes.

—Están cerrando hueveras. Nos vemos en la noche. —Miguel se echó a correr.

—Ahora sí, corre si quieres —murmuró JC.

Unas cuadras arriba estaba el San Pedro, la Gran Unidad Escolar, la escuela de Juan Carlos. Los tardones formaban en la entrada, solo hombres, ya que el ejército de faldas, que estudiaban de mañana, se retiraron, o por allí rumoreaban escondidas. Fila de decepcionados no los había, o se sentía así, tristes, remolones. Juan llegaba suave, contando sus pisadas, mirando cuál de las piernas le daba más lento.

—Qué chasco —murmuró a regañadientes, a la vez con ganas de reír por lo fulera que resultó ser Sofía a su planeada treta.

II. LA LANCHA

El mediodía portuario quemaba a brasas, la resolana hacía brillar el suelo salitroso como si un lustrabotas se esforzara tratando de sacarle brillo a unos charoles nuevos. Las viviendas construidas, casi todas de material noble, tambaleaban, porque mirándolos desde lejos daban la impresión de estar flotando debido a sus deterioradas bases. El litoral de la ciudad, Chimbote, llena de muelles abandonados y fábricas que procesan el pescado, producen la conserva y la harina. Sus jirones parten del mar en líneas paralelas y no se exceden más de treinta cuadras al este; el resto es valle pantanoso con chacras pantanosas. Unas hermosas islas blancas, al frente, forman de mayor a menor con dirección al norte. Una diastema natural. Lindo, como marinos reclutas, tapando el puerto de punta a orilla. Los habitantes no se hartaban nunca de comentar, ni se cansarán, de que serían salvados de un maremoto gracias a estas islas. La desgracia ocurrida en el terremoto de 1970 trémula todavía en la conciencia de la gente, es por eso que estas ínsulas son como su adoración. *'Vaya'*. Parecen triángulos invertidos, por donde se filtran las embarcaciones rumbo a su faena.

La caída del sol traspasaba sus filtros solares por un biombo de bejuco interpuesto en la ventana que rebotaba en las paredes cremas, donde pegado una lámina de Pelé, del Mundial en México 1970, era carcomida por las arañas. Tenía amputada la pierna derecha, justo con la que pisaba el balón. Le daba un aspecto a discoteca cuando empieza a moverse la bola giratoria. El cuarto estaba de cuadritos, como tablero de ajedrez, contrastándose a lo negro de su encierro. La sala chica y vacía, unos muebles apenas, de mimbre bien prensados, improvisaba el asiento para los visitantes. Seguido un cuartucho, con un repostero desabastecido, hecho de *triplay* vivo, al tamaño de la puerta, atrasaba un aparador que sostenía un velador sin vela y una cocina a gas. En un cuarto, en el segundo piso, juntaron una cama de dos plazas, donde si tenían buen día soñaban sus padres, si no, volaban en la nada, que era lo común. Caminando para adentro, entre el baño y el corral, el cuarto de su hermano mayor, Franklin, levantado de estera y calamina, vivía con su mujer e hijo, que también trabajaba en el muelle, se recurseaban para el almuerzo. Sus dos hermanas mayores se fueron con sus viejos maridos apenas salieron preñadas.

Los rayitos punzantes de luz quemaban su boca, su rostro y todo su cuerpo, donde dormía en calzoncillos sin cubrirse, boquiabierto; el roce y zumbido de los zancudos le atormentaban peor. ¿Sería por el aroma de pescado que emanaban las fumarolas de las empresas harineras, o el olor nauseabundo que brotaba de su boca jaranera? Los dos, al parecer. De hogar humilde eran, a pesar de que su padre era hombre de mar, donde cada fin de semana salía con una boleta, más que bien remunerativa. *'Claro, si gana bien. Es que estamos en el auge de la pesca'.* La cosa es que su padre repartía el pago entre cinco mujeres, he ahí el problema y sus apuros económicos.

A los diez años de casados se separaron con doña Matilde Martínez, debido a problemas y diversos griteríos, por culpa de sus hijastros. El mayor, Franklin, llegó a faltarle el respeto, tendiéndolo de puñetes en el callejón cuando lo encontró abusando de su madre estando borracho. Sus únicos hijos eran Luis y Pedro, los últimos. Al resto los crió para cumplir un deber, ahora ya no, hasta había incitado para botarlos de casa y que busquen su propia vida. Cómo no eran sus hijos. Hechos de familia trabajaban dando tumbos en diversos menesteres para la manutención de sus hogares. Ahora Lucho y Pedro le vinieron con lo mismo: Luis ya se había plantado en el colegio, y Pedro, el cerebro solo le dio hasta la mitad de la secundaria. «Qué se jodan si no quieren estudiar», les gritó su padre. Todos los sábados, después de cobrar, Ernesto Sortilegio, los visitaba y dejaba para la semana, con unas magras propinas. Era un tipejo de mala borrachera, alguna vez estuvo tras las rejas, por eso es que contaba con malos antecedentes. Armabronca y famoso por todos los huecos clandestinos de la ciudad. Cuando llegaba a uno de estos locales, se sentaba, se le acercaban perras, les invitaba tragos, y no se largaba hasta el día siguiente, después de esfumársele hasta el último sencillo. «Querrás ser como yo puctetumadre», le dio de fuetazos a Lucho cuando lo encontró en un lupanar luego de desocuparse de una prostituta. «Este es mi hijo —dijo después estando zampado delante de sus amigos—, pendejo como su padre ha salido el malnacido este».

Al levantarse apresurado al baño, el alféizar se desvanecía de a pocos por el rectángulo de una clara-boya de líneas telefónicas que sirven de cordel para el tendedero de ropa. Abrió el grifo del baño, se ducha-ba, a la vez que otro malestar exiguo de noche de bohemia, le cobraba los últimos vómitos, con nauseas ralas a su cuerpo que necesitaba una refrescada de poros. *"Un remojón en ese estado cae a pelo"*.

—Qué buena huasca —resondró Pedro, bien pare-cido a él, que terminaba de llegar de un viaje por los Andes huaracinos. *'Es hermoso, ¿no es así? Quien no quisiese conocerlo'*—. Estoy enterado, buena trancaza que te has zampado. Chupas hasta que te vuelen la cabeza, por poco y te lo revientan.

—No pasa nada —contestó Luis ahogándose en la diminuta catarata—. Apenas un cortecito. Me sonaron de un botellazo. Ese marisco ha sido, ese. Pero me voy a vengar, lo tengo marcado. A él y a su cafiche. La próxima vez que vaya les voy a rellenar de plomo las piernas. Los voy a dejar cojos a esos puctesuma-dre, vas a ver, Pepín.

Pedro todavía era chiquillo y cursaba el segundo de media. Flaco, macilento, desgarbado, manzana de Adán sobresaltada, de raza baja de padre y madre, cabello hirsuto, más seguro, de vejez, regordetes.

—¿Mi vieja? —inquirió Pedro—. ¿Aún no regre-sa? Pensé que la encontraría —botó la mochila por el piso.

—Todavía no vuelve —respondió Lucho, chapu-zando de jabón.

—Pucha —resopló el mocoso.

—Cuidadito con decirle de esto —alertó al menor—. No quiero que se me cuelgue, ya sabes cómo se pone cuando comienza a rellenarte de sermones.

—Despreocúpate. No soy chismoso —aseguró Pedro a su hermano.

—Ese es mi Pepín. —Chapaleó Cutrero en el agua peor que un perro.

—Sal ya, mucho te tardas —hablaba con una voz quejosa Pedro—. Te haces un culo para bañarte. Pareces una hembrita.

—Espera —musitó Lucho, riéndose—. Tengo derecho a cagar también pues Pepín, pujo para que salga tu cuerpo, pero no quieres, te me has empachado.

—Apúrate hueveras —porfió el hermano.

—Has visto un culo por allí y te la quieres correr, seguro —se cagó de risa Luis—. No sigas con esa vaina, Pepín. Te llevo si quieres al burdel para que marisqués y te saquen la mazamorra.

—Estás loco —masculló enojado Pedro, moviéndose impaciente—. Yo tengo huecos donde botar mi leche. No ves que no soy como tú y tus amigos que se la pasan pernoctando en busca de mariscones.

—Qué vas a decir, qué nunca te has corrido un pajazo —reía a las carcajadas Lucho.

—De vez en cuando —admitió nervioso—. Cuando se me pone duro de noche... Ya córtala mierda, que traigo el culo flojo desde Casma.

De pronto sonó la puerta.

—¿Quién será? —se preguntó Lucho saliendo del ñoba (será del baño)—. Seguro que es mi madre; dijo que llegaría hoy.

Corrió para abrir la puerta, protegido solo por una toalla.

—Cutrero —lo llamaban desde la calle Juan con el piurano—. Lucho, sal mierda.

Se apura para salir, pensando que algo malo ocurría. Abrió la ventana apenas para cerciorarse de lo que pasaba. Sus oídos sonaron a gresca, llenos de agua, atrofiaron su tímpano. Todo tranquilo, parece.

—¿Pasa algún entripe? —preguntó cachozo—. Puctesumadre, no dejan ni bajar de peso. Perdía unos kilos y vienen a joder. Son tan rápidos ustedes que no puedo estar ni un día tranquilo —se jactaba haciéndose el señorón.

—Dile a Juan, lo de la chamba —se expresó Miguel, cara para Lucho—. No me cree nada lo que le digo a este imbécil.

—Ah sí. —Cutrero buscó la mirada de JC. Clamó —: ¡Vamos a pescar zonzo! ¡Ganaremos dólares!

Chillaban a jolgorios como si hubiesen concluido con éxito un *post grade* en pesquería. Era el sueño de sus vidas, tan igual como a cualquier muchacho de esta ciudad, o de la mayoría. *"Como andaba la situación además"*. Sus alegrías eran notorias, porque sabían que iban a doblar en sueldo a cualquier profesional que presta sus servicios al sector público. O más, triplicarlos, cuatriplicarlos... quién sabe…

—¿Hoy? —reaccionó emocionado JC. Comenzaba a palpitarle más fuerte el corazón, asintiendo de alegría—. No sé, no tengo nada.

—Hoy no —repuso al instante el Cutrero—. El viernes, aguardaremos hasta el viernes.

—Nos vamos a la pesca —aventuró el piurano.

—El gerente sí que es buena persona —dijo Lucho—. ¿Cierto Miguel?

—Claro, nos van a sacar a pescar —agregó el piurano más entusiasmado que nunca.

—Hemos estado ayudando en la empresa a la reparación de la embarcación que ha estado varada, echándole la mano al empresario. Ayudándole en el parchado de gruesos tallotes de planchas de acero al casco para ampliarle su bodega. Recosiendo el boliche dañado, engrasando los cabos, y dándole las primeras bases de pintura. Quedó como nuevo. Parece que recién lo hubiesen puesto a flote. Qué bacán —concluyó Lucho.

—Ayer lo han bajado a la mar. No ves, por qué te desapareces. Solo nos falta embarcar el boliche y nos vamos a la pesca —dijo bien feliz Miguel que farfalloseaba pechoso.

—¿Y yo? —se preocupó Juan Carlos—. Yo he estado en mi casa.

—Tenemos un cupo para ti, hueveras —siguió el piurano—. Si quieres unírtenos pídele al Capitán que te dé la oportunidad. Dile que nos vas a ayudar con el boliche. Si tienes suerte, eso sí.

—¿Cuándo será eso? —preguntó Juan Carlos con la sonrisa expectante a flor de labio, no podía ocultarlo—. Hablen porque ahora me cago yo.

—Mañana por la mañana —asintió Miguel, ñato de risa—. Son solamente siete estables, no hay trabajadores, faltan, saldremos de cachueleros. *"Pero espérate que se alerten los desempleados, vas a ver cómo salen mechándose por embarcarse".*

—Bien, bien… —prosiguió Cutrero—. Tienes que ir para que mi viejo nos haga la gauchada con el Patrón. ¿Sabes que son amigos desde antes que nos parieran? Él nos va a ayudar, nos va a decir cómo es la vaina.

—Claro, claro —balbuceaba sobándose las manos, resoplaba JC—. Mañana, al regarse la claridad, te tocamos la puerta.

—Si es de madrugada, mejor —dijo Lucho caminando para ellos y miró para la esquina a ver si venía doña Matilde.

—Antes que muera la noche —dijo Juan, cerrándole la puerta a Lucho.

—Puctesumadre —se enojó el Cutrero—. Para qué lo cierras. No he sacado la llave, hueveras.

—¿Qué tengo que llevar? —quiso Juan que le previnieran—. ¿Qué cosas?

—Nada hueveras —repuso Miguel—. Solamente tu ropa sucia para que te cambies allá.

—Si puedes te consigues una aguja punta roma.
—Cutrero forcejeaba su puerta a ver si encontraba el

truco para abrirla—. Allá también te pasan todo, pero por si acaso, siempre es bueno ir preparados. Por si no hay, para que no te jodan, porque ya sabes cómo son de pendejos los pescadores.

—Entonces hasta mañana —dijo JC jalando la toalla de la cintura al Cutrero y se lo tiró para su balcón saliendo disparado con Miguel a ráfaga de risotadas.

—¡Pedro, mierda, abre! ¡Pedro! —tocaba con furia Lucho, desnudo en la calle, avergonzado.

***

En su habitación Juan Carlos daba de brincos, la cama le quedó chica para el rodillo giratorio en que se convirtió su cuerpo. La sensación de estirarse le encantaba, se sacaba conejos imprevistos. Qué regodeo tan grande: iba a ser pescador. Su pensamiento navegó hacia el extenso océano, vestido de tripulante aprendía a hacer nudos, metiéndose una, dos, tres, cuatro, cinco calas; refrescándose en proa, colgándose de las sogas, descansando en el boliche. *'La oportunidad de tu vida Juan, es para asegurarse'.* ¿Sería difícil ser pescador? ¿Cierto que los hombres de mar son malcriados y corajudos, hombres gozantes y plantados de la vida perdida? ¿Y aprender esos menesteres es complicadísimo como la lengua china? Cojudeces eran ésas. La cosa era ganar dinero. No importaba ni el riesgo de extraviarse en las profundidades marinas, ni el temor a ser devorado por algún animal mítico. ¿Todavía hay quienes creen en esas tonteras? «Si en las cochas hay anacondas de quince metros, qué será el mar, cielito lindo», se intrigaban esos aguarunas y shipibos de la enmarañada selva amazónica, cuando se negaron a darle la vuelta a la Isla Blanca, por el día del santo patrono. «Son las espaldas de las ballenas...». La cosa era chambear, si no, de dónde. Ganar dinero, y en un país empobrecido como el Perú, sí que es un sacrificio, hasta muchas veces una única oportunidad. El vacilón sería todos los sábados con sus amigos. ¿Tendría el mismo pensar que Luis? A simple lectura parecía que sí; sí, por el momento, por la edad. Antes de que falleciera su padre, le brindaba consejos acerca de su comportamiento en el trabajo, el hacer caso a los mandamases, soportar sus bravatas, sus injurias y resquemores. «Con tal de salir a pescar estaría dispuesto hasta a bailar calato en el parque», exclamó pensando, tieso en la cama.

***

El alba estaba límpida ese amanecer, apenas un larguirucho airecillo retumbaba sus orejas, que les escarapelaba el cuerpo. Era evidente, quién no, adentrarse al mar por primera vez, esfumarse en ese plano plomizo, daba temor, hasta al más macho.

—Vamos —dijo Luis y se cubrió la cabeza con una gorrita de *tennis*.

Aquí vamos los Tres Mosqueteros Marinos, pensó JC, persignándose disimuladamente.

—Franco, hueveras, que estoy nervioso —se sinceró Miguel.

En el muelle el día había comenzado temprano. Los vendedores estaban desparramados por doquier. El piso era una ciénaga coajosa. En sus zapatillas se pegaban bacterias y el lodo de sangre, junto a la tripa de pescado, recorrían su propio camino a través de unos canalecillos que se entrecruzaban y desaguaban en la playa. Encima, las millones de moscas nacientes daban sus primeros zumbidos como enjambres. No muy lejos de donde se encontraban, cerca para el Hospital La Caleta, junto a un boquerón donde expulsan los residuos orgánicos y la sanguaza, notaron una batahola. «¡Mátalos!». «¡Sácale los ojos!». «¡Vamos santeño, enséñales a respetar!». «¡En la cara, en la cara a ese jodido!», vociferaban en diversos tonos los juntados. Formados en círculos, era como si se comparseara, y se agrandaba. Al adentrarse a ver en la muchedumbre, observaron que una persona se peleaba con varios. «¡Qué es eso!». «¡Un mastodonte!». «¡Quiqueg de Moby Dick! Un endiablado personaje». «¿Acaso estoy reviviendo la misma aventura que Ismael?», le llamó su atención a Juan Carlos. Al medirse con tamaño al animalón, todo su complejo de semi maleante que ganó se le desparramó por la arena. A los tres les temblaron las canillas. Tontos. Supieran que después de un número mayor, siempre le sigue otro superior, y así en sucesivo, entonces nunca encontrarás uno mayor a todos.

Se daba de golpes con dos rufianes de su mismo vuelo. Lo abultado de su contextura física no era óbice para que se moviera como liebre huidiza de su cazador. Los puñetes que le entraban no le mellaban algo. Repartía golpes con furia de boxeador por recuperar su corona. Alto era, formidablemente fornido, de desproporcionados pectorales. Con su *blue jeans* blancuzco, tirando para marrón, sus botas eran de personaje del oeste estadounidense. Al soslayar varios manotazos, cogió a ambos del cuello con una fuerza de caballo indomable, los ajustaba ahorcándolos. Su musculatura reventaría si no los tendía en el suelo, casi ahogados. La mirada tan aterradora, con grandes ojos negros circulares amplísimos, amedrentaba a cualquier rival. La gente lo apabullaba de aplausos y loas. Gesticuló triunfante sacando las manos de la cintura, no calmaban de adularlo. «Bien, bien». Cogió su *overalls*. «Buena santeño, buena». «Sí que metes buenos ganchos». Agradecía los aplausos con asentimientos de cabeza y ceños firmes. «Para que te respeten santeño». De una bolsa tomó un habano, se lo llevó a los labios, lo encendió, y sin el menor quejo de dolor, se largó.

***

Un mar calmado. Las olas se estiraban más allá de la orilla, pareciéndose a un tendido de una fina sábana verdosa sobre la amplia cama. El viento iba apaciguándose en su temperatura con el transcurrir de la mañana, y el sol asomaba sus primeras púas directo para la Isla Blanca.

—Allí viene don Bernardo —dijo Lucho, señalando al revoltijo de personas.

—¿Qué tal es el tío? —preguntó Juan, inquieto, cuando se aproximaba—. ¿Es buena gente? ¿Es una persona tratable? —Por poco y se mordió las uñas de miedo.

—¿Qué, qué tal es el tío? —se preguntó Miguel para los tres—. Es buena persona.

—Lógico —repuso Luis con cierto alarde, poco recuperado del susto animal—. Si es una persona amable, si es un pan de Dios.

Venía don Bernardo Bermejo, el motorista, pero se perdía por ratos en el bullicio de las personas, las capotas de las camionetas, más la bulla de la pesada maquinaria, parecía deshacerlo. Lo que le diferenciaba era un quepis verdioscuro, perteneciente a la Guardia Civil de 1971; las letras borroneadas no desaparecían del todo; la visera le cubría hasta las alas de la nariz, y sus lentes de carey brillaban con el reflejo de los chillidos solares. Petiso, barrigudo, él.

—¿Cómo les va muchachos? —Se acercó riendo— ¿Aún no traen la embarcación?

Soltó un tufo a caña, fermento de maíz, de la cosecha de la muerte del último inca, sí. Chapurreaba a fuerza su castellano, que lo combinaba con un exquisito quechua. Este tío era de uno de los sitios más recónditos del país, eso sí. Pariente lejano de Atahualpa, seguro.

—Nada tío —respondió Cutrero, mirando al mar que rebalsaba de lanchas; los botes o pangas o chalupas recorrían de nave a nave llevando pasajeros—. Desde acá no logro verla.

—Está seguro en el otro muelle —afirmó don Bernardo—. Vamos para allá. Estarán más asados que el mismo hígado, encima requintándonos. Ya adivino quién.

—De una vez don Bernardo —habló el piurano entusiasmado, alegre—. Ya es tarde.

—Llama una panga y vámonos —mandó el tío a Miguel, levantándose un poquito el quepis se limpiaba la frente con un pañuelo. Sudaba. El licor ingerido le desbordó los grados; las orejas las tenía cruentas. ¿Eran orejas esas o dos tomates partidos?

Después de llevarse los dedos a la boca y pegar un sonoro silbido Miguel, vieron acercarse una panga; y ya, rebotada del muelle, saltaron de uno en uno. El cabo de la chalupa quedó atracado a un fierro. Primero lo hizo don Bernardo, seguido fue JC, luego el resto, cuando la chalupa volvió a topar con las columnas del muelle.

—Al Muelle el Sol —ordenaron al panguero.

Iban a cabotaje al sur de la ciudad. El bote se deslizaba veloz por el agua mantequillosa. El humo de las fábricas se emanaba como bolos, aletargadas, siempre jodidas, porque en cualquier momento podían reventarse. No había embarcaciones en el Muelle el Sol, vacío, apenas unas cuantas ruinosas calentaban motores a gárgaras para la madrugada. Lo encontraron cerca de una boya, un poco separado de la costa. Acercando la panga, le aventaron una escalera de trapecista de circo, que cogió el tío asegurándose que todos estuviesen a bordo. Él no lo necesitó, como orangután a su árbol preferido se lanzó al juntarse nuevamente la panga.

—Buenos días —saludó con cortesía Lucho a los tripulantes.

—Buenas —le siguió al momento Miguel.

No les prestaron atención porque estaban ocupados en sus quehaceres. Solo uno de ellos levantó la mirada como señal de hospitalidad. Era un zambito de dientes sarrientos.

—Muy tarde —dijo uno enojado, Saturnino Crispín, recosiendo el paño—. ¿No dijimos antes que nos gane el alba, antes de que se desparrame la mañana? Buen rato que hemos acabado de embarcar el boliche.

—Lo sentimos, señor —se disculpó Cutrero—. La cosa es que nos hicimos tarde—. Lo reconoció al Chino, tenía algo al negro de la fiesta cuando le destaparon los sesos.

Un negro chino, qué rareza. Se parecía a alguien. Semejante espantajo, pensó.

—No han sabido que la lancha la trajeron para acá —se adelantó el tío, ahora se le notaba más fluido—. Ayer estuvo en Gildemester... No le paren pelota, este asiático es así —les previno.

—Esto está mal cosido. Ve, ve —se exasperó enseñándoles el boliche—. Así, a la primera cala se nos desparrama el pescado. Miren.

—Alcánzame hilo, muchacho —ordenaron al piurano, señalándole por los corchos—. Búscalo por allí, a tu detrás.

—Voy señor —obedeció. Revoloteaba separando los corchos, los plomos, el largo tendido de red.

—Oye tú —gritaron a Juan y el aliento llegó hasta su espalda; se le encapulló en los bolsillos, al otro lado de babor—. A ver, ayúdame para esos barriletes a la cabina... Caray, pesa como mierda.

—Enseguida —respondió Juan procurando caerle bien al escuálido.

Por el trabajo qué no harían. Cualquiera. Encontrar chamba es difícil en un país sub como el Perú, ellos lo saben. Por completo, casi evadidos de la escuela, *'no quiero decir su nombre de quién'*, por no decir desertados, les quedaba solo sudarla.

—A la voz de tres —volvieron a alertar a JC—. No te vayas a quedar, son resbalosas, ya sabes, te revientan las patas.

—No se preocupe... —precisó Juan.

—Bien. —Le gustó al flaconete y se agachó para levantar los barriles—. Uno, dos, tres...

Entraron en silencio largo rato, dejándolo expedita toda la nave, chica nomás, de doscientas toneladas, color cielo y franjas de algodones, que recién la semana pasada la acabaron de pintar.

—Amigo —llamaron a Juan, otro pescador, oreado por la brisa, le brillaba la cara como moneda chamuscada—. Prepárate una limonada pues. ¿Puedes o no? Adentro hay limones, por los camarotes.

—Claro señor —respondió dejando de hacer lo que estaba terminando y se lo pasó a Miguel.

Empujó la puerta del cuarto. Qué oscuridad. No se veía siquiera reflejarse la luz. Buscaba a tientas lámparas o velas o fósforos para encenderlos. En eso, un ronquido de burro en celo hizo erizar sus crespos, dejándolo yeso. Parinpanpuctesumadre. Retrocedió para la entrada, abrió y cerró alelado. Le tamboreaba el bobo descompasado. Empujó bien ahora y dejó regarse la claridad que se desvanecía, pues el cielo se estaba cerrando y la nave daba trotes más inclinados. Lo vio: ahí reposaba la enormidad de esa deformidad. El mastodonte yacía tirado en su camastro. Con cada exhalación que daba sentía como si lo atrajese y se chorreaba de miedo. Como de zampado se la pegaba de maleadito, ahora se cagaba del susto. ¿Sería de buen corazón, como lo vivió Ismael, a tal monumento de carne? Quería salir al vuelo, renunciando a todo, desanimándose a trabajar. Si fugaría, a dónde. Aguardó. Entró a paso de equilibrista y encontró los limones, preparó el pedido y se regresó. El temor le continuó husmeando por los pantalones después de haber visto por segunda vez a semejante personaje.

—Apenas arranquemos nos vamos a llenar los bolsillos de verdes —se alegró el tío, sirviéndose la limonada. La probó y aprobó, para lo cual degustó lo rojizo de su paladar—. Qué refrescante.

—Tanta espera, tanto para volverla a ver en acción —dijo el Chino, acariciando los cabos—. Esta vez no nos volverá a fallar la Sofía I. Es buena, muy chambeadora, muy laboriosa.

—Sofía —JC suspiró con sutileza al aire nublado—. Por ella me quedo, me pierdo en el horizonte, naufrago por las Bermudas. Por ella más que sea chambear junto a Quiqueg es un privilegio.

2. La Vida es Sueño

Porque te quiero y mi amor está contigo, va este rescatado *mouvement* Sofía de mis linderos corpóreos que me genera vida: *Si tú naciste para ser mi Reyna; yo nací para ser tu príncipe. Si tú eres el precioso cielo azul; yo soy el profundo claro de luna. Si tú viste la luz en Grecia-Perú; yo fui el quejido de tu Reyna Madre.*

Oye, siéntelo, porque ahora están allí, en un verde tendido y aeroplánico, atisbados por lapsos a los arañazos de unas enredaderas y las migrañas de luz no llegan a lamer verdaderamente el pasto y la superficie plana que es donde dos ángeles reposan.

—¿Qué te pasa? Estás temblando, sudas, como si te fueras a derretir o evaporar. Aún no te he hecho nada, solo vengo diciendo, apiadando, rezando para que me hagas caso, me saques de esta convalecencia que me agarrota la garganta.

Se limpiaba la frente sudosa, resoplaba mirando el horizonte descuartado, inconcluso, se lo refrescaba, ganándole a la fragua llamosa que borbotaba de sus poros.

—Pero no te pongas así —le decían con toda sutileza—. Hablo con sinceridad.

Si tú eres el extenso mar; yo soy la tibia brisa que brota de tu ser. Si tú eres esa niña de trenzas abultadas; yo soy el deseado juguete que arrastras. Si tú eres la frescura de la primavera; yo soy la hojarasca pisada en el otoño. Le tomaron de las manos, y ella se derretía como la cera de la vela. Temblando en un paleteíto y graznadillo cambiaba la rectitud de la mirada, a la llegada de una catástrofe, un derrumbe, una inundación, y se encontraría sin escapatoria.

—Mira —acució Juan.

Nunca nadie todavía se le mandaba. ¿No? Increíble. Con razón de su tembladez, acordonada lasitud que la trituraba toda. A su junto el pobre mocoso, todo baboso, prometiéndole, rezándole, judaicamente, regalándolo todo.

—Porque en mi vida jamás he tenido una amiga más preciosa que tú, me gustas mucho.

Le había prometido humildad, sinceridad, más que eso, amistad, ternura, consentimiento. Le regaló el cielo, pero cuando este vate de estrellas, de constelaciones; paseándose por allí, espiritual, coronada de estrellas por ángeles alados, la vistió de reyna. Cómo no regalarle el mar, esa azulada tela púrpura, donde verla navegar, endiosarse en el agua, sería esa linda sirenita mítica, que, ¡Ulises, Ulises!, ¡Juan Carlos, Juan Carlos!, iría a su llamado y se perderían en un mundo propio y celestial, escoltado por un ejército de delfines que se entienden y hacen piruetas como si fuese su reino y todos le rinden culto de amor.

—Dime que sí. Dime.

Se dejó coger de los cachetitos, con cariño, piadosamente, arrodillándose a su junto, (poco le faltó), se esforzaba el mozuelo para que le diera el sí. Por él vende su alma al diablo, a un corsario, se desaparece detrás de esas hoscas islas, sin navegador ni vela, por su amor y ser correspondido era capaz de todo, se lo había dicho.

—Sofía, Sofía, Sofía...

Jugaba con sus cabellos volviéndolo rulitos como la serpentina y paseaba la yema de sus dedos por el pabellón de sus orejitas blanquecinas, se aguaba el hueveras. Era un mechero que exhumaba bencina en la mesa de un intelectual antiguo. El Inca Garcilaso, un Miguel de Cervantes, un William Shakespeare, para ella, mira nada más. *Si tú eres la niñita llorona; yo soy tu salada lágrima bendita. Si tú eres el horizonte recto; yo soy la manzana partida en dos. Si tú eres la mujercita rebelde; yo soy los lazos que te soportan.*

—Dime Sofía linda, dime...

El clima lo sentía a su favor, les limpiaba los pulmones el oxígeno naciente de las plantas revoltosas; son sanos, humectan y rejuvenecen los poros marchitos. Estaban recostados en un frondoso sauce concorvado por la senectud, sintiéndose perdidos en la extensa llanura, donde el sol aparecía y desaparecía por el continuo movimiento de las hojas. Afuera quedó la preocupación de las clases, qué esperen, ya habrá tiempo para retomarlos. Él vivía lo más hermoso de su vida. Todavía no tanto, tenían que confirmárselo, el sí o el no. La hojarasca cayó antes como confeti en un mitin popular; cubrió el suelo, y cuando los pisaban se quebraban, soltando finísimos ruidositos encantados, vidriados, entonadores...

—Te amo, te amo, te amo...

Vivía obsesionado desde que la vio por primera vez. *Si tú eres esa margarita esplendorosa; yo soy el vómito de tierra en que brotaste.* Muchas ocasiones la soñó: vestida de princesa, él de caballero, el sueño más lindo. *Si tú eres ya la mujer bella; yo fui, sí, el agrio dolor de tu menarquia.* Tenerla a su lado, sentir su calor puro, natural, a aguas termales, a Baño de Incas. *Si tú eres la estrella que da calor a los planetas; yo soy la manta de constelación que te resguarda.* Frotar su delicada piel suave, sedosa, purificada y a agua bendita, manjar de Dios griego. *Si tú eres la sabiduría eterna; yo soy la historia escrita en el papiro.* Una Isis ella, la Bella Durmiente, dulce pecadorcita, personaje amoroso de cuentos para infantes. *Si tú eres el cantar de un pajarillo; yo soy el espacio en que te regodeas.* No notaba ni el menor rasguño o marca de vacuna; qué suavidad, ella la fina seda sudanesa con que se engalanaban... ella, la diosa del Olimpo y del Antiguo Egipto. *Si tú eres la atracción de todo el mundo; yo soy el silencio inconsciente.* Sus viejos la adoraban, la querían demasiado, como tendiéndole, augurándole un futuro reinado de belleza, merecedora de su trono. *Si tú eres la rosa olorosa; yo soy las espinas que te protegen.* JC le rendiría culto.

—Así, amor, perdidamente enamorado, vivo, sueño, camino pensando en ti. Te tengo aquí Sofía, en la mente, fuertemente grabado.

Lo vio ella —que esperaba si Juan Carlos era guapo— casi esperándose. ¿No la sintieron acaso esas palabras dulces con los que lo hubo arropado largo rato, con su declaración firme, sincera, de adolescente? Quizá se aguantaba por su comportamiento, su famita de entrador. ¿Lo sabía? Puede que sí. ¿Lo adivinaba? Quién sabe. No dejaba de apreciarla, lleno de dulzura, de pasión única. Esos lindos ojos circulares, que son los mismos de su hermano; su carita blanquirrosa, que es también del Miguel.

—Quiero que seas para mí —rogaba el infortunado, mandado.

¿Estaría volando? ¿O hundido por los cachos de marihuana que le quitaban la vergüenza? No hay más falso porque el amor es así, y cuando cae la templadera, verse imbécil es estar en un estado alucinativo y envolvente. Ella era su cofre, su baúl lleno de diamantes, su fortuna.

Si tú eres la jovencita de ojos dorados;

yo soy el borrador imaginario de tu

frente. Si tú eres la menuda llovizna;

yo soy la grama donde te secarás.

Si tú eres la chica desconsolada; yo

seré quien te sirva de rodilleras.

Se hizo la desentendida y dieron sus ojos para una pareja de enamorados que jugaban abrazados, pateando a ras del suelo, alborotaron las hojas secas. Primeriza era, no cabía duda. Juan era el primero que se le mandaba. Ella que se moría por decir sí, solo que algo la aguantaba.

—Acéptame —susurraron por el pabellón de su orejita derecha.

La arbolada vibraba con el viento. El desparramado pastizal se mecía con el vapor de la resolana quemosa. Arriba, en la copa de los montes, púas de los eucaliptos, vibraban al pulso enredado de la ventosa. Alzando la vista no merodeaba ningún ave por el momento, solo sus graznos rompían los quebraderos de las ramas secas.

Pensaba como si tuviera alguna preocupación escolar, familiar, económica; JC que lo sabía esbozadamente por el hermano, pero quería saber qué más, adivinarlo, enterarse, que le cuente. Esperó. Tuvo tiempo. Luego ese problemita se convirtió en una desvaída miradita a través del rabillo de sus ojos, acompañado, siempre, de una sonrisa inmaculada.

Si tú eres las perlas de la corona; yo seré el ladronzuelo que se las llevará. Si tú eres el amor deseado; yo seré el manto que cubrirá esas expectativas. Si tú eres el rocío diminuto; yo soy la estela en que te enmarcas.

—No sé Juan; pero me gustas.

Se le vino el cielo encima a JC y bailaron los árboles de felicidad.

—Juan, no sé. ¿No me oyes? Me gustas.

Navegó por el infinito el muchacho, se amenizó la tarde, y la luna chismosa ya estaba presente en el espacio claro, con toda la intención de coronar el acontecimiento con su luz la noche entera.

—También me gustas. Eres buenmozo, sabes. Siempre me he sentido atraída a ti —confesó sonrojada.

Le agarró el rostro, buscó cobijarse en su pecho, como un pajarillo que busca su nido; sintió asentarse sus mejillas en sus pectorales, con ternura.

—Eres guapo —continuaba, cariñosa.

Uy, pero lo dijo con una dulcificada voz con sabor a aroma de nevada, cascadillo de manantial, de puquio andino: fresco, gaseoso, helante, para qué irse en exageraciones.

Si tú eres la mujer que desea ser amada; yo seré quien escarbará tu corazón. Si tú eres el fresco aroma; yo seré el sabueso que olerá tus rincones. Si tú eres la mujer desconcertada; yo seré tu espina dorsal. Quedó lelo, turbado, inmóvil. Ni él mismo se lo creía. Era un sí y el tonto seguía en la luna. Necesitaba ser pellizcado para ver si soñaba. Sofía lo hizo; no, no, no soñaba. Estaba firme en la tierra, con ella, con la arbolada mecida a su alrededor, encapullándose el viento a su junto, refrescante, sumido al sueño. Lo atracó. A lo verídico. Esta era su quinta costilla, pero la mejor de todas, ni dudarlo. Qué iba a jugar con ella, si estaba camote hasta los huesos, pulverizándose de amor en sus entrañas. La piuranita era de él, solo de él. Acá sí cayó de templado. Pensó en robársela, fugarse a donde les guíe el mar. Se imaginó por un momento que salían corriendo, tomados de la mano, zafando de la policía, huyendo por toda la costa con dirección a Piura, luego a Iquitos, fugándose de las personas que no aceptaban esa unión; largarse a otra ciudad, conocer otras personas, por qué no. ¿No lo hicieron así acaso las amigas de su cuadra? ¿No se fugaron con sus pretendientes ante la negativa de sus padres y las volvieron encintadas de cinco meses? «Le pondremos tu nombre, papá». Qué entonces contra ellos, ni sus viejos, ni su hermano que era un huevón a la vela. De tantos gastos por buscarla, se morderían la lengua y punto. Que los mandaron a perseguir por fugitivos, pondrían avisos en la televisión, las radios, los puestos policiales: «Raptaron a la Reyna». Nada de eso hoy en día, ni que estuviésemos remontados homéricamente. *Si tú eres la señora omnipotente; yo siempre me rendiré a tus pies. Si tú eres el oasis deseado; yo soy el desierto que te acecha. Si tú eres la benefactora de los pobres; yo seré la dádiva que ellos reciban.*

—Juan, ¿me estás oyendo? —Le sobó los dedos por sus abultados cabellos rizos; se les resbalaron por los hombros, se abrochó a su cintura—. ¿En qué piensas que no me haces caso?

—Nada. Apenas una ligereza sin importancia. Aprecio con gusto lo verde del paisaje, los pastos secos, aquella avecilla en su nido que quiere saltar al vuelo...

—¿Por lo que oíste? –le preguntaba la muchacha.

—Todo y más —respondió él, atolondrado a su hablar.

—Porque digo que sí, sí —eso era una reaseguración. Lo decía. Nada falso.

—¡Sí! –se exaltó el mozuelo.

Si tú eres la casposa arboleda; yo soy las hojas que te visten. Si tú eres la Reyna que danza con el viento; yo soy el suspiro que exhalas. Si tú eres el fino fardo de algodón; yo seré la tumba que te mantendrá caliente.

Borracho el hombrecito los hombros se le vinieron abajo de un solo porrazo, el corazón le palpitó desacelerado, burbujeante, parecido a aquella madrugada que fugaron corridos a palos del Rincón del Mar. Reptó en su imaginación. Circundó en el espacio, aterrizó en la copa de los pinos. Las nubes son esponjas celestiales donde reposan los espíritus y los ángeles, la naturaleza olorosa contagia su aroma a los mortales, y son dos más, que doblegan y se eclipsan ante ese cielo de brillantina incandescente. Se amigdaló el muchacho, descuajeringado como un títere de mala función. La garganta se le fue anudando, y lo aprisionaba como una soga y parecía que perdía la respiración. La mierda. Ella y Él. El Rey y la Reyna. Simple. Así de sí. Por los mundos solos, extraviados de señal y comparsa, cero grados, fuelle de temperatura, nula atmósfera. Y tuvo que caer por la buena o por la mala, qué mejor regalo.

Avanzaba la tarde en su trajín cambiante y productivo; minúsculos punzamientos de luz penetraron por el follaje. Los visitantes entraban y salían del Restaurante Los Pinos, corteses, administrativos, de buenos modales, se saludaban de bienvenida y de adioses. Habían colegiales, muchos, enamorándose, columpiándose, tomando Coca-Colas, felices, y los más bravos y avezados aprendían a fumar en las cabañas de los viveros. Partía el tren y estaban con los boletos en la mano. Tan entusiasmados estaban que hasta se olvidaron de la partida, que ya era hora, y todo indicaba que lo perderían.

—Que quede todo atrás, que nos busquen si quieren, ya no nos encontrarán. Qué nos importa si somos tú y yo. Nos largamos para la selva, aparecemos por Leticia, nos quitamos a Colombia. O agarramos el río Amazonas rumbo para Brasil. —Juan Carlos la animaba ensoñado de pronto, y por lapsos de fulgor y alusión, dispuesto a llevársela.

Esa linda ricura no podía contenerse de tenerla consigo, a su lado. Moría por desaparecer junto a ella, hasta donde el mar y la tierra bordeen sus límites.

—¿Qué haremos los dos tan lejos? Todavía somos jóvenes e indocumentados, no portamos nada, ni dinero. No llegaremos así a ninguna parte —decía ella, nerviosa—. Contémosle a mis padres que eres mi enamorado, a mi hermano.

—¿A tu hermano? —se preocupó JC.

—Cuando lo sepan te van a querer —decía apretujándolo con amor—. Son buenos, no te negarán que seas mi enamorado —dispuesta siempre a hacerlos conocer:

«Mamá, papá, hermano, él es Juan Carlos, mi Rey».

—Olvídalo Sofía. No lo hago por si soy aceptado o no. Lo hago porque no quiero separarme de ti. No quisiera que te me alejes más, ni te separes ni un segundo de mi lado. Un minuto podría hacérseme el fin del mundo —casi novelesco—, y no lo soportaría —hablaba, pedía, mascullaba—. Tus padres pondrán reglas y eso no va conmigo. Para vernos un día a la semana, y solo por horitas contadas, no. Para eso, mejor vámonos. Luego les comunicaremos nuestra decisión y lo entenderán, vas a ver.

—Es que no podemos, ni debemos Juan —hacía entender Sofía—. Irnos, dejarlo todo. Nuestros estudios. Es fallar a nuestros padres que tanto se sacrifican por nosotros. Somos jóvenes e inexpertos para hacernos a la vida así por así.

—Y eso qué importa —se angustiaba Juan Carlos, dispuesto a todo y a lo que venga—. Lo único que sé es que quiero estar contigo.

—¿No piensas en lo que te digo? No es nada fácil amor, un instante de ilusión no es todo.

—Todo me tiene sin cuidado... —Que trágico Juan, buen dramatizador, fiel a la dicción de su conciencia—. Yo te quiero y tú te vas a venir conmigo. Me amas, ¿cierto?

—Mucho —acertó su chica.

—Vámonos de una vez. Verás que no nos arrepentiremos. Formaremos una familia y seremos felices, siempre. Vamos.

—¿Vamos? —se inquietó Sofía, y se quedó callada.

—Sí, están tocando el tercer pitazo. Vente Sofía, tómate de mi mano.

Dudó por unos segundos la preciosa; porque estaba ahí, pensativa, fugada, con la mirada extraviada, huidiza, qué se volvería su vida si procedía a los ímpetus tácitos y ponzoñosos de su enamorado. Como delicada, tierna, apetecible, pasados minutos de súplicas y peticiones, aceptó helada con un leve movimiento de cabeza.

—Qué esperamos. —Juan se llenó de emoción—. Vamos Sofía que nos quedamos.

En el transcurso se besaron y lo sintieron delicioso. A su experiencia era novata, no sabía besar. Pero él, que la agarró con dureza, no quiso soltarla, sino hasta que lo separasen del pecho porque la pobre se ahogaba. La tomó fuerte de las manos y corrieron hacia la agencia de viajes que rebalsaba de pasajeros, y el tren, (o simples vagonetas) por partir, era abordado en una confusión, y encontraron asientos vacíos al frente.

Soy el primero, pensaba entusiasmado. El primero que ha saboreado esos acaramelados labios, el primero que ha sentido su fulgor interno, la quemazón de su lengüita, el sabor de su salivita.

Cómo estaba. Loco, en suspensión. Así. Loco. Imaginarán su hazaña.

Se abrieron paso en el apretujo pidiendo permiso, hasta el fondo, donde les señalaron dos asientos libres. Cuando partieron, lo primero que se les presentó fue una maratón de borricos que competían jalando sus carruajes. Vibrando y observando las personas, repartían de hurras. Adelante la llanura les devoró apetitosa. El tren expulsaba humo negro a cada pitada filamentoso que se hilaban en el avance. Gigantescos pinos los escoltaban para ambos bandos dejándolos encapotados dentro de la cementera verde, y al ras que se explayaba el remanso azulado, el bosque verdiamarillento, y el cielo celeste pasó a tener un color naranja, ocre, acuoso, a la forma de una bóveda infernal. Ahora ya la distancia de árboles se alcanzaba a cada cien metros, hasta verse despojado en su totalidad. Del

subsuelo brotó una fábrica, la siderúrgica, que emanaba tóxicos por su correa levadiza de humo. Semide-
sierta. Contados trabajadores chambeaban desgana-
dos, sin incentivo alguno. Sofía se desconcertó, se
apenó, quizá de un vago recuerdo. ¿Esos son rostros
de trabajadores o qué? Al pasarles la voz, solo por allí
emergían unas manos torpes. Camiones varados, sin
motores, inservibles, desllantados, apenas se suspendían de unos maderos. Los almacenes *stockeados* de
fierros, alambrones oxidados por la desconsoladora
brisa, no podían ser vendidos, ni rematados. Quién los
va a comprar. Encima de caras largas, ceños frunci-
dos, rostros sin expresión, frentes arrugadas, daban a
entender, a leguas, que aquella gran empresa se venía
de picada.

—En octubre sacarán a mil trabajadores, y este
mes anuncian los periódicos que liquidarán a más —
habló una señora viejona. Parecía haber vivido mucho
detrás de esos anteojos culo de botella.

—Pobre gente, qué será de ellos. Tendrán que
volverse informales pues, o se comprarán una carca-
cha con su mísera liquidación. Si la tendrán —
completó su compañero, canoso, con un mostacho de
pintor—. Dicen las voladas que están rogando en el
muelle para que los saquen a pescar.

El tren continuaba su marcha, para eso volvió a
aparecer la laguna remansada. Los turistas esperaban
la salida de los botes para poder pasearse. El fogonero
alimentaba con carbón el motor antiquísimo, que de
tanto doblaba en velocidad, y al crujir de su sonido, su
estruendo era emocionante. Feliz los enamorados; qué
más, navegando de abrazos y besos; de ellos. Los vie-

jones que le daban a la conversación y no podían ponerse de acuerdo. A Juan Carlos no le importaban los problemas políticos y económicos del país. Y la emoción continuaba porque el tren crujía más, y se contagiaban, almidonados de amor, no paraban de reír. Sofía, linda, amplió su boquita, y solo en algo se libró de su hermano: no tenía de igual sus dientes. A su mejor, eran derechitos, parejitos.

—Me haces feliz, Sofía —decía Juan en delirio.

—Tú, más —respondía ella, apetecible, amorosa.

—Te quiero, te amo, te adoro...

—Arriba —apareció Miguel Ángel—. Apúrate huevón que nos vamos. Falta poco para que oscurezca.

—Carajo —gruñó JC al viento—. No la cagues.

—De una vez —dijo el piurano dándole una patada

—La malograste —dijo Juan tanteando tierra firme.

—Sueñas cojudo —se burló Miguel—. Con putas, seguro.

—Puta madre, hueveras, cómo la jodes —se hartó Juan.

—Incorpórate ya. Te quedaste quieto toda la tarde. Ocúpate en algo para que se te vaya el sueño. Te quedarás.

—No jodas. Yo no me quedo.

—No se hable más. Estuvimos llamándote.

—Si se quitaban era que lo hagan sin despertarme. Del vivero me regresaste para quedarme contemplando la embarcación. —Se echó de nuevo.

—Ni lo pienses, ya sabes. Nos roban, viene el dueño y nos corre a patadas —advirtió Miguel—. Regreso en un par de horas con Lucho. —Saltó para el muelle.

—Miguel —le llamó su amigo.

—¿Qué? —le hizo volver.

—¿Tu hermana tiene tus muelazas?

—¿Qué? —se sorprendió el piurano.

—Nada hueveras, anda nomás.

—Oye hueveras de mierda, déjate de hablar de mi hermana.

—Te dije que te lavaras las muelazas, marisco.

—Hazte el huevón.

III. LOS CUTREROS

Los amigos, más que todo, creo que nacen de una casualidad. El destino es como un péndulo permanente que en su *big ben* matutino y diurno hace que las personas vayan conociéndose, juntándose esporádicamente con una conversación. Vale decir, adentrarse a ella y, con eso, en formarse grupillos, nace una amistad. Precisamente eso fue lo que le ocurrió al Alejandro segundo. Estando ya libre, se sentía sin preocupación, libre de polvo y paja. Sin su añorada sierra de abruptos roquedales, suscitadas enramadas, que se alzan y se chorrean como viborillas picadoras, no sería insidioso hacer recordar que el río Amazonas burbujeaba kilómetros arriba, elevándose como un vapor y en sus cauces a transformarse en uno de los ríos más despampanantes de la Tierra. Sobre todo, esa larguísima Cordillera de los Andes que, conturbándose a los días soleados, deja que de ella se desprendan hilos de agua insignificantes, que de repente, de bajada al océano, entran en un *mare mágnum* beligerante; y su protuberante demasía, el río Santa, va carcomiendo el suelo hasta el nife. Contrariando, en la época de abrigos la cordillera se pone tan fundida como el acero y blanquea todavía, incitando a meterle pinceladas. San Martín y Bolívar, quedaron maravillados con todo el paisaje de la bella América del Sur. Fueron amigos desde antes de conocerse. Luego que se encontraron ambas corrientes libertadoras, no existió ningún problema, así lo hubiese habido, de quién verdaderamente tomara las riendas de la patria. Son héroes continentales donde hayan nacido, sin importar límites ni distancias. La naturaleza hace brotar seres con vida dentro de un mismo mundo, donde la única frontera existente es el espacio. *"¿No es así...? ¿Ahora...?".* *'Bueno, si esto te sonó demasiado repetitivo o absurdo a tu capacidad sabihonda, rogaré mucho te quedes callado la boca'.'*

Con la bala guardada en el cuerpo tuvo que llegar hasta Chimbote para ser atendido. Días luego de la huida, Alejandro de la canción deambulaba con sus amigos alzados en armas y reconoció a su hermano, todo furibundo al lado de una laguna, alimentándose de musgos y ranas petizas. Lo rescató. Fue encargado con unos viajeros, y con la condición de que su hermano sea llevado a un hospital, pronto, se salvaron los pellejos. En el nosocomio La Caleta le extrajeron la bala y lo desinfectaron con agua oxigenada. Reaccionando, entre entuertos, su madre y comadre se alegraron y arrancaron los llantos. Vivísimo el mocoso, hizo caer en el embuste a los enfermeros, que quienes quisieron victimarlos fueron los terrucos. Porque lo enrolarían en su milicia, por eso huyó. Él pensó que no le harían caso, pero cuando llegó la policía y lo embarraron de rigurosas preguntas, se quedó pensativo. Desenmascarado por quienes no podría ilustrarse. ¿Cómo encontraría Aurora Torrente a su primogénito? «El papelito seguro, con la dirección de mi madre fue encontrado en mi mochila», se respondió el mismo Alejandro. Todo ahuesado, con pómulos de calavera y labios prensados, hablaba un español atracado. Aunque le regresaron sus pertenencias, el fajo de billetes se había esfumado. Sospechó que los beneficiados con eso fueron los enfermeros, ¿o quienes lo trajeron? *"Fue su hermano, zoquete".* Como era una buena suma, tuvo miedo de reclamar, pues al volverle con los interrogatorios, lo confundirían de ladrón, que fue baleado y perseguido. *"Y lo era, ¿o qué?".* Verdaderamente que hubo cometido un delito. Cálmalo, mejor.

Recién su sueño de Corongo pudo ser complacido. Desde que se imaginó un mar azulado, tierrecita blanca donde ella se regodeaba, como lo leyó en su libro de geografía, resultó un chasco. Al percatarse, por primera vez, desde una lancha varada en la orilla, le fue horroroso, que esa arenilla eran rocas lavadas a la reventazón. El ácido verdoso de las aguas le causó repugnancia, *"a quién no".* Solo después cambiaría de opinión; es porque sus colleras cutreros Lucho, Miguel y Juan le desengañaron de lo errado que estaba. Todo el mar no era como se lo pintó en el cerebro, sino que las playas vírgenes existen, y muchas. Éstas eran así, solo que la mala implementación de la industria lo ha jodido todo. Él se alegró, infló los pómulos, como si le doliera. El colmó, sí, los dragones metálicos roncadores, humeantes de fraguas asfixiantes, cantidades de bolicheras, buques mercantes, cargueros de exportación, cochambrosos astilleros, se mecían delante de sus narices, a punto de hundirse.

***

La caótica situación económica por la que él atravesaba le obligaba también a buscar trabajo en una ciudad desordenada y desempleada, donde casi todos eran hombres de mar. Ayudaba temprano a su madre y a su tía en el muelle. Se hacían cargo de la venta de pescados, mariscos y machas, con diversas variedades que ofrecen los pescadores artesanales, y que a ellos les regalaba el rico litoral marino peruano desde muy entrada la mañana. En esa neblinilla de humo con sabor y olor a sardina todas las madrugadas era igual: las fábricas vaporeaban sin cesar, dejando al puerto naciente de escamas.

Poco a poco, conforme se familiarizaba a su nuevo ambiente y dejar de sentirlo como el primer día que llegó —fue en la veda, con razón—, comenzó a tocarle el calambre de sus movimientos diarios. La lanchada desembocaba la captura por unas tolvas de buses cochambrosos. A los pescadores se los veía echarse a la mar a lo normal de su trabajo, llegando pasadas las veintidós horas, con sus gorras de deportistas, encapuchados los cuellos con chalinas y mostrando barbas de personajes bíblicos. Cargaban sogas, ungüentos de breas, una aguja, nailon, chavetas, igualando al hampa; mas no, no lo eran, pues esas eran sus herramientas de chamba. Una vez vio entrar y salir a Juan, y se pasaron la voz sin conocerse. Recién se animó para adentrarse hasta la punta del muelle, pasados meses. Es que le causaba pánico al comienzo, cuando tenía la idea de caerse y perderse en el fondo; con el tiempo esa imagen se fue, de a pocos, desvaneciendo.

Aprendió los duros menesteres que ofrece el mar a la corta vida. No fue como cualquier provinciano recién bajado a la costa, ni heladero, tampoco boletero de cinema, ni de chongo, menos raspadillero o lustrabotas. Pagos demasiado irrisorios que la muchachada lo hizo desanimar. Eso no alcanzaría ni para levantar un ladrillo de su precaria vivienda. Fue Cutrero, como Luis, y toda su gallada.

Aunque optó por la misma aventura que Cutrero, no había dejado los estudios, y le valía para recursarse sus dichosas monedas. Sus ganancias fueron favorecidas pronto, cutreando pescado caían aventurados reales. El sol veraniego y apabullante de esas fechas hizo que su tozuda piel blanca, recién chisgueteada de ubre, fuese cambiándosele de color. Ahora, cuando se acercaba al espejo, notaba que se estaba quemando, oreándose a la brisa.

***

Jamás olvidaría su primera vez. Sería el haber dejado el plato de comida y abalanzarse desesperado cuando arrastraron el chisme hasta el muelle de máquinas en desuso, fuera, donde atorándose del bochorno se disponía a cucharear, de que fue visto desde la punta del muelle, en Gildemester, a una nave comunicándose por radio, que se acercaba al tope de tonelaje. El mar daba la impresión que se lo tragaba, o las olas alicaídas de la Isla Blanca jalarla para alimentar a sus chanchos marinos. Llegaba la Sofía I, meciéndose como en una cuna, con su proa cabizbaja, con su popa salpicada de malagua y su casco devorado.

Cuando lo midieron de acuerdo a su capacidad de alcance, un centenar de cutreros saltaron a la playa y nadaron a las ganadas a llenar sus sacos, desnudos y en calzoncillos. Era la plata del día, la ganancia de la noche, el vicio de la madrugada. Se veía como en una competencia, tan chiquillos y jovenzuelos y encima buenos braceadores. ¿Qué sería si pensaran en un laurel? Flotando alrededor de la embarcación, fueron espantados como los pájaros cochos. Rogaban a los tripulantes les dejen trabajar, rodearon a la Sofía I, formándole una corona humana. Les permitieron cuando después de ser anclado para una boya. Una panga que trajo a los cutreros, regresaba a los tripulantes. Después de perseguirla con goce, aunque con más esfuerzo debido a la ventilación de sus hélices, los expulsaban lejos, a la creación de sus radios marinos. Quedó, de nuevo, anclado frente al muelle, y este se vio como un largo corredizo de pista atlética que desembocaba en forma de T al espolón de las harineras, que se interponen a las viviendas.

Como caimanes, quitándose la comida de sus hocicos, se ganaban los pescados blancos de las manos. De pela dientes se enfurecían a quedarse en una trompeada en tierra firme. Una insinuación a mechadera, ni duda. El desenlace de mocosos inanimados, movidos por impulsos de bravos, de fuertes, de jodidos, de querer hacerse conocidos por todo el muelle, hueca de cráneo, se sacaban las madrinas... *'A eso vas dirigiéndote, Lucho'.*

Revoloteaban dentro de la bodega escogiendo las más finas especies, con sus habladurías ácidas y jode persona llenaban sus sacos. Agradecían a la nave al apoderarse de parte de su faena, ínfima, pero buena. Era la Reyna de JC, él moría por ella. Sin ocultarlo, la hermana de Miguel.

Dos jovencitos, matoncitos, bemba grande, acertada raja negra; pelo crespísimo, y secos como quemados; bien tupido por sus cabellos no conocedores de peine; muy altos para su edad, y muy bajos de comportamientos, trataron de apoderarse de un filo de la bodega donde Alejandro recogía pescado en el entrevero. Cuando reaccionó sin mencionar una letra, se forzaban de los hombros. No podía contenerse contra dos, casi estaba fuera, por las resbaladizas grasuras de sus cuerpos, contagiado de sudores. Era como una apuesta, una algarabía de presentes delante de una enredadera de gallos, desnudos y febricitantes, ágiles y elásticos. *"Así se los veía"*.

La bolichera estaba sin trabajadores, pues ya se habían retirado en una panga y hace rato también se les vio pasar por las escalinatas de la plataforma del muelle, que en una noche de alcohol, mariscos y perras, Juan lo confundió con un enorme ciempiés, con sus numerosas patas anclado fuertemente en el océano. Así fue, la cosa que no se acordaba. Solamente se quedaron dos personas como guardianes, para terminar el desembarque. Necesario entre los dos, los cutreros. Sí. Entre ellos don Bernardo Bermejo y el Saturnino Crispín, el chinaco pues. Inspeccionaban cómo se ultrajaban al meterse medio cuerpo a la bodega. Cuchicheaban enjambrosos, aleteando como murciélagos, rebuznando como caballos, pisando sus pezuñas. Manos hongosas, cuarteadas, contra los hombros y espaldas de otros por hacerse de espacio, llegaban a toparse las narices con las manos, rebuscaban entre la anchoveta.

El primer par, luego de salir cuete, de retorno se resbalan por las amuras, después de haberlo barateado a simple cuota de ambulante y vaciado en su carretilla.

Tremendos treinta grados les abrasaba copiosamente, con sus diminutas partículas asfixiaba en su agotamiento. Y las aguas agrias, manchadas de derrame de petróleo, sanguazas flotantes y grasosas, reverberaban los raspones e hincones de escamas, con las espinas que cargaban. Terminó de razonar el cholo, extraviado en una confusión, que, como él, chambeaban para llevarse un pan a la boca. Injurientos, sacando de sus entrañas a sus viejecitas, los rajaban con sus lenguas soterradas. Faltos de orientación reaccionaban a ese comportamiento. No importa: todo trabajo es un sacrificio. Bien por ellos. Aprendiendo los durísimos menesteres de la vida dura. Clavados como unas plantas raizudas, difícil resbalarse a la mecedora de la embarcación, estaban acostumbrados al vaivén de la marea. Insultativos, fe de eso. *"La primera vez es tedioso"*. Caballero a darse ganas, Alejo.

Sabían que cuando la capa de brea del muelle calienta, arde de los mismos diablos. Entienden. Corren de puntillas, cargando el saco de polietileno, al boliche, en sus espaldas, se bañaban del sangrado del tripaje; algunos pescados se licuaban, volviéndose jabonosos y barrosos. Con tremendas patas gruesas, cementosas, como capa de queso andino, o corteza de planta milenaria, de todas formas, no soportaban el incendio de sus metatarsos. Peor, se les envolvía el problema cuando volvían a pisar la nave, el ardor llameante de sus filos fundidos, que a un juntadito de esputo te lo seca instantáneamente, haciéndolo humear, sin exagerar, se desemboca en una fiebre nocturna. Esa corrida de fiebre lo sienten a diario, todos, hasta los pescadores, penetrante brisa.

"Cuando te acostumbras, te llega al pene".

'Trabajen nomás imbéciles'.

Imagínense un novato: chapucear diez, quince veces hasta la lancha, nadar jalando el saco lleno de pescado. Era una mierda ese trabajo.

Cuando invernaba y el mar se congelaba dudaban qué clima les favorecía. Esperar que en un día soleado se le ocurra taparse de nubes para balancear a una atmósfera tibia; así sí se movilizaban felices de nave a mercado, pedido que raras veces complacía la costa peruana, de días asfixiantes y madrugadas friolentas. Aunque aparecían signos de brumas, estos eran empastados por el contundente humear de las fumarolas de las fábricas que no descansaban en su trajinar productivo. Tal, encima el bullicio de la muchedumbre, el tronar de las bolicheras, cómo acostumbrarse a aquella figura. Era un lugar de ganarse la vida, movimientos diarios de un puerto rico de especies ictiológicas. El punto donde el cholo comenzaba a criarse, a soltarse al mundo. A la edad de quince, se siente que uno tiene el doble. *'¿Sí o no, Cutrero?'.* Uno despierta fugaz a la realidad. La vida se te acorta, saltas, de pronto, de la pubertad a la adultez. Te sientes recontra hombre, mayor, con ganas intermitentes de amarrarte con cualquier chibola por allí y hacerla tu señora. Sitios que no se deben conocer, se conocen en un solo tronar de dedos. Es que los soles no solo se sudan; también se empapan.

Generalmente la mayoría iba y regresaba y los guardianes no tenían por qué perderlos de vista, porque al mínimo descuido, entre el amontonamiento, se levantan los cabos, los corchos, los plomos, hasta los bidones de aceite. Todos estos cutreros tienen fama de choros. Evadidos por siempre de las aulas, corren a hacerse a la mar tan chiquillos.

Lucho se ganó con algo, bajó corriendo de la caseta y chapó con fuerza de la cintura a un cutrero bembón de nombre Flavio Crispín, le dio un empellón, lo hizo rodar por el callejón de estribor. Seguido su hermano, Armando, fue revolcado por el boliche. Se fijó, buen rato, que no dejaban trabajar a un serranito que ni siquiera los pescados conocía. Volvió el indiecito a ocupar su sitio denegado. De pura pica, aguándose de rabia los negros, de ojos rasgados, se aguantaban para entrarle a los golpes. Lo zapeaban con mirada vengativa, y sus viejitas fueron recordadas de sus casas a puras mentadas. Piurano con Juan Carlos se pusieron moscas, por si acaso. En cualquier momento reventarían los morenos. Don Bernardo ya estaba en la cubierta y les ordenó que se bajaran.

—Abusivos de mierda —les dijo a los morenos—. Se pasan de pendejos.

—Estamos trabajando, señor —dijo el negrito Armando, el más jetón. Trató de no amilanarse.

—Estos puctesumadre no lo dejan trabajar a este cholo —refunfuñó Luis.

—¡Qué saltas tú, panpuctetumadre! —fustigó el otro moreno, Flavio.

—¿Acaso te duele o qué mierda? —le siguió el moreno bembón.

—No le dejan trabajar pues, parinpanpuctetumadre. —Saltó por la caseta Juan.

El resto no prestaron atención a los detalles de la bronca, solo llenaban sus sacos y nada más. Flavio, el moreno mayor, caminó hacia Cutrero decidido a pelearse. Lucho se armó de puños, lo aguardó y Miguel bajaba por las escaleras, para sorprender.

—Tranquilo mierdas —rabió don Bernardo para ambos negros.

—Conche tu madre —le insultó Armando a Lucho—. Te la pegas de saltón, hueveras de mierda.

—¡Calla, parinpanpuctetumadre! —respondió enérgico Luis—. ¡Quieres pelear conmigo, puctetumadre!

Abusivos con un paisano, se la pasaban de pendejos, según ellos. Pareció no gustarles. Lógico. No. Con crudas afirmaciones vengativas, no dejaban de mirarse. Era contra Lucho, que por un lapso creyó reconocerlos.

—Salten ya —ordenó don Bernardo a los morenos—. Váyanse a joder a otro sitio.

A don Bernardo Bermejo no le hacía mella, ni le causaba aprensión alguna. Qué se inmutaría ante dos simples cutreros carachosos. Viejo, de amplio recorrido, se retiró las gafas, y su rostro tomó la forma de una noche jaranera; es que no estaba pasado por su *shick;* y es que tampoco lo necesitaba, porque no tenía barbas, imberbe el pobre. De una sola pasada se ensalivaba los labios con la lengua al enojarse. Cogió el saco de pescados y se los aventó. Verdaderamente al que se le notó furioso fue al chino Saturnino, parecía que los negros eran sus amigos. Pero no hizo nada, más que disimular sus ganas de meter cizaña.

—Te cagaste conmigo, puctetumadre —previno el negro bembón al salir del agua.

Una ayuda fue motivo para hacerse amigos entre Alejandro, Lucho, JC, y el piurano. Casual. Lo ayudaron, lo defendieron, porque al verlo pequeñín, carpancho, se notaba un decaído pensil de juventud. No notaron que en aquella reminiscencia existía una historia, de crueldad y matanza, porque él lo vivió en carne propia, y quienes saldrían corriendo serían los nuevos amigos.

Le cayó bien al tío, lo vio como a un hijo más. O quizás como un huérfano, como fue él en su niñez.

Aunque la claridad se vaya diluyendo y la panorámica de la ciudad a nivelarse al mar, *level colors*, daba a los presentes, qué vaguedades, la idea de retirar la cantidad de piedras que circunda el litoral, dejarla desprotegida, y, en una brava marejada, cuando se expectora el océano, causaría una inundación total. O, por lo peor, al recogerse en una exhalación, soltarse en un maretazo de diez metros, se zafarían los límites de las chácaras adyacentes y la ciudad quedaría flotando como un *iceberg* a la deriva. Dramatizando, en ese remolino de ondas, daría vueltas completas y el puerto quedaría sumergido en un cataclismo que le borraría del mapa de un solo tiro. Son vaguedades, minutas del pensar, pero cosas menudas de este tipo suceden constantemente. Ojeando desde el Cerro de la Amistad se da cuenta que la altura del mar se alza más arriba que la ciudad, carcomosa, y se ve como una galleta deshaciéndose en la leche.

Lo apodaron cholo, serrano, todos los demás sobrenombres que venían con su aspecto. Mírenlo. Ya usaba lompas *corduroy*, micas manga larga. Zapatos mejor que zapatillas, su gusto, pretendiendo amoldar sus patas de rana. Las correas le gustaba que le doblen dos veces la cintura, por eso buscaba de cuero y bien largas. *'Mira que le daba sus ganancias'*.

***

Pero, aquella ocasión, sintiéndose macho, que el trabajo marino era poco para él, y le dio parejo sin parar todo el día, no se salvó ni con el rosario, ni con las Aves Marías.

Cuando el astro rey se iba disolviendo, contrastando el puerto a un desangramiento terrorista; (ya era un hecho que los alzados en armas existían), pasaría un mal día. Atardecer rojo, leve, sí, con la quemadita penetrante, sintió en sus espaldas rasgarles pabilos al zas, jirones de calentura le penetraron tercamente.

«Cholo cojudo —lo jodería luego Miguel—. Más imbécil no pudiste haber sido». Se acordaría la vida entera.

Toda esa noche se ahogaba intrincado de ardor. El estar todo el santo día sin protección, los rayos solares le fogonearon hasta los músculos. Al toparse con algo, «mierda», gimoteaba como animal hambriento. Su piel blanquiñosa y transparente fue quemada tan roja que daba la impresión que toda su sangre estaba coagulada en un solo rincón de su cuerpo. Se quejaba al echarse, tomado de los cabellos meneaba medio cuerpo sentado al filo de la cama. Aurora se equivocó cuando hizo hervir paico en una taza para darle de beber, y echándole agua fría en la espalda, apergaminaban las hojas. Al otro día despertó sobresaltado, con la misma hinchazón. Intoxicado, creyeron. «Al toque, un lavado intestinal». «Pónganle un enema de agua helada». ¡Rápido! "¡Ya!". «Está mudando de colores como el camaleón el pobre». No le pasó nada, qué comida le iba a hacer daño si ese come hasta basura. Fue arropado por una malagua el panpuctesumadre. Por eso que esas manchas se vuelven moradas, como las patas de burro por todo el cuerpo, ahora. Como no conocía esas manchas enfermas del mar, no las esquivó. Ese coágulo sulfuroso y grasiento, son productos de las empresas, desechos y sanguaza. *'Cómo negarlo. Las harineras culposas joden el ambiente. No mienten cuando afuera dicen que la ciudad de Chimbote es la más contaminada del país. Su pestilencia se siente a leguas...'.* De malagua, todavía, para piña, el sol se le impregnó percudido.

Cutrero y Juan lo llevaron a la fuerza para su corralón, tendieron tablas, lo tumbaron bocabajo, desnudo, y lo rellenaron de baldazos de agua helada. Un poco más y lo despellejan por completo. Lo desinfectaron, pusieron a su lado paños de franela, con un balde lleno de agua con bloques de hielo para que se mantenga helada. Él lo remojaría lo necesario, y se lo echaría en la espalda. Refrescándose pasaría la noche, recobrándose del susto, para él que jamás en su vida conocía enfermedad, que ni siquiera el virus de la gripe le había sorprendido. Ensartado ahora, por ignorante, estaba de pecho a la intemperie, a la bajísima iluminación de los postes públicos, sanándose. *"Si no fuera por tus nuevos amigos los cutreros...".*

***

Semejante sol abrasador les engullía sin compasión en su tarea; fogones de calentura les escocía en la espalda, borraba a veces las imágenes del día. Pesada la labor, apenas cuando los piqueros o los guanais planeaban por sus encimas, se guarecían. Les entró un hambre de reo.

—¿Cuánto mierda nos van a tener así? —preguntó enojado Juan Carlos, impaciente por la temperatura—. Creo que nos tienen fregando. Quieren que les rueguen, que se les arrodillen.

—Cálmate Juan —dijo Miguel—. Sí, nos van a sacar a pescar. No hay de qué preocuparnos. Además los hemos estado ayudando, solo esperemos.

—¿Ustedes creen? —preguntó Juan, dudoso—. Ya casi estoy perdiendo la confianza... Deben sacarnos siquiera una semana.

—Sí nos van a dar la mano —afirmó Lucho—. La cosa es que nos están paseando, la están haciendo larga. Quieren vernos preocupados, inquietos, para que se apiaden y nos saquen.

—Son unos pendejos del diablo estos pescadores —habló Juan.

—Mi viejo ya conversó con el Capitán —dijo Lucho—. Él me lo ha dicho. Pendejo nomás el Patrón de mierda, nos está haciendo sufrir.

—Mientras tanto tenemos que seguir de cuidantes —dijo Miguel—, quemarnos aquí como chicharrones. Se pasaron, carajo.

—¿Pero estamos ganando, o no? —les recordó el Cutrero—. Peor es nada hueveras, siquiera tenemos chamba.

Estuvieron impacientes semanas, aguardando a que el Patrón del mastodonte, Boris-Boris, les diera la venia para que pudieran hacerse a la mar. Si se les pasó por la cabeza que saldrían el primer día, con los demás pescadores, se equivocaron. Un cúmulo de cachueleros persiguieron al Capitán la noche entera, qué serían un par de mocosos casi mancos, para febricitante trabajo. La preferencia lo dio Boris-Boris a aquellos cachueleros expertos, ya conocidos, que por equis o ene motivos pedían favores; o porque sus embarcaciones se fueron a pique —al fondo del mar—, o porque estaban en reparación, o porque se hicieron conocidos por el muelle debido a su destacada labor. Ellos tenían la opción preferente, no un par de chibolos que estaban en la etapa de la masturbación, chupando cada fin de semana, no.

Ese día la Sofía I llegó al puerto junto con el sol, y en la misma línea se formaron con referencia a la pista del muelle. Demasiado aburridos, tenían que hacer algo, no sé sabía, cualquier tontería, con tal de botar el aburrimiento que les doblegada tediosos.

—Se me ocurre algo —al rato dijo Lucho—. ¿Qué les parece si cazamos pardelas, gaviotas, para cocinarlas? Estoy muriéndome de hambre.

—¿Cómo las vas a cazar? —refutó enseguida Juan Carlos—. No ves que van a ser imbéciles de dejarse. Parece fácil, pero son recontra ávidos —tanteó a una—. Al toque levantan vuelo.

—Con trampa puede ser —dijo Cutrero, desentendido—. Se puso los dedos en la sien izquierda y pensaba. *'Aunque no lo crean'*—. Ya se me ocurrirá algo, esperen nomás, que ahorita yo sé cómo.

—Tiene que ser en el acto —expresó Miguel, meneando la cabeza, dudando que su compañero pensara en algo—. Porque la hora del almuerzo es a las doce, ¿no? Mira que me está sonando el estómago.

—Ese cojinova crees que tenga ideas —se burló Juan—. Cerebro de pajarito que tiene. Oye... Regresa al colegio, quieres, siquiera acaba la primaria.

Miguel reía a grandes carcajadas, pero Lucho no les hacía caso.

—El cerebro solo te da para pescar, para arrear el boliche, para cutrear —demasiado fastidioso Juan, siendo su amigo, era realmente exagerado para burlarse.

Esto va para acá; lo de allá corre para acá; se dobla por detrás; en dos vueltas; yo espero allá; si pisa me corro por encima y caigo acá, ella queda atrapada y se acabó, pensaba Lucho.

—Apúrate *homo sapiens* —vacilándose siempre Juan Carlos.

—Cose tú y no jodas —decía Miguel—. Deja que ejercite su cerebro. Que piense algo, pero que piense. Peor es que lo tenga dormido.

—Ya está parinpanpuctesumadre. —Apuntó el anular al cielo—. Préstame tu nailon, ahora me cazo por montones.

Hizo con ello un hoyo de vaqueros, lo colocó sobre la cubierta, al costado de la bodega, y alargó el hilo para los barriletes de combustible.

'¿Que inventaría?'.

—Ostras. Casi. En esta no fallo. Lo pongo de esta manera. Verán.

'De vuelta'.

—Ostras, ostras, maldita sea —después de varios intentos fracasados, no perdía los ánimos.

'¿Otra vez?'.

—Patillos de Lucifer —gritó ensanchando de nuevo el nailon—. Pajarracos silaparinpanpuctesumadre, creen que me van avivar.

—No es que te aviven, si no que ya lo fuiste, cojinova —le avergonzó el piurano. Iba a reírse—. Ni que fueran muermas, hueveras.

Hincaban cosiendo el boliche, reparando los orificios que dejaron los peces al ser capturados. Trajeron al noventa por ciento de la bodega y ya habían desembarcado.

—¡Bingo, bingo! —exclamó Cutrero—. ¡Cayó uno! ¡Vean cojudos!

Un patillo se enroscó en el nudo y no podía arrancar vuelo; pataleaba por amura con las alas y patas. Saltó sobre el borde de la nave, se resbaló para el agua, pero Lucho logró coger con fuerza el nailon entre los dedos, pues la pita se soltó de los barriles, que por poco se lo lleva. Las demás aves se desaparecieron ahuyentadas. Ya la tenía capturada. Enrollaba en el brazo la trampa, recogiendo la avecilla mojada, sus amigos se deslizaron por el boliche y observaron esforzarse a Cutrero, que continuaba embollando en el cono de su brazo. Hasta que lo aguardó en sus manos, se sentó regodeante, inflando el pecho.

—Ahora qué dicen hueveras. Soy un perfecto fulerista, ¿no es así? —se pavoneaba—. A hijo de pescador no le confían sus habilidades, ¿hablen? Conque no pensaba en nada, cojudos.

—Al intento no sé qué número, quién no. —Trató de bajarle los humos Juan Carlos—. Eso que has sufrido como bestia.

—Cállate. —Cutrero no le hizo caso y acariciaba su cacería.

—Claro, tanta insistencia, cualquiera. Hasta el más pavo —replicó Miguel.

—¿Hasta tú? —Le hizo una venia de anulación con la mano—. Pobrecita. Ha quedado mansita. Le abundan las alas. Es muy flaquita, pura pluma, obsérvenla. —Le estiraba las alas.

La acariciaba como si la peinara. El ave daba de picotazos en el aire espeso. *"Al horno es delicioso"*. «Son muy nutritivos, Luchito», me dijo don Bernardo. Él se los devora al toque. «Sabe mejor que la carne de res, joven. Hablando en serio».

—Estás bromeando —siguió Miguel, que no lo sabía. Enterado que Lucho guardaba una pizca de imaginación en la mitra—. Qué se va a comer esa vaina, oye.

—También se comen, Miguel —advirtió Juan—. Ahora vas a probar.

—Se lo diseca. Sirve para adornar establecimientos lujosos, para eso —apuntaba Miguel.

—Calla piurano hueveras —reprendió Cutrero—. Como tú quieras. Si quieres adornas tu sala, si no te lo preparas con arroz en vez de pollo... yo he comido muchos patillos, hasta cochos.

—Puctesumadre —se excusó piurano—. Yo no lo como ni cagando.

—Ahora vas a aprender a comer comida de pescador —acusó Cutrero.

—Sí es rico, Miguel —acertó JC.

—Mi viejo llevaba cantidades de veces cuando se quedaban atracadas en el boliche. Peladitos, de frente, para meterlo al horno. Su carne es rojita, llena de nutrientes.

—Toda la gente de acá ha comido alguna vez aves marinas —dijo Juan.

—¿Recuerdas Juan, ese día, en que le saque la madre al profesor? —preguntó Lucho.

—Cómo no me voy a recordar, hueveras de mierda, si lo tengo bien estampado en el cerebro —insultó con ganas Juan Carlos.

—Ya pues, no sigas fregando —se preocupó Cutrero—. No seas así. Indiscretamente, pero no paras de joderme. Crees que no me doy cuenta.

—Ya, ya, disculpa —calmó Juan—. Son bromas Cutrero de mierda.

—¿Lo recuerdas? –insistió Luis.

—Sí. Qué tal sacadera de mugre que te dio tu viejita ese día, ¿verdad?

—Me dejó unas marcas del demonio —se vaciló siguiendo el hilo, Lucho.

—Este hueveras es la cagada —alcanzó a decir Miguel.

—Tantas veces que lo hice, hasta agarré de costumbre imitar la rúbrica de mi padre en los exámenes que sacaba cero. Siempre con el mínimo cuidado lo hacía. Aquella vez no sé qué pasó con el embuste y me descubrieron. *'Está bien por pendejo. Lo eras'.* Con una notificación para mi apoderado me regresaron y caballero nomás. Encima el profesor me quiso poner la mano encima. Huevón, yo no me dejé y le dije que se vaya a su madrinans...

—Y no se lo entregaste a tus padres, se agudizó el problema —agregó una letras JC.

—No, no se lo di. De canguelo no volví a la escuela como una semana. Lo haría, pero los temas ya avanzados, me perdería de todas maneras. *'Encima que no te sirve el cerebro para nada'.* Desanimado, en vez de regresar y ponerme al corriente, me iba al muelle a cutrear, o a la playa a pescar. Me llegó a la punta del huevo los estudios. ¿Además, para qué estudiar? Pescando se gana más, ¿sí o no? *'Anda idiota, eso piensas tú'.* Si estudiáramos estaríamos sin chamba, como tantos profesionales que solo progresan colgándose de las arcas del Estado. *'Tienes razón. Pero los estudios sirven, ante todo, para formar a la persona, imbécil'.* Fue un viernes, por la tarde, cuando regresaba de tirar anzuelo, el auxiliar, Pepinillo, conversaba con mi madre fuera de mi casa. Corro, el jefe de Orientación del Educando, lo había mandado. Para suerte, ese día, mi padre no se encontraba, estuvo pescando por el sur, si no recuerdo, por Ica o Camaná. Fui. Mi viejita me tomó, me dio peor que a Jesucristo. A puro tablazos me reventó la espalda. Qué rico. Si aún siento el ardor, palpó el moretón talla treinta en mi espalda. Era tal su encono que sus bolitas cristalinas no paraban de borbotar lágrimas. Desde ahí no volví al San Pedro. Por las puras, si me gusta la pesca. Quemé el uniforme, los cuadernos, procuraba olvidarme pronto de los amigos... Se calmaron las aguas y el lunes tempranito me largué a la playa chica, quería ganarme para ver cómo pescaban rayas. En Besique, tenía un sitiecito preferido, en un peñasco a buena altura. Por la ensenada, Juan... allí mismo. Desde esa altura qué clarísimo era el panorama, un boceto contrastado: los pescadores trabajaban en sus botes, abajo; lo arcado de las cadenas de restaurantes, frente a la playa, parecían huacas; y los más hermoso, el *plas plas,* ruidosito marino, con ese aire humectante, qué rico zamparse una cachada en esa geografía; tú sentado mirando el mar, ella dándole la espalda, cabalgándote. *'Qué tal silla'.* Sí. Silbé a unos pescadores cuando se acercaban, pedí pescar en sus chalupas, pero me lo negaron... El anzuelo lo tenía sumergido, aun no caía nada bueno, solo mojarrillas, esos pescaditos caqueros que abundan en la orilla y se alimentan de los desechos de las fábricas y de la caca que desaguan los tubones en la orilla. Lo que se terminaba era la carnada y no caía ni un buen pescado para freírmelo en casa. Aburrido se me tornó el día. Estaba a punto de retirarme cuando se asomaron por la bahía una bandada de aves, que todos los años vienen a procrearse y pasan el verano por estos lares. Se aterrizaban directo al tendido de mar; picoteando los peces se los pasaban enteros al enjambre de aves. Uno de ellos se tragó el pez con todo y anzuelo y quedó atragantado. Si no piso macizo, agarro duro de la roca, me desbarando con todo.... Franco... *'Fuera de aquí...'*. Conforme recogía el cordel, lo iba trayendo. Chispeaba la pobre pardela... ¿No me creen, verdad? *'No'*. Gordita estaba, pesaba el doble de esta. Era de otra raza, que aparecen por aquí en el estival... Es verdad... Esa fue la primera vez que comí aves marinas, por mi propio esfuerzo, con trampa y todo... No me creyeron, no importa. *'Mentiroso'*.

—Francamente, Cutrero —aclaró Juan—, eso ni tú mismo te lo crees.

—Ni yo —afirmó Miguel—. A ver, cuéntame otra de gallegos.

—Primero chúpenme la pinga. —Luis terminó cagándose de risa.

3. Laberinto de Amor

Rebosaba de belleza y esplendor la preciosa Sofía, apoyada en el balconcito saliente de su apartamento. Observaba para la pista, ¿en la espera de alguna amiga?, a diferentes ángulos corvos de las fachadas chatas y acartonadas. De paso, cómo peloteaban los hermanos César y Alberto, junto a los primos Jeremías y Eduardo, con un balón de cuero. Sofía al verlos los acompañaba en el juego, con el cabello que se le chorreaba por los hombros, ella se los botaba con delicadeza acostumbrada. Desde la esquina, con Sandro y Esteban, no dejaban de apreciarla descaradamente y le mandaban besitos volados que ella rechazaba o no, como haciéndose la desprevenida, cambiaba la mirada para otros ámbitos. Pero no se daba cuenta del mosquerete de JC, que, corriendo sigilosamente la cortina de su ventana, la espiaba recayendo en parpadeos y suspiros por el gusto. Preciosa como una orquídea, bella como un atardecer, y linda como el arcoíris, el achaque de gripe de días pasados que la postraron en su cama, se le esfumó por completo. Ya. Hasta que por prendido le dejaron con la vista en el vacío cuando ella se volvió para adentro.

Triste Juan Carlos, se la pasó tranquilo mientras no la vio por una semana, en que estaban echados a la mar y el desenlace de una pelea de sus vagos amigos. ¿Era lo mejor para él? No verla le hacía bien, como otros que andaban tras sus pasos. El trabajo marino lo recompuso y lo hizo anclar fuerte las patas sobre la tierra. Conociéndose, calificándose, sabía que no con-

seguiría nada de ella que le robaba el sueño. El pendejo del hermano le habría bañado de barro, descalifi-
cándoles, confiriéndoles unos antecedentes dudosos y
poco fiables. Pero el bichito del amor comenzaba a
carcomerlo, urdidoso y gástrico, por dentro una vez
más.

—Deberías agradecerle al papá de Lucho por ha-
berles apoyado en el trabajo. Dime hijo, ¿verdad que
terminaron la semana? —le dijo su madre mirándolo
fijamente. Ya lo había sacado. Tantas veces que no se
movía de la ventana. Plantado como estatua, él, templado de la chibola de enfrente, quemaba el día—.
Gracias a él que les sacaron así nomás.

—Sí, pero todavía nos tienen de guardianes —por
un momento lo decía con alegría; por otro, con una
confusión catarosa—. Iremos con Miguel el sábado,
cuando venga a visitarle a doña Matilde. Si no, no lo
encontramos.

—Tienen que ir —le dijo su mamá, aunque sabía
que él no le prestaba atención.

Sofía, mencionó en su mente JC. Caminó a su mesa y se acomodó en una silla.

Al descuidarse unos segundos, volvían a tronarle
las convulsiones amorosas. «¿Habrás salido de nuevo
a tu balcón?». «¿Estarás afuera para volverte a con-
templar?». Otra vez, de puro sapo, se ensartó, y solo la
chibolada, que acrecentaba su bulla aventándose la
pelota, y su puerta en su segunda planta, abierta de par
en par, moldeaba un raro sombreado. ¿Así para dónde
miraría el encamotado?

Después que almorzó no le quedó otra que irse a dar una siesta, a ver si podía evocarla en su sueño, compartir sus inquietudes, y hasta las seis que se quedó trapo, no tuvo suerte. Al contrario, la confusión de una rala pesadilla lo mantuvo aturdido un buen rato. Dándose una refrescada de agua, recién pudo recoger los cuadernos para darle una repasada, pero, por más que quería tomar hilo al curso de Ciencias Sociales, y darle lectura a una novela de corte indigenista, no podía, tenía que verla un momentito más. Ojos al vuelo, pero un segundo más, para que se sienta bien.

En la decadencia solariega, cuando el temperamento del cielo empieza a ganarle en color a la tarde, con la brisa a debilitarse, apareció Sofía, siempre un amor. Un vaquero ajustadito, con un *pullover* rojo carmesí, que le quedaba como cuete, guapachosa y provocativa, dejaron atónito al templado.

—Mierda —expiró el huevón.

Se iba, bien, pero a dónde. Qué tenía salida *ad portas* de una noche común. ¿Ah? Seguramente que a las amigas que quedaron en encontrarse en el centro de la ciudad y visitar algunos lugares que ella no conocía. Quién dirá, cuando no se conoce la rutina de cada quien, uno peca de inconclusiones, y navega delirante, yéndose siempre por el lado malo. Y así era con respecto a Juan Carlos. «¿O si tiene un amor escondido y quedaron en encontrarse a tal hora, en tal lugar, y ella, que lo ama, se puso bella para él...?», se escarapelaba JC.

—Si tiene enamorado pierdo por quedado, por no acercarme, por no conversarle. Pero, ¿si va con sus amigas? —se desmemoriaba Juan Carlos, obsesionado—. Puta madre, creo que me estoy emperrando de esa huevona. ¿No me estaré ilusionando demasiado? Es que no puedo sacármela de aquí por más que quiero. —Se apuntaba a las sienes.

Regresó a su cuarto, se tiró a la cama, no ponía música, porque eso le atormentaría peor. Con la frente en alto la imaginó y pintó de mala y bandida y agresiva, que no valía la pena sufrir por ella. Pero la muchachita no era ninguna de ésas, por eso que falló al tratar de descifrarla. Estaba cagado, como ven, la templadera lo tenía cojudeado. Por las puras su aflicción, si todavía ni se le mandaba, ni le hablaba. A ver si le atraca, si le dice que sí. Si ella estaba templada de él, como él. Bastaba con eso, la cosa era que tenía miedo de que lo madruguen, que otro más mandado lo atrase y se la agarre. Buscó una camisa, encontró un polo, se lo puso a la velocidad de un rayo. Afuera el suave airecillo se le abultó por lo flaco que estaba. Fue a sus amigos, y para que no le sigan, engañó que iba a visitar a un familiar herido en el hospital. Ella esperaba un auto en la esquina de la pista, de aquellos que se dirigen al centro y él aguantó los pasos más atrás hasta verla arrancar. Subió a uno casi nuevo, el siguiente lo tomó él, que, al parecer, venía con mayor velocidad. Cuatro cuadras más adelante le sacaron distancia por avidez y competencia del chofer, dejaron retrasada a Sofía. Chofer de mierda, pensó. Lo que no sabía ahora era dónde bajarse, dónde lo haría la chica. Ya brillaban las luces en el centro a pesar de que aún no se extinguía la tarde.

—Bajan en el grifo —dijo a la guerra—. Bajan por favor maestro.

—¿No tiene sencillo? —reclamó el colectivero.

—Nada señor —negó JC.

Quedó en un puesto de periódicos, y leyendo ahí, fisgoneaba el auto en el que venía la piuranita, esperanzado en darle el encuentro, decirle: «Hola amiga, ¿por el centro solita y sin compañía? Si no tienes algún encuentro escondido con algún adonis». *"Doscientos muertos en naufragio en el Mar Báltico"*, señalaba un titular. Hasta que el auto se pasó por sus narices.

—Imbécil –se recriminó con ganas—. Era que te pases hasta el paradero.

El semáforo cambió de luces en un parpadeo indeciso y retrayente, cediéndole el paso a los huidones transeúntes que se agolparon en los bordes de las veredas para cruzar. Pasó la pista de doble sentido, al ronquido de las carcachas destartaladas. Un viejo achacoso, inválido, rompía la bulla con su voz granulosa, fervorosa, que cargaba piedrecillas del estómago a la laringe, llenando autos descascarados que formaban en fila con sus luces apagadas. 1950 como edad de ensamblaje.

—Uno y nos vamos. Uno y nos vamos —llamaba a cual desaprensivo mirón. Indicaba la entrada con unas muletas de madera, resquebrajados por su apoyo a su tórax ancho, piernas de pajarito—. Uno y nos vamos, joven. Suba, suba.

Era para el chongo, para Tres Cabezas. Quería subir, pero todavía no eran ni las siete. Tuvo unas ganas, que solo botando la arrechura se destemplaría unos días. «¿Cuánto sale todo tío?». «Barato nomás sobrino». «Me doy una vuelta y regreso». «Hay chicas nuevas por si acaso».

Paseándose por la Plaza de Armas, con las manos en los bolsillos, el color llamativo de su *pullover* le llamó su atención. ¿Sería? El pantaloncito azul se teñía de negrura por el abrillantamiento de las luces. ¿Era? Con su andar talante y armonioso... Era. Juan Carlos estiró las piernas como una jirafa para no perderla nuevamente. Al parecer había salido de la Iglesia San Carlos Borromeo, se acababa de persignar y guardaba un rosario en su bolsillo. Llegó hasta la esquina de Manuel Villavicencio y dobló para la izquierda, dándole la espalda al mar, toda encantada, toda temblorosa. Una jarrita de loza fina viéndola de espalda, estimulador entretenimiento para la vista.

—Ahora sí —dijo, se entusiasmó—, te descubro si tienes algún amor escondido o no. Me la juego. Ojalá estés sólita. Me alegraría tanto, me harías muy dichoso —se dio valor.

A media cuadra que avanzó entró para una galería nueva, recién construida y revestida de azulejos marrones en toda su fachada. Grandes ventanales oscuros en la entrada, y todavía se ofrecían *stands* con financiadas comodidades de pago. JC aguardó al frente, todo deseoso, más cerca que nunca. Chispearon sus ojos. De momento, cuando lo abandonó, cargaba un paquete, y pareció esforzado y pesado para ella. Tuvo ganas de correr, de ofrecerle su ayuda cariñosamente. «¿Te ayudo con el paquete amiga mía?». «Debe pesar mucho». «Yo lo cargo por ti linda Reyna», para sus adentros, al calor de su corazón, al azogue de sus sentimientos. «Ahí nomás, gracias, yo puedo sola», le respondería. ¡Mala! ¡Malísima! Nervios que crearon una repulsiva tosedera le reventaron al muchacho. Que estaba sentado en una banca, en la tienda de enfrente, tuvo que llamar de improvisado a una de sus amigas, saberla barajar, porque Sofía se le venía encima. Conversaba de la promoción con Pamela Gutiérrez, una de sus ex enamoradas, si la fiesta que acordaron seguía siendo para la misma fecha o la habían postergado. Qué pregunta para tonta. Cada vez que se le acercaba tremulaba y tartajeaba tanto que Pamela le preguntó: «¿No me digas que andas enfermito?». Y él: «¿Se me nota?». Y ella: «Con solo oírte respirar». Mintió que le ardía la garganta. Entonces le dijeron que no podía hablar mucho. Señaló que no tanto, pero que se esforzaba, nada más para cerciorarse la hora exacta y el día en que realizarían el tono. Así es, decía, pues Pamelita. Pobrecito, que le dolería mucho. Por ahí, por ahí, galante, pero al escucharle se le pasaría todo. Cuídate, le aconsejaron. Ya le daba el encuentro, muy cerca, que le dobló la espalda, direccionando la cabeza por distintos sitios, como si no la mirara, haciéndose el desprevenido, ¡oh casualidad!, a ver si lo reconoce, ¡eh tú!, según él. Podría pasarle la voz a su vecino que lo encontró de sorpresa, darse un besito en la mejilla, invitarle una bebida. Se le hizo trizas el corazón. Al reponerse, sus ojos traspasaron los bordes de la pileta en medio de la plaza, pero ya no estaba. Carajo, la buscaba ansioso con sus ojillos inquisidores, inquieto, descartando interposiciones móviles que trocaba en apuros. Sofía pasaba a la vereda paralela —cara a la playa— y la vio apenas, esfumándose a la izquierda de la avenida Leoncio Prado. Su pulso temblaba anormal a su ritmo, la sangre se le ahogaba en las arterias interrumpiendo su bombarda. «Templado del carajo, perro, mocoso estúpido». Avanzó para encontrarla. «¡Ven aquí y no te hagas! —la tomaría del brazo—. No te das cuenta que te vengo siguiendo, oliendo los rincones por donde pasas —la mecha del calor le desbordaría las orejas— ¡Mira lo emperrado que estoy de ti!». Tuvo ganas de increparle. Sudaba, además ya estaba chisgueteando y encapotándose las pistas principales como la avenida Leoncio Prado, posicionando en su recorrido a la iglesia principal, donde el hueveras la vio salir encomendadita al Divino Sagrario. ¿Por un amor? ¿Tanto sería? Qué se puede hacer, si no de ese precioso estado torpe que no mide —a veces— actos. Entre el esquivamiento de personas, para el Hotel Presidente (tres estrellas), por la sucesión de puestos de periódicos —siempre en la avenida Leoncio Prado— más el revoltijo ambulatorio, Sofía aparecía y desaparecía como por arte de magia —cara al sur— sus cabellos apenas se revolvían con el viento, se mecía linda; como un columpio. Súbitamente él alcanzaba a verla; de repente la perdía. Al tropezarse con una señorita, pidió disculpa, no se lo aceptaron. Ahora le daba su espaldita. Mejor se detenía un momento, saltó de la vereda; y, más salado, justo un tráiler grande de doble tolva, cargado de artículos de madera, se le interpuso, y por más que se hacía de puntillas, era demasiado tarde y la había perdido de nuevo. El tráfico embotellado y los cláxones bulliciosos perturbaban el ambiente volviéndolo más pesado e intransitable. «La pierdo». «Se me va». Y lo dio directo por la misma vereda —frente sur, lado izquierdo—, hasta la esquina de Elías Aguirre, donde ya la tenía extraviada. Miraba para la playa,

por allí, al paradero, qué otro rumbo. La próxima era
la sexta de Leoncio Prado, y Juan quedó al comienzo
de la cuarta de Elías Aguirre, para el extremo izquierdo, con vista al oeste, preguntándose. Al volverse, sus
ojos dieron para la quinta de Leoncio Prado, y la quinta de Elías Aguirre, de espaldas al ronquido marino.
Con el ajetreo tuerto y escurridizo de la muchedumbre, su mirada quedó bizca. «Se ha ido para la Pardo».
«Habrá agarrado su comité y regresado». Se habría
ido para la avenida José Pardo —la más ancha de la
ciudad, de doble sentido, que corta el puerto y tiene
parques en todo su recorrido— dejándolo rezagado al
muchacho. Los postes de cemento, y focos amarillentos ponían al distrito alborozado de colores, como si
una magia estuviese a punto de empañarlo hasta desa-
parecerlo. Una ambulancia pasó embaladísima y el
giro rojizo de sus sirenas los dejó azulados por un
pequeño espacio. Para entonces sintieron el acostumbrado olor a sardina que les tupía la nariz. La misma
loción enfermiza de siempre. La noche era clara, frondosa, cuando las empastadoras nubes cargadas de ma-
cerado de pescado le abrían campo para que pueda
mostrarse. Una vida tranquila, etérea, única, la sumi-
sión de la profundidad. Comparado a tierra firme, el
enjambre de nocherniegos, la localidad se pletoraba de
desempleados. Encima, los hervideros sodomitas gan-
grenándose como todos los fines de semana. «Entró a
la iglesia a rezar, a la galería por un regalo... nada
más, eso fue todo su paseo». Tuvo un momento de
felicidad. Cinco para las diecinueve horas, pensó en
otra cosa. Tuvo que regresar por la acera a la que se
dirigió ella (oeste), para la pista principal. En la misma quinta de Leoncio Prado y tercera de Elías Aguirre

(del lado que viene del mar), que es donde se empo-
tran, a la punta derecha, mirando para la sexta de
Leoncio Prado, a su espalda, la Farmacia Fátima se
desatoraba de compradores. Pensó en preservativos y
compraría algunos que le aliviarían de la modorra
sádica. La ligereza de su pensamiento le evocó su calentura, con ganas enormes de conocer más del sexo,
buscó sencillo en sus bolsillos. Sacudiéndose los pies
en la entrada, empujó la puerta-luna. Adentro, haciéndose de lado, la piuranita lo abandonaba con la cabeza
agacha. No lo vio porque contaba un paquete de pasti-
llas. En una vuelta lo tuvo a su adelantito y él que se
moría por tocarle los hombros. Afuera, entre el público, su mirada planeó al edificio de enfrente, donde un
juego de luces, que anunciaban la oferta de unas ham-
burguesas triples con su Coca respectiva fue atrayen-
do a jóvenes rápidos y pasajeros. De esa frontera, de
esa esquina de la acera, pasó en línea adyacente a la
punta de la sexta de Leoncio Prado, con la frente al
sur, a la séptima cuadra, para la mano izquierda, allí,
en ese mismo sitio. Como regalándole la espaldita,
imaginó en asentar las mejillas y zambullirse en un
nuevo sueño en donde era más feliz, por lo visto. Al
regresarse, oteando la placa de la farmacia, observaba
la ricura de Sofía, su Reyna, que se había quedado
esperando. Mostrándose toda, lo entregaba, se lo regalaba. Para él. Así de frente. Tómalos. Son tuyos. Tú
naciste para ser su dueño, su Señor, el Emperador, mi
César. Era la primera vez que la veía completita y por
largo rato, con delirio, rebalsante de ternura. Esa con-
torneada cinturita que daba forma a su cuerpo de jarrita, donde remozadas rosas rojas, como su minipolo,
oloreaban cualquier ambiente, volvía loco. La gente lo

apreciaba, los más jóvenes fastidiándola, pero como si nada, no se enojaba. Era la chica que JC añoraba. Todo lo pasaba por alto. El saltón era Juan. Se acercó a una carretilla a comprar chocolates o caramelos para barajarla. Se preocupó por un cigarro que lo menguaría cierto desenlace desequilibrado. Hizo que se acerque un mocoso que portaba una cajoneta de golosinas, con una correa que le suspendía del cuello. Fueron dos, y esos de nicotina gravosa. Uno lo llevó para sus labios, y el otro a camuflarlo por los pliegues de su billetera. Estaba allí, quietecita, toda ella, no se había movido, mientras el muchachito rebuscaba el encendedor para darle fuego al encamotado... Ahora le plantó la mirada, se hubo regresado, y él quedó bañado en roche. Mentira. No fue nada más que un vago pensar. «Tenga», alertó el mocoso con la lumbre a punto. Después que agradeció y tomó nueva postura, lo vio. ¡Lo vio! Era él: trinchudo, alto, macilento, simpaticón y con aire de galancete. A buen ojo, le llevaba, por lo menos, media cabeza. Gesticulaba en su conversación el gracioso, exagerando en ademanes se señalaba contante y apartándose, acercándose, con un tic sobreexpresivo, reía. Qué va a ser ese tonto ante tremenda hembrita. Eso. Qué diablos él a no el otro, el observador que empezaba a languidecer de ira. Ella era mucho lote para ése, eso saltaba a la vista. ¿O no? Reventó de celoso. Era evidente, quién no quisiera estar allí, con ella, en vez de ese eunuco, simplón y macilento. Era un insulto, no podía bajarse tanto ante un vulgar calentador que ni lo atracaría. Escupió de irónico. Movido el pata lleno de doblamientos quedados, inflaba el pecho con garbo. Hueveras. A que lo vean, como diciendo, ojos, gánense con que lindura conver-

so, envídienme; alharacoso, desbordante en sus pende-
jadas. Aventado quiso tocarle los cachetes —se le
hiende un sable en su corazón— ella retrocedió con
sutileza. Reía el flaco, alisando sus cabellos a dedos.
¿Su firme?, ¿su gil? Apenas lo vieron matricularse, le
echaron el ojo como la araña a la mosca; se desdibuja-
ron tejiendo sus telarañas romanceras a ver quién era
el afortunado y caía pegoteado sin escapatoria. Parece
que ése estaba cerca. «Ahorita la abraza y se la lleva a
pasear», sintió desmoronarse Juan Carlos. Un rompe-
cabezas desarticulado el pobre, piezas que no encajan
en su memoria hueca e inepta saturada a una sola razón y ejemplo: el encamotamiento. Blando de cuerpo
entero, la brisa con el bullicio lo fueron desintegrando.
Para desgraciado, el único. Sinceramente no pensó ser
merecedora de ella (a ver si le suena creíble), porque
ni le hablaba, y varios meses ya habían corrido desde
que llegaron. ¿Algo imposible, inalcanzable? No. Sí,
para una ilusión, para animar el ensueño, no para algo
palpable y presente. Tonto. Es que era un poco viva-
racho, de arranque seguro con las hembritas que podía
agarrarse sin estar tan templado, y podía dar rienda
suelta a cierto encantamiento, y ellas caían incautas.
Pero cuando verdaderamente se sintió emperrado, le
traicionaron los nervios, y ya no sabía qué hacer, ni
cómo acercársele, conociéndola. Además de ser un
poco jodido, chapa mocosas como el Lucho, desorien-
taban al celoso del hermano que era otro. Miguel le
diría: «Mis amigos son así... JC es una mierda... Luis
es la cagada...». A la quinta pitada, el cigarro estaba
evaporado. Requintando por su mala suerte, le sacaron
distancia con la costilla; por lo visto varias cuadras,
sino kilómetros. ¿Conocería de eso su hermano? ¿Si

no? ¿Quién dice que no puede enterarse? Podría decirle de carambola sin embarrarse, buscando intermediarios, y en el barrio abunda la soplonería. El que tendría que sacarla a pasear, a enseñarle el puerto, solo JC, nadie otro. ¿Acaso no fue el primero que la vio...? ¿Y eso qué...? ¿Él no tenía la preferencia...? Que no diría de templado y envidioso a que otro le esté atrasando. Lo qué de qué caray el otro entonces, joder... «Amigo —le llamó un joven que pasaba—. Préstame tu cigarro». «Lo siento, se consumió todo». Se vacilaban compinches acordándose de algo. Mejor no verlos, se hacía daño. ¿Tanto por una chiquilla? Existe una infinidad de bonitas, pero no era para tanto. ¿Perseguirla? Tomado del cachete miraba impaciente. De pronto se acercó otra chica y ya eran tres. Sí, tres. Una morochita junto a ellos, llegando con una bolsita negra. Saludó con un besito en la mejilla a la piuranita, y con un piquito en la boca al flaco. Era la costilla del trinchudo. Reaccionó: «Esa morena guapa es su hembra». Cuchicheaban, chismorreaban, se empujaban jugando a puñetes débiles. Sofía gesticulaba como diciéndoles basta, no ven delante toda esa gente. Que se hacía de seguro. Único Juan con ellos y se completaba la pareja, hacer el ritual de besos en mancha. Juan Carlos con los acorazonados labios de su amada; relamerlos, morderlos. Al abrir su bolsita la morochita, el simpático estiró el cuello y ambos asintieron; ahí Sofía hizo lo mismo, su amiga le apuntó con un dedo, rompieron los tres de carcajadas. Eran cortados por los haces de luz de los autos. Música ambulante entonaba en loquerío. Rasgos de imágenes borrosas se movían como cilindros luminosos en las pupilas de JC. Viboreaba angustiado su lengua en su boca. Como un péndulo movía la cabeza, fuera de sí. Los celos eran estrangulantes. Pues, qué guapa. El amigo señaló y aceptaron las dos, a la cuarta de Leoncio Prado. Iban. ¿Tendrá enamorado? Solo ella se lo respondería. Por él, lo tuvo hace rato; pero se engañó, no era más que un amigo. Un buen amigo, parece. Buen amigo que le insinúa gestos de amor a la amiga de su enamorada. Vaya. Contento, ahora repuso su amilanamiento. La pulsación desacelerada del recorrido de su sangre, volvía a su cauce normal. Era hora. Hasta que ya no quiso seguirla. Para volverse a impactar, mejor lo dejó ahí y quedarse con la duda. Si tiene enamorado o no, rifársela en una sana competencia era lo más honrado. Su espíritu reverberó, sus malos presagios se esfumaron. Enamorarse era una falla, o si te paran bola o no, para decir, te saca de cuadro esa vaina, te atrofia el cerebelo. Seguirla, de imaginarlo Juan, qué cagado. Le quedó aguantársela, caballero nomás. Tres Cabezas, pensó.

IV. LA PESCA

Todavía no tenían papeles y así no podían hacerse a la mar. El padre de Lucho coimearía a la Capitanía de Puerto para que les puedan dar la salida, por lo bajo, dos o tres semanas, para después, con sus primeros pagos, sacar su ansiado *carnet*. ¿En Chimbote? Más seguro en Huacho o en Supe. Era más rápido, casi todos los nuevos jóvenes que deseaban hacerse al mundo marino sacaban en aquellos puertos, ya que los trámites volaban de acuerdo a las coimas. Primero conversó con el Capitán, el cual le dijo que le iba a dar la mano por el cariño y aprecio que se tenían, y por los años que llevaban como pescadores. Treinta, por lo menos. Viejos lobos de mar los dos.

El pescado se había alejado de Chimbote y la Capitanía afirmaba que se levantaron por puerto San José, en Pimentel y Santa Rosa, en Chiclayo.

Alcanzaban la indumentaria: ropa para el agua de plástico color naranja, bien fundidos, impermeables, con unos guantes anchos y unas botas embetunadas que les entraban hasta las rodillas. Eso les quedaría mismo cosmonautas.

JC y el piurano llevaron limones de precaución, no vayan a tener una vomitadera, aguas adentro, serían la befa de los tripulantes. Poniéndose de acuerdo, los escondieron debajo de sus colchonetas para que en el momento de las náuseas pudieran buscarlos. Jamás ninguno de los dos navegó tan mar adentro, ni una sola vez. En oportunidades diversas fueron en bote hasta la Isla Ferroles y la Blanca, a darse vueltas y regresarse, no más adentro. Cutrear, claro, algo. Mientras tanto el cutrero de Luis con el tío salieron temprano por el petróleo. Un pescador se impacientó:

—Tanto se demoran esas mierdas. Hace tres horas que se han largado, y hasta este momento ni se asoman siquiera. Bien lento es ese viejo de mierda. Ahuesado. Por qué no lo jubilan de una vez, carajo, y lo mandan de frente a un asilo.

Era el mismo de los cocos, el que les mostró el paño mal cosido. Saturnino achinado de pelos trinches, como el rastrillo. Lucía una chompa de lana azul, tejida a mano, con un pantalón de tela descosida por sus costuras, sin basta. De cachete partido, que era cubierto por una rala barbilla de chivo viejo, o de filibustero sobre su galera preparando el desembarco en las islas para la aniquilación de los chanchos marinos, y extraerles su grasa para reparar los anillos de la nave. *'Felizmente que no era el Patrón'.* Su frente chata era escondida por unas pelusas; su nariz de chancho no parecía tener fosas nasales; apenitas unos huequitos, por donde esas patas de araña resguardaban su cueva. Cada vez que se amargaba mostraba en su rostro el devenir de sus amargos años; unos surcos como pavimentación de alcantarilla. *'Retorcido'.*

—Esto tiene que estar listo para la noche. Esa tira de cojudos también que ha ido… un cutrero que no sabe ni mierda. —Escupió—. Carajo.

***

Las once de la noche. El calabobos continuaba, a ese ritmo no descansaba desde las siete pasado el mediodía. Llegaron para el muelle y era más aterrador que de día. Pocos faroles alumbraban alto a las veredas sucias y mojadas. Meretrices esperaban la clientela detrás de los quioscos, donde tendieron cartones abiertos junto a sillas viejarachas. Al usarlos chillaban resquebrajándose como cuando una anciana que al amanecer se levanta estirando sus huesos descalcificados. Los fumones, drogadictos y ladrones, se acercan cuando te ven ingresar. «Maestrito, regáleme un sencillo pues». «Señor, ¿un paquetito?». «Tenemos armaditos. También la blanca que vendemos a los vaporinos. Por último, cigarro sin pucho y roncito en bolsa para el frío». Muy buena era la demanda. Volaban. Deambulando solos o en bandas se acercan a limosnear o a vender. Aunque eran de mala reputación, no se atrevían a robar, pues casi la mayoría eran conocidos, porque por las mañanas se dedicaban a cutrear y a pedirles favores a los pescadores veteranos para que les saquen a trabajar. Ayudando, obedeciendo mandados, se ganaban la confianza. En la noche se transformaban, recurrían a su vicio y a su negocio ilícito. Una persona vestida perfectamente pasaba al frente, salía desnudo y abollado. Si uno deseaba conocer el muelle tenía que ir sucio, y llevar una cara con el ceño fruncido, de desilusión, como la de ellos.

Las rejas estaban abiertas, las labores comenzaban tarde para los hombres marinos. Llegaban en penumbras, tirando pata, o en el microbús de la medianoche, descendiendo abrigados con sus chompas Jorge Chávez, medias pasamontañas. La orquesta desentonada, ruidosa, ruinosa, de los motores de las bolicheras daba de *hosannas* al océano, rindiéndole plegarias. Se creció el viento, infló el ambiente, retozaban fluidas por las amuras obligándolas a arrancar.

La lanchada tomaba su rumbo retirándose del muelle, zafándose de las boyas. El promedio entre cien y quinientas toneladas por bodega. Se reincorporó recién el mastodonte, don Boris-Boris, con el zarpe expedito, y un séquito de cachueleros que le hacían de satélite. Rogando. Por poco y se arrodillan. El Capitán llamó dos a dedo, ya viejos, fortachones como él, que apenas señalados se desesperaron para abordar la embarcación. Les cayó del cielo, se levantaron con el pie derecho ese día. Parece, seguro, con la confusa alegría en sus rostros, se embarcaron después de tiempo.

Recogieron los cabos y zarparon a estribor. Al menos JC con Miguel se le veía intrigado, con esos ojos desconcertados, lúgubres, huidizos, busca ver en la profundidad alguna reminiscencia pasada. Deshaciéndose de pánico al alejarse de la costa, y quedar diminutos ante tan formidable creación, temblaban. A Lucho no se le notaba, porque, antes, su padre lo sacó varias veces, para que se ambiente a su futuro trabajo. «Aprenderás a mojarte los huevos», le fastidió. De todas maneras, sin demostrarlo, se aguaba de nervios como sus compañeros.

El Patrón del animal iba tieso en el timón, con un habano encendido. ¿Esperaría a que alguien le observara y le hiciera un monumento en su memoria? Fresco con el aire y su polo manga cero, con salpicones de brea, llevaba la vista clavada en el horizonte.

Cuando Juan Carlos regresó la mirada apenas, era suficiente para notar lo lejos que se encontraban de la costa, sin dejar rastro.

—¡A comer!, ¡a comer! —exclamó desde la cocina Clemente Trajano, el cocinero.

Todos se dirigieron para la cocina. El piurano con JC fueron los últimos en entrar. A cada tripulante le sirvieron un consomé que rebalsaba el perol. No lo saboreaban; se lo engullían a veloces cucharazos. Lo preparaba rico, cocinaba mejor que una mujer con años de experiencia.

—¿Más?, a ver, ¿más? —decía destapando las ollas—. Hablen. No se vayan a estar quejando después.

Cucharón mecánico, rebosante de la cocción de gallina, nuevamente, topetaba los peroles de una sola pasada

—Cierto que tiro mi sazón, ¿no?, ¿no?, ¿no? —quería que lo adulen.

—Sí, sí, sí... —contestaban los demás, atragantándose opíparamente como caníbales.

—¿Quieren la segunda vuelta muchachos? —se dirigió para Cutrero y sus amigos.

—Con eso suficiente, gracias —rechazó Juan—. Estamos reventando, señor.

Para qué habló, la tripulación reventó de carcajadas, intoxicadas y bucólicas.

—Coman jóvenes. Tienen que alimentarse, bien alimentado. Sino no van a jalar ni una sola cala. —Trataba de amedrentarlos el cocinero.

—Entonces pásele. —Cuchareaba Lucho y los fideos pasaban largos para su estómago.

—Robustos como esa bestia que va arriba —se refirió a Boris-Boris, y otra vez, vuelta de carcajadas.

Levantándose el copete, que se le resbalaba a ratos por la frente, con la mano izquierda; donde le faltaban dos dedos, no paraba de lanzar sus risotadas de foca. Campechano, acriollado, el cojudo. Tenía la fisonomía de una calavera, chupado, con la quijada de un tiburón, no paraba de reír.

Llenó dos tazones y se los llevó para arriba, deslizándose por la cubierta de amura de estribor. Nutridos todos se fueron a descansar en sus camarotes. Juan no podía pegar las pestañas, como el resto, que lo hacía plácidamente. Ésos eran unos becerros lobos marinos luego de dejar sus ubres. El sueño les venía en cataratas, para remate. Miguel estaba en la misma situación que JC, silencioso, triste. ¿En qué pensaría? ¿Dónde estaría su cerebro? ¿Acaso en el eterno estío piurano, por sus hermosos médanos en forma de senos de quinceañera antes de ser lamidos por el viento? Claro. ¿Qué más? Pasearse por sus blancas playas limpias, permuta de colores en el ocaso, donde se bañan sireneando sus mujeres de piel tostadita y brillosita. Aquel inmenso valle lleno de algarrobos que circulan los piajenos cruzándose con sus mulas, llevando los botijos con la deliciosa chicha de jora a venderlos a los restaurantes, donde se sale con el reponedor ceviche de conchas negras. Ni qué decir de los clubes campestres, para donde se vuelcan las familias más adineradas de Piura, y de los departamentos alternos. Y en las peñas sabatinas, donde se arman tremendas francachelas, con músicos contratados de la capital y del Ecuador, a cantar las canciones de la emérita señora Chabuca Granda, y la calidad de Felipe Pinglo Alva. De seguro que eran unos tonos espectaculares. Puctesumadre, qué pensamientos le estorbaban en la mitra a Miguel. Imaginado cosas, transportándose sin sueño a su adorada tierra, al norte del Perú.

Navegaron sin que el Capitán diera alguna señal. Juan salió a sentarse afuera y por más que estiraba la visión no se podía apreciar más allá de los bordes de la bolichera. Estaba nublado y, para eso, ya no corría tanto el aire, ni garuaba como cuando zarparon. Las luces iluminaban para ellas mismas, ponzoñosas, agitando la nubosidad que encapotó la nave. Chismeaba Juan, desde su canapé, a través de una ventanilla, al animal que seguía rígido como una estatua de mármol, dentro de una hermosa pintura hecha de largas pinceladas en pura sombra.

***

Resplandecía la mañana y, al menos, por ciertos espacios, se aclaró un poco. Mientras tanto continuaba burbujeante el mar, cortándose con el paleteo de la pala, ronroneaba la Sofía I, meciendo a sus chambeadores, que se desaturdían de su modorra lacerante.

El primero en levantarse, como siempre, fue el cocinero, riendo. Tal así era su manera de comportarse, ocurrente, dicharachero. Echaba agua de los bidones para una tina y comenzó a lavar la verdura junto a la carne. Apareció el tío también, el motorista, despeina do, todo legañoso, lisándose los pelos a dedos, con un poncho marrón que se lo tragaba a cada paso. Éste no dejaba sus costumbres ancestrales. Seguro que si se iba para el agua lo confundirían con una malagua y lo dejaban allí que se ahogue. «Para qué vale esa mierda», se alegrarían algunos.

—¿Qué tal ha dormido don Bernardo? —preguntó el cocinero, que terminaba de enjuagar los comestibles— ¿Qué ha soñado?

—Plácido —asintió el motorista, deslegañándose—. Esos caldazos que usted prepara lo dejan a uno trapo. Dormir bien papeado sí que es una delicia, señor.

—¿Qué se va a preparar para el desayuno? —preguntó el winchero al otro lado—. ¿Supongo que será algo para chuparnos los dedos?

—Exactamente, va usted ver —abría los brazos victorioso—. Sacrifiqué cuatro gallinas. Tiene que ser un rico ceviche de pollo.

—Delicioso. —Formó un pico con su boca Saturnino, justo cuando fueron asomando les demás pescadores—. Eso sí que va a estar bueno.

'Qué golosos'.

El olor salado se les cambió por la ilusión del pollo, el delicioso potaje. Corrió hasta Lucho, que era el último en levantarse. Parece que por el mismo ambiente aislado, solitario, se les presentaba un hambre de reo. Lo que aguardaban con ansia era que el cocinero llamara de la cabina chasqueando las tapas de las ollas, para que todos vuelvan a empanzarse y matar las horas hasta que cayese el pescado.

Se quedaron boca cerrada largo rato, luego cuchicheaban algún plan o negocio. Se les notaba en sus ademanes y gestos rocambolescos. Don Bernardo cogió de las escalinatas, subió para la caseta, seguiría el rumbo. Después de un breve lapso se asomó el Capitán, llevando entre sus dedos el enésimo cigarro que consumía. Notó a Juan sentado en el canapé, cerca de la popa y movió la cabeza, pasándole la voz al muchacho. Lo miró fijamente el Patrón e hizo lo mismo. No los habían presentado, pero sabía que estaban a bordo esos chicos inexpertos. Tiró medio cigarro al mar y se fue para su camarote.

Siempre revisaban que todo marchase perfectamente. Cualquier error sería fatal para cualquiera de los quince. *"Al fondo marino y como si no hubieses existido"*. Cargaban a la nave de petróleo, engrasaban los cabos, revisaban las tablas, acomodaban el boliche, el macaco, el winche samaqueado por los postes, que todo continúe perfecto. *'Así parecen, pero cuando estas lanchas joden, se van a pique, se desaparecen y nunca más se vuelve a saber de ellos'*. Todo a la orden.

Recién por la tarde les entró un sueño bárbaro. Desde la noche anterior que no descansaban Juan con Miguel, recién eran vencidos. Miguel se resbaló para el segundo camarote; JC, en la segunda, cerca de la puerta. No tuvieron ni tiempo para los bostezos, conciliaron el sueño al toque con las almohadas.

***

Sonó la bocina, una más fuerte que la de los bomberos, a las tres de la madrugada. En la oscuridad eran cubiertos por los trajes; se corrían por las mangas, por los brazos y piernas. Unos más rápidos, ya estaban afuera. Se levantaba la Sofía, empujada por la marejada. El piurano saltó desde el segundo camarote, logró ponerse las botas al vuelo, topándose con Juan. Estrepitosamente, patinando por estribor, agarrándose de las sogas, la red estaba tendida sobre el mar espeso y los corchos formaban un diámetro perfecto en la superficie marina que se mecía como un coágulo, misma construcción de un panal.

Seguían saliendo disparados a sus posiciones, terminándose de encajar la ropa de agua. El panguero Zoilo Sisilo lo hizo para popa y se fue apoyando por los bordes del casco, hace rato. Para otro sitio, don Bernardo Bermejo se separó de los tripulantes para el cuarto de motores, una ondulante marejada los hizo estremecerse por los cables. Otro pescador obeso resbaló, arrumándose contra JC, cerca de la bodega. El winchero Basilio Padilla que no colocaba bien el absorbente, Miguel corrió para ayudarlo. Chicotearon los cables, se estiraron como fibras de hierro caliente, cargadas de voltios. Con su avance de tortuga, la embarcación comenzaba a hundirse girando en su misma posición, flemando, procuraba expectorarse de su gastado motor. Cutrero, junto a otros cinco, braceaban macizos en aleta de estribor recogiendo el paño. Juan Carlos, sin sitio fijo, dio a la ayuda, en tanto, en popa, Saturnino tendía el boliche mojado que caía como baldazos de agua fría, aún más tosca que el mismo aguacero que inunda las punas. Observaron al pobre panguero cómo pujaba, caliente, fulguroso, procurando llevarla parejita. En su mismo eje la Sofía I aguantaba el arrastre de los volátiles pececillos que de a pocos eran absorbidos por la gigante anaconda del absorbente. La nave pasó la mitad de su tonelaje total y no se notaba disminución alguna de la anchoveta, peor, con el lid de librarse, chapoloteaban desesperadas, salpicándose jabonosas.

La conversación se tornó agresiva, farullosa, monótona:

—¡Jala, puctetumadre, jala! —esa voz corrió desde popa, toda granulosa.

—¡Carretea rápido, serrano parinpanpuctetumadre! —esa mentada de madre tropezó en la caseta, se diluyó por las escalinatas.

—¿Cuál? —se le escuchó apenísimas al cachuelero hueveras—. ¿Cuál?

—¡Esa soga panpuctetumadre! —Éste, que parecía tener exceso de cerumen en las orejas, señalaba entre la aleta de babor hasta un gancho que penduleaba de un palo recostado hasta dirección de popa.

—¿Cuál? —Asintió el cachuelero pejesapo, levantando los hombros.

—¡Encima de ti, silanparinpanpuctetumadre! —le replicaron por tercera vez, señalándolo—. ¡Allí! ¡Se va a soltar ese cable! ¡Te va chicotear el ojete, serrano de mierda!

"Déjenlo, déjenlo. ¿Qué tanto saltan? Un hueveras menos no hace falta en este mundo. Qué lo parta el cable al cojudo".

—¡Muévete para allá! —Saturnino habló ahogándose en el boliche—. ¡Cómo no te parte el culo, indígena de mierda!

"Déjalo. Puctesumadre. Ya dije: un hueveras menos, igual es. Para qué sirve semejante cojinova".

—¡Ya casi! —gritó otro moreno de dientes sarrientos, Jerónimo Lara, más quemado que periódico soleado, sus ojos relampagueantes, miraban el fondo de la bodega.

Dos fuertes ronquidos detuvieron las labores, y al virar la nave a la izquierda, cortó un poco de red con la hélice. El mar se embraveció peor y la pobre Sofía I se esforzaba para mantenerse firme. Recogían la red con un movimiento circular acostumbrado, llevándoselos al pecho para no rasparse la cara y no reventarse la yema de los dedos. Hilos de agua salada se les chorreaba dentro el ropaje. El macaco crujía al sobarse con el cabo que lo rodeaba, como la puerta vieja de metal del camposanto, balanceándose como un columpio. De la misma manera el bauprés, donde por la fuerza los topes grasientos prendían y apagaban junto con la bolichera, con casi el ochenta por ciento de la obra muerta sumergida. JC y Miguel, aunados, ayudaban a recoger la red, sin saber solo jalaban y al diablo, cómo venga. *'Pobres'.* Tuvieron que tragarse las cantidades de veces que les insultaron, por no saber, esperaban ser injuriados por esas vocecillas rudimentarias que eran matadas por la garganta trituradora de la embarcación y por el grillete que se chorreaba desde proa retumbando la cubierta. La noche seguía negra como las noches andinas... El absorbente recogía el barral de anchoveta, tipo aspiradora que limpia el polvo bien escondido de los pisos. Pasaban por miles las cantidades de pececillos. Mojados los hombres de mar, les marcaba el cráneo a imágenes borrosas debido a la fatiga. Jodida agua salada se les chorreaba por las mangas y los empapaba; flácido se les ponía el cuerpo, hasta los huevos. La impermeabilidad de la ropa de agua, más el traje sucio que llevaban encima, no fue capaz de protegerles del bestial desafío. Chiquillos son, ganándose la vida. Jalen el boliche y le dan nomás.

"Se chambea para tragar, para que a uno le respeten, compadrito".

'Bueno, hasta ahí te comprendo. Todo trabajo dignifica a la persona'.

¡Listo! —exclamó un tripulante. ¿Quién sería?—. Ya se sopeó.

El Chino hacía venias en un lenguaje para sordomudos, tipo corredor de bolsa prehistórico, desdeñoso, movedizo, maullador de sílabas gráciles, bufonesco por las explosivas, rabiaba avisando.

—¡Mucho pescado! —Lucho gritaba como sabelotodo, entre Juan Carlos y Miguel—. ¡Acaba de llenarse la bodega!

—¡Esto no va a bajar ni cagando! —JC le dijo al piurano—. Hay un montón de peladilla —regresó la mirada para el cardumen.

La Sofía I, ayudada desde panga, iba rectita. La proa levantó su perfil y la popa englobaba el mar sin dejarse inundar, sacudiéndose al acecho de los musgos y los yuyos flotantes. Para recostarse, era como voltearse, timbaleando los mástiles. Apenas medio metro les separaba del océano acusador y el ansia devoradora. Cuando fue inclinada, la aleta y amura de babor flotó en el aire; pero otra oleada le llegó hasta el filo de la obra viva. Entretanto, al otro lado de estribor, chorreosa el agua se dispersaba salpicosa por la cubierta. Un fuerte chicotazo se sintió en el cuarto de motores e hizo tiritar la embarcación, la cual se apagó, y quedaron en tinieblas. Gracias ahora a la luna, sedante, pertinaz, que iluminaba de su escondrijo nuboso, se veían en forma fantasmagórica, agrietadas por sus vocingleraciones estúpidas e inertes. La masa de anchoveta, cuantiosa como para rellenar otra nave del mismo tonelaje, sobraba en abundancia.

—Tenemos que botarlo, arrojemos el sobrante —comandó el Capitán, deslizándose por las escaleras, al cuarto de motores—. Arrojemos el sobrante. Demasiado tonelaje no aguanta esta lancha.

Un humo olor a petróleo restregó el ambiente, hasta que el panguero soltó el estornudo. El Chino, retirado de popa, fue a pararse cerca de la bodega. El cachuelero de popa se detuvo en la caseta. Obediente la Sofía I, se dejaba arrastrar por el cardumen. En eso sintieron que recobraba su rigidez, lerdamente, achacado, impulsivo a sus caballos de fuerza. Algo fugaba, como la bravura de un río, el boliche se hizo trizas, se rasgaron sus nailones, saltaron los corchos y se hundieron algunos plomos. Volaban en proporciones y desproporciones los peces ante sus narices. Para eso, un solo tope, para encenderse de un porrazo, se prendió mortecino, luego de dos ronquidos, el motor.

—Pescado del carajo, nos ha malogrado el boliche —asomado dijo el Patrón—. Tendremos que repararlo en la bahía...

—Buena pesca mierda —saltó don Bernardo—. A esto se le llama buena pesca.

—Nos pasamos para el Cuzco, carajo —dijo Boris-Boris—. La sopeamos a la Sofía de una sola cala. Escapándose la mitad, todavía. Ay caray.

'Carambas'.

—Ustedes ya me conocen cómo soy yo. —Galanteó Boris-Boris, a punto de soltar una risa—. Cuando se trata de pescar, yo mismo soy. —Se le veía tranquilo, resplandeciendo a lo brilloso de su aspecto. Tenía facha de buena gente—. No hay por qué irse tan al norte si el pescado está por aquicito nomás.

Cuando soltó la risa, lo hizo correr contagiando al resto de la tripulación jolgorizante. Estaban contentísimos por la buena pesca. ¿Quién no quisiese eso? JC y Miguel se sentían muy orgullosos. Comprensión. *'Qué orgullo. No se nos rozó por la cabeza siquiera que sería de esa manera, una sola tendida de red, jalarla, y ya estaba'.* Tenían una leche brava. *'Cojinovas'.* Imaginaban lo presente y nada más. *'Acaso así nos encontraríamos luego, cuando la nave se fue a pique y los salados que salieron ese día fallecieron ahogados'. "A ti qué te importa parinpanpuctetumadre. Todo es malo para ti. No existe otra forma; de qué manera quieres para trabajar. ¿De proxenetas? Tú, que tienes un poco de sesos en el cerebro debes saber que la vida no está comprada, y cualquier hue-*

co en el mundo es inseguro. *Acomplejado de mierda".
'Shit, calladito'. "Intelectualito mariscón".*

—Excelente. —Codeó Juan a Miguel—. Ya ganamos buenas propinas.

Conforme se enfriaban, el frío les enfriaba frío. Juan soplaba las manos hecha puños y sus muelas castañeaban gangosas. Miguel, humedecido, corrido de pies a cabeza, un calambrecito le hizo tronarse duro. Zafaron a mudarse la ropa. ¿Ahora qué potaje les prepararía don Clemente? Siempre rico, por favor.

—Tienen que quedarse —les dijo a los cutreros, el winchero—. Son órdenes de don Boris. Están de guardia, terminarán la faena.

—¿De nuevo? —se enojó JC—. No somos esclavos, carajo.

—Puctesumadre —rabió Cutrero—. Ahora sí que nos cagaron el sábado.

'Pensando siempre en la misma vaina, seguro. Vengativo de mierda. Cómo no te vuelven a cagar, ahí vas a quedar hecho una sanguaza'.

"Yo no soy como tú, maruchita de mierda. Siempre he sido más de arranques".

La Sofía entraba punterita esa mañana, repleta de pescado. Don Boris-Boris anunciaba su llegada con la Capitanía y se comunicaba a través del *boqui toqui* con el empresario que se movía con las tratativas del desembarque.

—Ahora sí muchachos, ustedes mismos son —dijo el tío cuando llegaban al muelle—. Desahuévense con el desembarque.

—Nos jodieron el fin de semana, tío —reclamó Lucho, como dando a conocer que él era el hombre de las perdiciones de todos los fines de semana.

Cuando la neblina fue disipándose como una tañadura de algodón a través de todo el malecón, los cutreros ya estaban listos de nuevo para saltar y nadar hacia la nave que a veces se achacaba por culpa del peso excesivo que traía.

—Silanparinpanpuctesumadre —rabió Cutrero—. Ahora yo me quedo a cargo de la Sofía I. Ningún cojinova va a pisar la borda.

'Como siempre Cutrero, demostrando tu envidia'.

"Tú cállate hueveras, eres nuevo en estos menesteres y no sabes nada".

Y Lucho se paró por la borda de la nave como para espantar a los cutreros que mucho se parecían con las aves marinas, y ya flotaban alrededor de la Sofía I. ¡La Sofía I es mía! De él. El consuelo lo sentía JC, porque la verdadera Sofía era de él, la hermanita de Miguel Ángel qué cómo no querría sacarle plancito para ese sábado, pero ella comprendería que no podía verlo por culpa del trabajo. Tan rica muchachita.

—Qué es eso. —Dobló el cuello de enojado Boris-Boris que pisaba el muelle— Oye tú—. 'No te llamó ni por tu nombre Cutrero de mierda'—Déjalos cutrear. No te olvides que tú también eres uno de ellos.

Cutrero no pudo ocultar su vergüenza y retrocedió hasta la caseta principal. Don Bernardo le hizo un aguante con la mano y era clara señal de obediencia. Algunos cutreros más aventados rieron y a Lucho se le llenó la cara de sangre por la vergüenza.

'Hueveras, te vengo diciendo'.

"Calla puctetumadre".

Y allí estaban de vuelta los negros cutreros de la otra vez, cargándose todos los pescados blancos, vacilándose de espaldas a Luis.

4. Melibea y Quijote: Con Amor y Libertad

Lunes temprano, plan de nueve de la mañana, cuando el alba se hubo alargado demasiado arriba, a lo alto, como algodones blanquitos, recién pañados, corrían para la sierra hasta formarse un aspecto filamentoso como los cirros. El sol expulsaba sus frescos rayos solares de lleno para la casa de Enriqueta Vargas. Al frente, para la vivienda de Juan, la sombra que se marcaba se estiró a un cuarto delante de la media pista vacía y lustrosa. Mientras los amigos elevaron la conversación, apareció, por la hoja derecha de la puerta que pertenece al callejón, la piuranita, con una mochila de finos recuadros de alpaca en la espalda. Sus cabellos claros, vivos, resplandecieron cuando se bañaron de iluminación solar. Al avanzar unos cuantos pasitos, no sabía de dónde, pero cayeron pétalos de rosa que se asentaron por donde la señorita pasaba, para alfombrarle el paso, como en las procesiones religiosas, tendiéndose a sus pisadas. Juan Carlos suspiró internamente.

—Qué rica tu hermanita, Miguel. Recién que la veo. Creo que vas a ser mi cuñado. Qué rica chibola. Bien bonita que es —dijo el cutrero de Lucho, observándola mientras ella se alejaba.

JC se hizo el que no lo escuchó. Pensó en otra cosa, antes de ver reaccionar de mala gana al piurano, hacerse también el tonto. Le quedó observar para la hondonada, por el rajado de ínsulas que se levantaban despicadas. Por unas abras cortadas volaban nuevas parvadas de pardelas y aves guaneras, rodeaban planeando la localidad en forma de arco, ese caminito de tierra, a ojo de esas aves. Cutrero fastidioso codeó por la costilla a JC, y, reilón, en sus manos, en el aire, moldeó la figurita quebrada de la piuranita, mordiéndose los labios inferiores, jugándose rico con su propia saliva. Era así el jodido, para fastidioso e insultante no había quién le gane. Todo torcido, negro por la brisa, siguió:

—Qué buenaza —le dijo en el oído a Juan Carlos; éste le afirmó esa verdad meneando la cabeza. Falseaba, en sus adentros le comían los celos. A quién todavía le preguntaban.

—Bien buena, Lucho —acertó Juan.

—Pero qué dirá mi cuñadito. No se palteará porque le fastidien a la hermana —ahora se dirigía al piurano—. Está rica tu hermana.

Rió; encogió los hombros. Halagado el muchacho. Un cuero era su hermana, con un halo respectivo a él, que llevaban casi los mismos genes.

—¿A dónde va solita? ¿La acompaño? —Luis preguntó confianzudo.

—Tú eres sapo o qué —reaccionó Miguel en el acto—. ¿Qué me dices a mí? Pregúntale a ella.

—¡Qué le pregunte! —exclamó el Cutrero—. Mira, cuando venga en la tarde, lo hago. ¿Está bien? A la vez, por ahí, aprovecho en mandarme.

—¿Tú? —Si no se reía Miguel, era porque en fin—. ¿Oíste lo que dice, Juan? Se le va mandar, dice. Semejante espantajo, *critters,* y te va a hacer caso.

Mírate en el espejo, antes. Piénsalo bien, júzgate. Micifuz, feo de mierda.

—Feo soy pues, compadre, y qué —trató de librarse Lucho—. ¿Cómo sabes que no le puedo gustar a tu hermana? —Le cambió el rostro.

—Primeramente… ¿que mi hermana le haga caso a este Freddy Krugger? —aventó Miguel con sarcasmo al final.

—La verdad, la verdad, no creo —habló JC para Lucho, mirándolo—. Tú no sabes agarrar a esas chibolas. Te palteas por tu cara de tarro, las asustas. Además tú te apuntas con puras mostritas, horripilantes —lo decía inflándole los pómulos—. A mí puede que sí.

—¡Qué! –se exaltó Miguel estirando las cejas cómicamente todo lo que pudo, hinchando también los pómulos, sin querer reírse a carcajadas, solo a medias, con cierta animadversión por lo dicho—. Ustedes son demasiados feos para mi hermana. Ella tiene su enamorado en Piura.

A JC le hirvió el corazón al oírlo, sintió rajárselo, licuárselo, que se le venía por la boca; amarga, coagulosa, en un torrente de sangre. Le vaporeaba la cara; la calentura se le subió a la frente, un poco más y revienta en su cabeza. Miguel dijo que tenía su enamorado, que se quedó en el norte. ¿Le creería? Claro que no. Lo hacía para que no la jodan, nada más. Juan necesitaba consuelo, que Miguel se rectifique, que le diga que es una mentira, que solo fue una broma.

—Pero ella qué dirá pues —insistió Lucho, observándolo: recontra jodedor que ni se avergonzaba—.

De repente la traigo loquita en su corazón —y seguía. Eso que estaba lucido. Borracho es la cagada.

—Mierda –chilló Juan Carlos, a la vez desviaría la conversación—. Me olvidé que hoy es la actuación en mi colegio. Hoy es la despedida, Cutrero, la entrega de libretas. Con eso de la pesca casi se me olvida. Va a estar bacanazo.

—Verdad. —JC movió la cabeza—. Conche su madre.

—Entonces iremos —se emocionó Luis, afilándose—. Qué más, para aprovechar una hembrita que vive cerca al colegio, y la tengo marcada. Me la voy agarrar, cojudos. ¿A qué hora?

—Después de la actuación y toda la ceremonia armarán un tonazo de la rechucha, como despedida a quienes dejan las aulas —dijo animoso Juan Carlos, incentivando, alentando.

—¿Qué esperamos entonces? —actuó Lucho, al toque, sin pensarlo.

Juan Carlos quedó enredado en su imaginación, sin saber cómo ordenarla, esperando que ella sola lo guiara: estar con la mancha de amigos despidiéndose de la Gran Unidad Escolar, la mejor del puerto. El gran San Pedro. Un tanto martirizado los últimos años, como épocas cualesquiera de declive y retroceso. Estos dos años quedaron segundos en el desfile escolar para las Fiestas Patrias; y este, terceros para el aniversario de la Guardia Civil. Cambiaron los tiempos de antaño, donde los gallardetes caían de cuatro o cinco anualmente. Diplomas, recordatorios, medallones, invitaciones a izar el bicolor patrio en la Plaza de

Armas, acompañaban a los nuevos alcaldes para su juramentación, todo eso se fue relegando. El colegio entraba en un proceso de decadencia. En sus inicios, cuando fueron inaugurados los pabellones, se agolpó todo el puerto para no perderse de la ceremonia. La primera escuela de esa pequeña caleta que llamaban Huanchaquito (algo así como la sucursal de Huanchaco, en Trujillo). Épocas en que el uniforme era gris, de pantalón-short hasta por debajo de las rodillas. Las chicas, de falda cirqueada, chorreados por los tobillos, parecían diminutos circos andantes. Camisa blanca, corbata larga —no lengua de vaca—, y chaleco gris a un contraste de algodones y nubes espesas, engalanaban los mozalbos. Dicen, y señala la relación de matriculados del cincuenta, que al novísimo San Pedro llegaban a estudiar los hijos de los señores acaudalados de la región. Hijos de latifundistas, terratenientes y capataces de ingenios azucareros. Enamorados de las chicas coquetas, las cortejaban cantándoles rancheras, y se daban de figurar bailando el *Rock de la cárcel*, para que ellas apenitas les lancen una sonrisita sonrojada, levantando los hombros con incredulidad, a pesar de que en aquellos tiempos el San Juan de Trujillo, alma máter de esa ciudad, abrigaba a la mayoría de ellos. Esos años el cardumen se pletoraba en manchas en el mar, hasta la corriente los varaba en el malecón. Claro que en ese tiempo la localidad era chica, naciente, limpia, no estaban esas enormes rocas que hoy circundan todo el litoral. Era arena fina entonces, con la playa a disposición de los veraneantes, a un paso de sus casas. No tantas calles como estas fechas se ven, altas, descascaradas, pobrísimas. Unas cuantas cuadras aun no señaladas por el concejo, ahora, el aumento de la población, exige su demarcación, la planeación de croquis, y sus necesidades básicas. Un puerto pujante. Así fue dando sus primeros signos de crecimiento, desarrollo, las generaciones echándose la alforja de la vanguardia. El San Pedro de su lado, a la mano con el progreso. Todo lo acogía, desde los más pudientes hasta los más necesitados. En homenajes públicos, celebración de cualquier personalidad, nuevo alumnado, salientes egresados, ellos mismos eran. Se ponían a la orden y daban la bienvenida y la despedida con la banda-orquesta de la escuela. En huelgas, manifestaciones, procesiones, fiestas andinas, cabildo abierto, los mejores alumnos tenían participación directa a sus propuestas. Eran conservadores y románticos. Es que pasaban los cincuenta, los sesenta, los setenta, años un tanto convulsionados y de cambios para el distrito pujante que se afilaba a la modernidad.

Pero todo pasa y se lo lleva el viento. En la actualidad, qué despedidas que se mandaban. Una perdida brava y acostumbrada. ¿Qué tal estaría la noche luego de la actuación y el baile organizado por los profesores? Felizmente lograron juntar un billete para darles el pequeño festín de despedida. ¿Cómo sería la amanecida? Bravísima. Tonera. Sí: sexo libre en los salones de jardín, por allí que muy poco circula la gente. Ganados los que tienen una chibola, con un poquito de pisquito encima, y bailan en la pista, azuzadas, mismas arrechas, buscan después la verga entumecida. Premiados salen, ganando su lotería, a los patitas que les suda la espalda, los clavarían puro tubo hasta dejarlos adoloridos por semanas, sin poder sentarse siquiera. El barajo: fin de año, despedida, de aquí no nos volveremos a ver jamás, aunque algunas veces de manera esporádica, ya ni nos reconoceremos o nos haremos los terseos si alguna vez compartimos las enseñanzas. Para que te lleves un buen recuerdo y no te olvides de esta tranca, de esta aula, recibiste de todos los tamaños y de diversos ángulos. A las chicas, luego de lo ocurrido, correrían a tocar la puerta de quien les hizo gozar y soltar los ojos de sus órbitas por primera vez. «Hola mi amor... estoy esperando un hijo tuyo». El pata quedaría en vilo y «Y yo qué sé». «Estamos esperando un hijo, amor». «Aguarda, aguarda». «Qué dirán mis padres ahora cuando se enteren. Me van a matar». «A mí no me digas nada, no me calques en tus problemas». «Pero...». Quedaría volado el mozo a unas lágrimas suplicconas, y unas palabras para reflexionar. Palabras que Juan Carlos moría por oír de los labios de Sofía. Bien lo tendrían, o por su inocencia, y orientados por medicamentos baratos, o comadronas, mediante jeringas que chupan la sangre, o hierbas olorosas, acudirían a cualquier método abortivo. El año pasado se contabilizó cinco fetos en los baños de las mujeres de los colegios del puerto, y en algunos casos preocupantes porque una chica falleció en pleno aborto en el valle del Santa.

En la fiesta, en el bullicio, en el jolgorio, la puta de loquerío, desgravándose por el ambiente vacilonero. Soltando pasitos no entendidos dentro de las ruedas, rumiaban y se abalanzaban sin sentido, mientras los compañeros aplauden hostigados por el trago, reemplazándose a los toques del disco que no acababa nunca. Bailoteando, zampándose jaladas de humo con roche, les llegaba altamente la inspección de los auxiliares que serían peor que ellos. Orinando, no en los baños —que es lo acostumbrado, ¿verdad?— sino por el apuro a no perderse ninguna canción, las paredes celestes y blancas de la G.U.E cobraban pato y eran oxidadas de urea desde sus cimientos. Otros de arcadas, virolos por los eructos, vomitaban a la viva luz de diciembre. La mierda, es fin de año. Aquí ya no existía que expulsado, compren pintura para reparar las paredes salitrosas, dinero para nuevas lunas, y demás peticiones, ya no las había. Solo gozar, lo único que importaba, el vacilón. *¡Qué viva las Bodas de Camacho!* Sí, ¡qué viva! Tal imaginación de la ciudad y del colegio se le encapulló dentro de su alma en el dulce y doloroso a la vez, vértigo de la pena. Once años queriendo abandonarla, tirarlo por la borda. Los días los calendarizaba en el almanaque, tachando día por día, viéndolos pasar lo más pronto posible, aguardaba ansioso las últimas fechas. Tanto para que ahora se apene el cojudo. Cuando sacaba el segundo pie y salirse por entero, le invadía la desazón; así como una alegría resentida, necesitadora de consuelo; algo que lo desgarró de sus adentros y dejó un forado por donde evacuase toda su pesadumbre. Un hígado, el pulmón, el corazón, la amargura, la respiración, el sentimiento, la ternura, el cariño, y donárselo a un necesitado que se petrifica en la cama de un nosocomio.

Las sombras se metrearon desde la casa de enfrente, todavía no bajaba de la vereda de la vivienda de Luis. Poco a poco avanzaba la tarde rindiéndose a la ventocilla que urdía los ínfimos rescollos de la ciudad plana. Cuando se hizo viento, tuvo que aguantarse para soltarse en pompas que azuzaba la lanchada en un agiteo oceánico. El mismo ambiente se sentía en el San Pedro, además, ya hormigueaban los colegiales desconcertados, apurados, cínicos, jodidos. Los zapatos negros, pantalones gris oscuro, camisa blanca, hoy lo pintarían, dejarían sus firmas, dibujarían pichulas chorreantes, terminaría todo hecho un andrajo. San Pedro, de ancha contextura, largos pabellones, cortos recovecos y extendidos tres patios, pintado de celeste y blanco, te mereciste mención aparte. Hoy lo gozarían por última vez.

Ingresaban de manera desordenada rumbo para sus puestos en el patio de honor. Formaban mirando el oeste. Los de quinto para la entrada del portón; a su costado derecho los de los otros grados, hasta la sala de cómputo, cerca al busto de Túpac Amaru. Siempre los de primaria adelantados, para el estrado. Apostados los padres de familia, ex alumnos, recostados en el segundo piso y en las columnatas rectas que soportan el jugueteo estudiantil. Para allí corrieron Miguel Ángel y Luis Sortilegio. Y que estaba evadido, no expulsado de la escuela, logró burlar al guardián y entró. Juan Carlos formaba quinto con los de quinto. Los auxiliares, servidores de la Marina, hebillas en mano, guiados por el auxiliar mayor —el Bomba— trataban de ordenarlos parejitos. El Bomba pasó zumbando su correa en hélice por todos los salones, desinfectándolos de los alumnos malcriados que se la pegaban de jodidos. Corro, el Jefe de Orientación Básica del Educando (OBE), con su cabello revoltoso, un lapicero en la boca y una libretilla, observaba del patio a los salones todo cegatón. Pasó Estefo Ñique, el director, que se sabía que ya se iría, elegantemente vestido con su terno mostaza, nariz de águila, asintiendo a todos los saludos de los padres de familia y el alumnado. El vals *Mi Perú* lo repetían por enésima vez desde el altavoz. El estrado quedó mismo plató. Una extensa sábana roja encima, a lo circo, encuadraron el proscenio. Posicionaron cuatro pupitres en el fondo, dos micrófonos, una carretilla, productos de comida dispersados, y tableros negros con fingidos precios. Estaba listo, escenificado para *El Mercado,* una corta obra teatral escrita por un alumno de tercero, el cual destacó en el salón, cuando lo dejaron como tarea en el curso de Arte. El profesor Quesquén Puican lo felicitó, hasta le dijo que si pudiera podría integrarse a la elaboración del periódico mural o la banda. (Jhonny Celay, su amigo, el que haría de policía en la obrita, se integró a la Banda de Guerra, y hasta aprendió a tocar el saxo). Mientras tanto que el autor descubrió, en los recónditos de la biblioteca, la historia de su colegio, sus inicios, sus triunfos. *La Gaceta Sampedrana*, boletín de circulación interna donde se informaba del acontecer del colegio y la ciudad, aprovechó en leerlos en cuanto pudo. Ahora ya no se publicaba. La presentación no causó mayor envergadura, por allí unos merecidos aplausos dignos. Prosiguió el programa: canciones románticas de la actualidad, foto mímica de cantantes rockeros, imitaciones a personajes públicos, recitales y poemas. A la hora se presentó Julián Domínguez, el muchacho que recitaba todos los años evocó *Los Heraldos Negros*, de Vallejo. Bonito, dulce, embriagador. Para recordarlo a viva luz. Excelente en el estrado, sus mímicas arrancaron aplausos a toda la concurrencia, como cada vez que se presentaba. Para el verdadero momento teatral una tragicomedia. No acertaba JC, jugarreta o engañifa de sus ojos. *La Celestina* en forma representativa. Se volvió para las aulas de quinto H, pero el piurano y el Cutrero, ya no estaban, el revuelo de la gente los hubo devorado.

«Vete, torpe, no puedo tolerar esa comunicación de amor que me haces», le reprimieron en el acto a Calixto.

Se le ensombreció la escena a Juan. Refrenó en ideas de amores saturados. Melibea era Sofía, que vestida estaba entre faldones del medioevo. Y no adivinan quién era la alcahuete, nada más, la morocha, igualita, embutida en unos andrajos de espantapájaros a colores como la cola del pavorreal, luego de erguirse de una trocha anegada. Tal interpretación artística le transportó quinientos años atrás, a lo menos, por la conquista del incanato: en el Perú, vale decir.

El cielo se llenó de nubes delgadas, y por el abra de la Isla Blanca, en ese triángulo invertido, la bola naranja dejaba su coleta crispora, diciéndoles que regresaba mañana para regalarles más vida. Pardelas como pintadas por tinta china sobre el papiro se los disolvía. El astro rey vertía sus últimos rayos solares sobre la tela blanca, ahora sí extendido a cielo abierto. Si los vieran al estirarse, buen rato, con ojos de inspiración, se jalaban por rodillos, o por finísimos dedos de serranas que extienden el algodón, hilando en su huso. Pintado de naranja, tres cuartos para la escuela, se coloreaba de morado con rayitos amarillentos.

El rostro de los profesores, del director, del auxiliar, del alumnado, era de pleno gozo, como si se les anchase el corazón, se alegraron. Seguro; seguro no, nunca vieron un espectáculo tan estructurado y llamativo, capaz de llevar a una emotividad particular, al encanto. Bueno, en ese estado estaba Juan Carlos.

Peor: fascinadísimo, gustosísimo, embriagado por los movimientos de su amada. Si aún no lo era. ¿Por qué no la fastidia, entonces? Toda la concurrencia vibraba. El montaje era excelente; por eso los juegos de aplausos repetidos. En contaditas ocasiones se presentaban obras novedosas en los cine-teatro, y a veces ni iban. Preferían a las ampulosas bailarinas de los programas cómicos de la televisión. Por eso sí hasta forman cola como una entrada a un partido clasificatorio a la Copa del Mundo. Por las puras, para que salgan recontra aguantados, lleno de imágenes rumbeantes en el cerebro, torcidas, provocativas, deambulaban calientes luego.

Finalizó el espectáculo y se oscureció de ancho a largo: sur y norte, este y oeste. Un poco de frío comenzó a correr. Los pacaes que resguardaban el monumento de San Pedro, se estrujaban sus hojas, a punto de soltarse. Rompieron fila los colegiales y hormiguearon para sus salones, tensionados. Juan, impactado, no le dejaba la agitación. Su Reyna actuó para él, para ningún otro. Él solo ahí, tieso, no existía nadie más. Silencio, en el histórico patio, oscuro, ella bailó para él. Halando sus vestidos, danzando la princesa, llamándolo venga a su alcance. Sonrió, comenzó a correr alrededor de los pabellones, se detenía a saludarlo, a mandarles besitos encargados por el aire, entraba y salía de los salones, escondiéndose de costado en las columnas. Bajó Melibea por las escaleras del estrado y fue topada por los brazos de sus padres que fueron a verla actuar. Estaban felices. Le dieron indicaciones, luego se retiraron. JC buscó a sus amigos, éstos seguían desaparecidos.

—Corre, las libretas. —Se la embaló Chafo Céspedes—. Están entregando. La recojo antes de que venga mi vieja. —Ahora se le veía de espalda.

—Manuel, Manuel —llamaba a voz gruesa Juan Carlos—. Espera.

—Corre. —Se detuvo Manuel al volverse—. Están entregando las libretas.

—¿No viste a Cutrero? —preguntó con fuerza—. ¿No lo viste?

—No. —Tendió a correr.

A los ángulos del proscenio, los moles parlantes, sobre patas de grulla, esperaban su turno para trastornar los oídos. Las luces, encendidas parcialmente, semejaban a un complejo deportivo. Las muestras de ruido amenguaron un poco el viento. Por poco terminaron de entregar las libretas de notas. Los que iban con sus padres; unos felices; otros apenados, como en cualquier cole. Los ausentes, pobres profes, se afonicaban a voz gutural. Encima, a la probadita de los discos, el compaginador no descansaba en invitar por el micrófono a quedarse para la fiesta de despedida a la saliente promoción. Y la palpadita de dedos en la cabeza pelada del micrófono, chillaba socavando los tímpanos. Comienza, se siente, de nuevo, el olor a sudoración de pescado, expedido por el conjunto de empresas harineras.

Justo cuando darían inicio al baile, y el concentrado de alumnos lo esperaban impacientes, aparecieron por la entrada, a las justas, los amigos. Justo cuando la mancha de auxiliares daban de portazos a los sapos que querían zamparse a la guerra, sin pertenecer al

San Pedro. JC bajó para el patio a darles el encuentro y alertar a Miguel Ángel.

—Mira estos hueveras. ¿Dónde han estado? Los estuve buscando por todos sitios. —Se acercó Juan y al toque le topó el tufillo a licor que se traían—. Estuvieron chupando. Era de que esperen.

—Estuvimos afuera, hueveras. ¿No nos viste entrar acaso? —respondió Miguel moviendo la cabeza indecisa, mirando para todos los rincones—. Que pregunta tan cojuda. —Se estiró por encima de todos, buscando algo.

—Estás paradote en la formación y te vamos a avisar. —Negó burlándose Lucho.

—Ya nos aburríamos —dijo Miguel—. A la mitad de la ceremonia nos largamos. Este feo del diablo me llevó. —Palmeó la espalda a Lucho—. Vamos a ver una chiquilla, me dijo. Una más fea que Brujilda.

—¿Cierto Cutrero? —preguntó JC a punto de soltar una risotada—. Es para vacilarse.

—Qué mierda, con tal que haya huecos donde vaciarse, no hay ningún problema.

Rompieron a sonar los gigantes parlantes. Todo el patio se llenó de pisadas bailables. Grupos se formaron. La gente correteaba, qué diablos, pero esos ademanes, como un tono de estos años. Iban y venían con cervezas, gaseosas, cigarros, pidiendo permiso. Mientras, allá, arriba, la tranquilidad era única, silenciosa. A no ser en el infinito, donde chicotean las estrellas, los planetas, la vía láctea, una ensordadera planetaria y musical.

—¿Has visto a mi hermana? —preguntó el piurano escapándosele un corito—. ¿La viste? Cuántas veces quieres para repetírtelo, hueveras.

—¿Vino tu hermana? –se adelantó Cutrero—. Con razón lo aburrido que estabas. Ya pues, dijiste cuando te invité a la calle.

—Calla —dijo Miguel—. Le estoy preguntando a este hueveras.

—Te pones saltón —continuó vacilándose Luis—, cuando preguntan por tu hermana.

—Calla —carajeó un poco resentido—. Deja que me responda.

—Tienes miedo que se la levanten. Deja que se la compute mejor un amigo, para otro que no sabes qué intenciones tendrá.

Rieron, a las zonzerías que decía Lucho.

—Este feo de mierda es más espeso, caray —por poco y vocifera Miguel.

—Actuado —le dio razón Juan Carlos—. Se maneja estupendo en el escenario.

—Eso no te pregunté —le aguantó Miguel.

—¿Y qué más quieres para que te digan? —entró Luis.

—Sí, la vi. Y a tus viejos —respondió Juan Carlos.

—Carajo, están aquí —medio que se terseó el piurano.

—Pero ya se fueron —dijo JC.

—Menos mal —dijo Miguel y le bajó la perturbación.

—¿Les tienes miedo? —intervino Lucho.

—No. Lo malo es que me encuentren con este tufo y me regresan a mi casa.

—Es que eres medio baboso, hueveras —dijo Lucho—. Como yo llego a la mía sin sentido y me tiro directo a mi cama.

—Mi hermana debe estar por allí —aventuró Miguel sin hacerle caso a su amigo.

—A lo último la vi por las gradas del proscenio —indicó Juan Carlos.

—Vamos para esa mancha. Te presentaré buenas hembritas, Cutrero, no como las feas que conoces. Síganme. —Sacó la delantera entre los bailadores.

Irían. Van. Fueron. Le volvieron las convulsiones de amor a Juan Carlos. La oportunidad que tanto añoraba. Se la presentarían. «Me rindo a tus pies mi Reyna». El mismo hermano, qué más quería. Silbidos escuchó JC. Al volver a ver la mancha de su promoción lo llamaban con cervezas en alto. «Vuelvo». No lo adivinaron. Miguel, recontra ligero, daba la mano a Sempronio, Parmenio y Calixto. De besito a Elisa y a la Celestina, al final, con una fingida ahorcadita y movida de cabello a Melibea.

—Les presento a mis amigos —ágilmente indicó a Juan Carlos y Lucho—. Él se llama Juan, él Luis.

El besito en la mejilla le rellenó las entrañas de gusto a Juan Carlos, de pasión honda. Disimuladamente lo apreciaba, y, carambas, lo guapa que era. Florcita. Manantialcito. Princesita. Amor. Locura. Suspiros agudos, como cuetecillos navideños, hicieron explosión por todo su cuerpo. Ella reía para todos, los conocía, vivían en su cuadra. La más linda de la fiesta, para qué irse de comparaciones por la puta madre. Para Juan Carlos: se le vino el colegio encima, se le paralizó la música, los demás quedaron como estatuas de cera. El cielo se tiñó de un azul intenso, donde raras veces soltaron chispitazos, que eran las estrellas. Contento el chiquillo, tan feliz que el petrificado olor a sardina era aroma de rosas. Odiaba las empresas pestilentes destruyendo la capa de ozono, ahora agradecía el desarrollo de la ciudad. La banda de los uruguayos, que eran los enemigos más acérrimos de la escuela, ahora los sentía como hermanos. Es que la templadera, ese dulce lado de la vida, ceguece cualquier rencor, problema, animadversión. Si no pregúntenle a Xiomi Sánchez, cómo suspiraba de amor al verlo pasar a JC por su delante. Veía lo que hacía y deshacía, al tanto de sus movimientos y faltas, ella se mantenía prendida de él. Las veces que lo siguió con su amiga, reventaba de celos cuando lo encontraba conversando con otra. Lo odiaba. Después que se lo chapó lo supo. Es así: Yo te quiero a Ti; pero Tú le quieres a Él; Él no te quiere a Ti sino a Ella; al final, Ella no lo quiere a Él, sino a Mí; pero Yo no lo quiero a Ella sino a Ti. Y no se sabe si Sofía quería con Juan, de repente a otro. A las finales el mismo enredo, el círculo de amor, necesario, y si no existiese, tampoco existiría el amor. Juan Carlos pensaba en ese punto, además todos lo saben. Pero con hacer el intento nunca se pierde nada, a ver si cae la linda; jugaba con esa idea en la cabeza. A ver si ella lo amaba a él y a ningún otro, resultaría ganando, victorioso con su persona, que se relamía el hueveras.

No pasaría; seguro que sí, la perdición de todos los años. Los teatristas con ellos de vacilón. Chévere. Bacán, gozantes. La música en español, el *rock,* en pleno auge. Cutrero, sin pedir permiso, desapareció del grupo, se hizo humo. Miguel Ángel en la pista de baile se desdibujaba con la Celestina. Sempronio con Melibea daban ruedas, y Calixto con Elisa dudaban ordenándose para cambiar los pasos: amo y sirviente cambiaron de pareja, ahora lo hacían apegados. Entretanto, JC conversaba con Parmenio; quería que le respondieran si su voz ronca se le escuchó desde la formación. «Perfecto», respondió Juan Carlos, más sí, encima le brindó felicitaciones. «Gracias amigo». Regresaron de bailar. A la próxima JC se le aventaría a sacar a bailar a su Reyna, de fijo, ya lo tenía visto. Comenzaría la canción y le estiraría la mano ofreciéndose, a sus pies su Alteza. ¿Dónde estaba el piurano? No regresó de tonear con su pareja. Ante las cabezas puestas del alumnado conversaba muy animoso con la Celestina. «Muy bien», contestó Juan a otra pregunta de Parmenio, «excelente». Le ganaron de nuevo en el baile y se quedó picón. Esperó. No importa, la noche es larga. Tampoco, esta vez, Miguel se acercó al concluir el tema. La morocha. ¿La morocha? La buscaron, pero no la encontraron. Juan se alegró disimuladamente. Rieron de seguida, amos y sirvientes. Piurano se levantó a Sandra Bonifaz, la zambita. ¿Se alcahuetería ella misma? Juan Carlos la vio con su enamorado. Porque ella tiene gil. ¿Tendría en realidad cimientos de pendejita, como fue la Celestina en su mocedad? E iba desarrollando, poniéndose más rica al pasar los años. Juan, arrecho de mierda, se imaginaba pagándole el servicio en un lujoso lupanar. Si seguía en esos pasos, quién sabe. ¿Qué es de Lucho a las finales? Rato ya que sacó la vuelta.

Las horas corrieron lúgubremente, caminando de acuerdo a las manecillas del reloj. Juan Carlos y Sofía tomaron un poco de confianza. Qué bueno. Intercambiaron preguntas: buenas, confusas, de todo un poco. Afuera del colegio reventaron envases; sus ecos rebotaron de las paredes laterales. Crujidos de gargantas con correteadas como en pelea de perros, paralizaron la música, y la gente se quedó quieta. La bronca se hizo estruendosa. Los alumnos, desde la segunda planta, devolvían botellazos, vociferaban sandeces a voz en cuello. Atacaban los uruguayos. De seguro que estaban agarrados con los alumnos que tomaban afuera. ¿O el Politécnico? No, la semana pasada huyeron con la cola entre las piernas después de que perdieron el partido de fútbol. A pedradas apagaron los focos de la calle. Solo al medio de la entrada, un mercurio que iluminaba el perímetro, en esos instantes lo bajaron de un ladrillazo. Desde el micrófono rogaban calma a la masa de colegiales que pretendieron salir a la fuerza, armados de diferentes objetos. Calixto con Juan serían los primeros en arrancar, pero fueron parados por los brazos de Melibea. Reaccionó por lo hecho y se ruborizó. Dos melocotoncitos sus pomulitos. Juan Carlos los vio sonrojarse. ¿Sería amor eso? Es que la tocó. Sintió la suavidad de sus bracitos, su frescura, la vibración repentina de su aura.

—No vayan. Quédense aquí —Parmenio dijo. En una forma de tranquilizar, hizo correr la botella—. Qué nos importa, que se maten afuera.

—Puede ser que Miguel esté metido allí —dijo JC, aturdido.

La gente amontonada en la puerta, pedían de alaridos les abran para enfrentarles a los agresores. La pista quedó vacía y se armaron reventando envases de licor. Subían para el segundo piso, las mentadas de madre en coro, como un saludo cualquiera. Tiembla Sofía, se lleva las uñas a la boca a mascárselas de miedo. Su preocupación era por su hermano. Como si no supiera cuidarse semejante cojudo, intrigaba a su hermanita.

—Afuera están mis amigos —habló Juan Carlos, buscando en la muchedumbre a Lucho—. Salieron a la calle.

—Quizá esté metido en la pelea —dijo Sofía, totalmente nerviosa.

—Puta madre —insultó JC—. Salgamos a ver.

—Dónde estará ése —habló Calixto, procurando hacer saber que no estaba metido en dicha bronca—. Por allí debe estar arrinconado el bandido, glorioso de besos y abrazos. Ustedes ya saben pues. O haciendo otras cositas más pícaras en algún sitio oscuro.

—No te preocupes Sofía —calmó Sempronio—. Sabes cómo es Miguel.

Los ecos de la gresca continuaban retumbando. Los ruidos venían desde la Meiggs —la Panamericana— pero así se entonaban ruidosos. Debido al inci-

dente detuvieron la fiesta, y agradecían por su asisten-
cia. No estaban de acuerdo y pifiaron por la continuación. Tanta era la insistencia que comenzaron a saltar-
se de los techos. Otros se daban la vuelta por el canchón. En un tumulto levadizo se la enrumbaron a la
pelea, cuando abrieron el portón. Asustadas, acongo-
jadas, salían las mujeres. En la pista Juan Carlos
acompañaría a su casa a Sofía: acordaron porque eran
vecinos. No podía estar más alegre el hombre. Es como si navegase, de nuevo, en el mar norteño, al fondo;
pero sin trabajar, no. Paseándose, eso sí. Ella no dudó
en aprobar. Era su vecino, ¿no es cierto?, pata de su
hermano, además. Quedaron en caminar, otear a la
luna sumergida dentro de esa tela blanca. ¿Dime si
tienes enamorado Sofía preciosa?, le preguntaría en el
trayecto. «Te ayudo con la mochila», se atrevió a decirlo y ella accedió. Adelante se apareció una mancha
de alumnos, provistos de palos y fierros, gritoneando,
chillando como loros. Algunos de su aula lo reconocieron, pasaron inocuos, señalándolo.

—Te asustaste. No es para mucho —dijo Juan al
oírla susurrar duro.

—Qué miedo —dijo cuando le pasó su alarmada,
sacándose las manos del corazón.

—No pasa nada —la calmó—. Son mis amigos.
Todos me conocen, y a Miguel.

Sofía se entristeció de nuevo. Juan procuró remediarlo hablando otro tema.

—¿Estará bien? —se preocupó ella.

—Sí, despreocúpate... Taxi —llamó.

Saliendo solo a unas cuadras para el sur, bajaron en la bocacalle de su cuadra. JC pagó la carrera.

—Hay que esperarlo a tu hermano —propuso—. No tarda en llegar, seguro.

Ella asintió.

—Te conduces bien en el escenario. Te felicito.

—Gracias —dijo Sofía, medio palteada.

Sonrió avergonzada, agradecida por el halago. El sueño que tuvo no fue una ficción, si no realidad: no tenía los dientes de su hermano. Linda, serio, bien linda. Con su carita flaquita, blanquita como un quesito andino. Él era el zorro tras la ovejilla. Cruzó los brazos, necesitaba que la abriguen. Tampoco corría el viento. ¿Sería una insinuación? No quería ni pensarlo. Se cagaba de nervios. Se miraban, reían, y punto.

—¿Terminas? —le preguntó la amiga.

—Adiós colegio —respondió JC.

—Qué pena —dijo Sofía un poco triste.

—Sí, pero qué se va hacer... ¿Con qué hoy te llamaste Melibea? ¿Mañana cómo?

—No sé —respondió y se ruborizó al toque.

—Quizá, Julieta. —Juan Carlos la fastidió.

—De repente —rió—. Depende qué obra pongamos en escena.

Miguel Ángel apareció por la esquina a largas zancadas, apegado a la hilera de la cuadra, por el corredor de casas rectas a la suya. Llegó a su junto.

—¿Lucho no ha pasado? —preguntó asustado y abrió su puerta—. Pasa —ordenó a su hermana.

—Pero, ¿qué pasó? —JC se preocupó—. ¿Estuvieron metidos en la pelea?

—Chau —se anticipó Sofía.

—Contra los uruguayos —acertó Miguel.

—¿Y? —se inquietó JC.

—Mañana te cuento.

V. EL CHOREO

Esa noche les tomarían a todos desprevenidos. Por hueveras les pasó eso. No tenían por qué descuidarse, ellos lo sabían, pero como estaban confiados y solo pensaban en el pago que era bueno, les salieron choreando.

'Hay razón. No hay de qué quejarse, eso nos pasó por hueveras'.

El mar mostraba una quietud ajena. Si había trotes, estos no eran sentidos por sus ocupantes. Inclusive Miguel y Lucho tuvieron tiempo para echarse unos naipes y acordarse de Alejandro, el cholo, a quien ya no veían hace semanas. Juan Carlos, luego de pasearse con una linterna por los alrededores de la lancha, tomó un libro y se puso a leer en su camarote.

"¿No te juegas unas cartas intelectualito?".

'Ahora cuida tú, Cutrero de mierda, porque yo estoy cansado'.

"Ya para de leer, porque siendo chancón no vas a lograr nada".

'Calla mierda'.

Mientras tanto un bote se deslizaba sigilosamente, raspando la playa lisa. Solo los topes de las bolicheras alumbraban grasosas y sin fuerzas que apenas se suspendían tembleques. Si JC se hubiera quedado un rato más en la cubierta hubiera atrasado el avance de esa chalupa que iba deslizándose sin el arranque del motor y solo a remo. ¿Quiénes venían? ¿Los cutreros? Estaban robando. Era evidente. Saturnino con Octavio Perdomo, y el negro Armando —su rival de Lucho—, que era su sobrino. Venían a chorear a la Sofía I. Saturnino robándole a la empresa que le cobijaba trabajo. Para cagada. Junto a Octavio, colorado ese, con la cara averiada por el acné juvenil que nunca se le borró, remaba despacio tratando de no agitar demasiado el agua. Miren que era amigo de don Boris-Boris que tan bien les llevaba, hasta a veces sacado de cachuelero al Octavio. Armando Crispín, el negro, el sobrino, no pudiendo aguantar su timidez, mostraba una sonrisa engañosa que a nadie embaucó.

—Eres nuevo, sobrino, todavía para estas cojudeces —dijo el Chino—. No te preocupes, siempre es así la primera vez. Te voy a enseñar un robo pero de la patada. Y no las huevadas que robas en el muelle. Tú no harás nada y solo verás operar a tu tío. Te mantendrás de señuelo. Yo y este colorado haremos todo. Si pasa algo silbas y nos largamos como si nada hubiese pasado.

"Aguanta Chino. ¿Nuevo ese puctesumadre del negro? No seas cagada. Semejante chorazo que es y lo llamas nuevo. No, no, estás cojudeándonos a todos. ¿Entonces nosotros qué somos para ti? Chicos sanos, tranquilos. ¿Los crees JC?".

—Mírame y aprenderás quién es tu tío —le animaron al cutrero bembón, pero no tan grande como el de su hermano Flavio.

—Bien. —Movió la cabeza aceptando.

—Más bien, si nos sale bacán, vas a agarrar la onda, te va a gustar. Rico lo gozarás después, desoldarse una buena nave. Éste es mi sobrino, carajo, creo que me ha salido medio maruchita.

—No me insulte tío —dijo el negro—. Lo pendejo lo tengo hasta por los sobacos.

—Sí, sí, por dármelas de pendejito, en mi juventud, así como tú, me varé en un bote —dijo burlándose el Chino.

—Estuviste encerrado, por hueveras tío —dijo el moreno—. Es harto conocida esa historia tuya, la de don Boris-Boris.

—Por favor sobrino, qué historia de Boris-Boris no es conocida en este puerto apestoso.

—Por querer desoldarse el culo a una tipa —dijo Armando—. ¿Cierto que es así?

—Porque nos ampayaron a los tres *infraganti*, desenmantelándonos a una cojuda y nos arrellanó la tombería. Nos desmembraron el culo a fuetazos por hueveras. Por eso nos encerraron cinco años, acusados de violadores. Pero a las finales nos fugamos. Y aquí estoy de vuelta, vivito y coleando, haciendo la misma huevada. ¿Qué dices sobrino?

—Le van a volver a chapar tío. Ahí sí lo violan a usted —se vaciló.

—Ja, ja, ja... —estiró la boca Saturnino—. Ahora con mayor razón lo hago más a menudo. Si la policía se presta para la pendejada. Con un sencillo debajo de la manga basta y sobra, se tuercen al toque. Antes, cuando te capturaban, te encarcelaban hasta que cumplas la condena. Hoy en día ya no, todo ha cambiado. Los tiempos pasan, sobrino, y la cosa se vuelve más apestosa. *'Tú lo contaminas'*. Con unas cuantas monedas dejas manco a cualquier hueveras. Pregúntale a Octavio. ¿Sí o no, Colorino? ¿Recuerdas cuando caíste al río? Te confundieron con nosotros. ¿Por qué te negaste a la construcción del túnel? Le hubieras visto su cara, sobrino, cómo se orinaba de miedo el marisco este.

—Me confundieron —se hicieron los tontos—, como violador y me apresaron. «Llévenme, llévenme, que yo estoy más limpio que el alba». Yo sería incapaz de cometer un delito de esos. Ellos lo sabían; yo no era culpable. Solo que me rellenaron de papeles y me jodieron. Para averiguar lo que tramaban los amotinados del pabellón C, me atrincheraron ahí, para vigilarlos. Luego me sacaron y me hicieron declarar a la fuerza. Pero ya era tarde, Chino. Justo para la intervención fue la fuga. Se escaparon presos como mierda.

'Fueron cien'.

"Se fugaron más de doscientos".

'Exagerado de mierda'.

—A algunos los acribillaron en el mismo túnel, y de los torreones fueron matando a los presos mientras se fugaban —contaba el Colorado.

—Doscientos —se asustó Armando—. ¿Usted se escapó tío?

'A éste, no le creas ni lo que traga. Doscientos. Apenas era una cárcel moderada. Mentiroso'.

—Serio —afirmó el borrado de Octavio—. Y la noticia se salpicó a nivel mundial.

—Nosotros salimos de una fiesta junto a Boris-Boris y Ernesto Sortilegio. El papá de Cutrero, pues. Amigazos éramos... En una esquina, entre el campo y el bar de Miramar... ¿Conocen...? *'No van a conocer...'.* Un viejo rechoncho masacraba a su mujer; le daba de puñetes y lapos por todo el cuerpo. Al observar nuestra presencia, se asustó y retrocedió. No lo íbamos a robar, ni se nos pasó por la mente tamaña huevada esos instantes.

—¿Quieren algo? —preguntó, aguzando la voz—. Estoy pobre por si acaso.

Él pensaba que le chorearíamos, seguro. Una conciencia cualquiera reaccionaría así.

—Abusivo. A ver, métete con ellos —le insultó Boris-Boris y le asestó un puñete en la mandíbula, haciéndole revolcarse por el suelo a esa bola de grasa.

Levantándose luego, con el rostro fruncido de dolor, el gordo mitigó trotando de imposturas; vibraba algo en sus adentros, cernizado en una turba de estrellitas, de rayitos, de culebritas, toxinó su cerebro.

—Ahora pues maricón —balbuceó la señora—. Maldito abusivo. A ver: métete con ellos.

—Con las mujeres si te la pegas de macho, imbécil —yo le agredí—. Ahora te agarramos a patadas y vas a responder si duele.

—Sáquele su mierda joven —alentaba la señora, estrujada, despeinada, desabotonada—. Para que se acuerde toda su perra vida que a una mujer no se toca.

Tenía razón, por más pendeja que haya sido, de todas maneras debió respetarla, no golpearla. *'Siquiera algo bueno dijiste'.* Hay algunas que les gusta, les encanta que les den de zurriagos cuando las tienen calatitas y penetraditas. Les aumenta la excitación, dicen.

La noche se sentía agria, salada, oliendo a salmuera. Rumoreaba la pestilencia honda. Clarito socava el salitre, que te come hasta la planta de los zapatos. Llovían las estrellas; hervía el cielo de éstas. Los maullidos de los lobos marinos; si no joderían de hacerlo los perros cochambrosos y gatos sarnosos, se escucharían nítidos.

—¡Oye puta! —refunfuñó el regordete—. Yo te trato como se me dé la gana, porque soy tu marido. Tú, a mí, me haces caso. Vamos a la casa. Vamos. Vamos carajo.

—Vete solo —vociferó la señora, encolerizada, enraizada a su furor, se le blanquearon los ojos, comenzaron a delinearse sus arrugas.

—Ustedes no saben quién soy. No saben con quién mierda se han topado —habló para los tres, enérgico—. Cutreros del carajo. —Sacó una placa de policía y les enseñó, gesticulando después como para sacar un revólver.

—Mierda —gritó Ernesto yéndoselo encima—. ¿Qué vas hacer? ¿Matarnos? —Lo tumbó y cayó en su encima.

Corrimos con Boris-Boris, lo despojamos de su arma, y para su mal, encima, en el suelo, le dimos como a pescado descamado. Eso le pasó por querer avivarnos. Por prendido, también.

—Se jodieron conmigo, cutreros de mierda —se reincorporó hipeando, y se largó zigzagueando, recontra borracho, dobló en la esquina.

—¿La ha lastimado, señora? —le preguntó—. Su marido es un abusivo.

—No es mi marido —corrigió adolorida—. Lo he conocido en una fiesta. Es policía. Dijo que me acompañaba y acepté; pero lo que quiso era llevarme a su apartamento. Como me negué, se puso a ultrajarme. Viejo feo ese. Qué se habrá creído.

—¿Trató de llevarle a la fuerza? —preguntó el futuro Capitán.

—Jalándome, carajo —interpuso la señora.

Ésta era una puta. A leguas se le notaba. Miguel dijo que conocía a muchas. Por su lengua se le sacaba, aunque no quieran, ella se le interponía en su conversación. Cuando su padre tenía dinero en Piura, las chicas se le acercaban solitas. *'Qué no harían éstas pobretonas pendejas por pescarse un platudo: se bajan el calzón de inmediato'*. Pero mejor, dijo Miguel, solo se les agarra, se las tira y punto. Tú te bajas la cremallera, lo sacas, se lo clavas, lo sacudes y lo guardas y a ella la botas de un puntapié en el culo.

—Nosotros, si desea, la acompañamos —se ofreció el futuro pescador de Sortilegio.

—Gracias jóvenes por defenderme —agradecía la señora, con amabilidad—. Si no es por ustedes, me mata ese cerdo. Hasta sentí morirme.

—¿Y su marido? —pregunté—. ¿Dónde está? ¿Es usted soltera?

—En la fiesta del Country Club se ha quedado mal herido. Ese policía me ha salvado de él, porque me estuvo celando toda la noche. Yo soy de Sullana. Nos íbamos a casar aquí; es armador pesquero. He llegado para el matrimonio de su sobrino.

'No vieron, tremenda pendeja, puta, queriéndose pescar un armador, asegurarse toda su vida. Pero se ensartó porque el empresario resultó ser más pendejo que ella. «Si quieres cómetela sobrino, arrecuéstale por el baño y bájale el calzón nomás, de frente. Yo ya me cansé de tenerla. Anda. Ahorita se topa con mi mujer, carajo, y la basurea como baratija de pacotilla». No vieron, quién si no, tremenda interesada y perra, corrió la bola entre primos pesqueros y todos se la querían culear. Para su mal, ahora, ahí, junto a tres cutreros, si no se la comen es de suerte. Ahora sí la volverían perra de veras'.

—Con nosotros estará a salvo —dijo Boris-Boris—. En buena hora que la encontramos, a estas horas no se debe andar sola, porque por acá es peligroso, abunda la ratería.

—Ahora tendré que esperar hasta mañana para irme. Aún está oscuro —dijo—. El ómnibus para el norte pasa plan de cuatro todavía. Con ustedes me quedaré.

Chispaban las lucecillas movedizas del cielo. La glorieta de pescadores coló viento por entre sus enredaderas espesas. El terminal pesquero abundaba de barcos extranjeros, estibadores lomeaban sacos de harina de pescado sobre los hombros.

—¿Saco la camufla? —pregunté angustiado—. ¿O más tarde todavía?

—Sácala —respondió Boris-Boris—. Hay que secarla de una vez. Ya me está pasando la borrachera. Acá la señora nos va acompañar, ¿no es así?, se va a quedar con nosotros.

Por mi cintura asomé un vino que nos sacamos de un cumpleaños, para tomárnoslo por el camino.

—Amanezcámonos por aquí nomás —dije revisando la vista para el otro lado de la cuadra—. Por acá casi no cruza la gente.

—Ten, sírvete —dijo Ernesto alcanzándome un vaso descartable.

La botella transparente y destiquetada comenzó a circular de mano en mano. A la tercera vuelta llegó de nuevo para la señora y sirviéndose como un gotero se lo bebió, lo cual sintió exasperarle a lijada garraspera.

—Esto está fuerte. —Señaló con los dedos en el pescuezo—. Me arde la garganta.

***

El frío había aumentado en consideración, pero ellos nada, como si la hueva. El licor era el culpable que estuviesen así, sueltos, jodedores, cuando aún eran jóvenes como los cutreros de hoy.

—Estoy embriagada —murmuró la señora recostada contra la pared, cerrando los ojos por momentos, se tomaba la frente.

—Ya se acabó —alertó Octavio.

'Y la señora no descansaba para nada'.

—Volvimos a comprar licor dos cuadras arriba... Cerca de la avenida Gálvez, por ahí, en ese puneño que atiende toda la madrugada. ¿Hasta ahora existe? *'Claro'.* Si cuando nosotros queremos seguir chupando zafamos para allá... Puctesumadre, ese local clandestino tiene años en funcionamiento. Deberían darle un diploma en honor a la borrachera.

—¿Quién fue a comprar el trago para que sigan con la huasca?

—Fui yo sobrino, quién más, todos eran unas hueveras de mierda.

—Luego, ¿qué pasó? —siguió inquieto Armando—. Qué se está poniendo de la pitri mitri el cuento, que hasta se me fueron los nervios del atraco a la Sofía I.

—Ni michi —dijo Saturnino—. Nos zampamos un Ron Cartavio, con una Coca-Cola helada.

—¿Y de ella, se olvidaron?

—Se quedó profundamente dormida en la vereda que ni cuenta nos dimos, llena de yuyos, sobre la chompa de Ernesto. Además me estaba entrando unas ganas.

—Tú, ¿no sentías frío?

—¿Si no lo sentía sobrino? ¡Tiritaba! —Cruzó los brazos en su pecho, formando una equis—. Un frío acuciante.

—Estás mal. Tremendo calor que hacía. Fue en marzo cuando caí. Ustedes cayeron un mes antes.

—Puctesumadre que ni me acuerdo... ya caigo —se rectificó—. Sí. Unos días antes de lo sucedido estaba borracho en la yapla. O playa, para decirlo bien.

—Continúa tío, no desvíes tu conversación.

—La señora, sobrino, sobre la chompa, chorreada, mamada.

'Sigue, tócale, tócale'.

"Déjalo idiota...".

'Ya comienzas de nuevo. Calladito has estado'.

—¿Qué? —No le entendió bien Boris-Boris—. No te pases, la señora es buena persona, puctesumadre, que eres pendejo.

—Te chupas hueveras —le dije de vuelta—. No va a sentir nada. Viste.

—Hazlo de nuevo, Chino —dijo Boris-Boris—. Cómo no se despierta y les agarra a lapos.

—Señora, señora... —Me acerqué, traté de despertarla, meciéndola. No reaccionaba. La samaqueé y nada. Como muerta la cojuda.

—Déjala descansar, no seas huevón —dijo Ernesto—. Rebúscala a ver si tiene un sencillo en los bolsillos para comprar más trago.

Metí las manos en sus bolsillos angulados de su falda ceñida, por dentro del sostén, parecían desinflarse sus tetas aguachentas pero prominentes. Misia, no portaba ningún real en el bolsillo. No tenía ni para su pasaje de regreso, la pendeja. ¿Cómo pensaría volverse?

—¿Cómo se irá? —preguntó Borrado.

—Volverá con su dizque marido —asintió Ernesto—. ¿Adónde si no?

—¿Nosotros qué haremos? —pregunté—. Ya se terminó el trago.

—Compren más —dijo Boris-Boris.

—Anda tú —le ordené—. Te toca comprar a ti, anda. Ten, solo esto hay.

—Vamos Ernesto —pidió.

—Ve solo —le respondió él—. Todavía vas a querer que te acompañen como una señorita.

—Camina hueveras —insistió—. Sabes que por ahí abundan los choros.

—Carajo —obedeció.

—¿Y de dónde compraron? —preguntó el sobrino—. ¿No dicen que no había plata?

—Sobraba algo, para un trago igual.

—La señora ¿reaccionaba o nada? —desvió la conversación Octavio.

"Ni mierda".

—Al grano. ¿Se la tiraron? —preguntó Armando.

"Ni mierda".

—Espera... Allá está la Liz IV—se apresuró el negro.

—Para allá, donde casi no hay luz —según Borrado.

—Sigue tío, no me dejes en pindingas.

Se demoran harto para traer el trago esas hueveras, pensé.

Me arrodillé para el filo de la acera, a su costadito nomás de la señora. Roncaba como maullido gatuno. Encogido sus manos dentro de sus piernas que las tenía dobladas, apegadas nalgas, yacía recostada en una duermevela profunda.

—Perruna —le reprendí en el cerebro—. Ella chorreada con nosotros como cualquier cosa. ¿Querría para tirarla en serio?

Desmedidamente las estrellas se borraron, en pausa, uno a uno, y se formó un cielo nuboso encima de nosotros. El puerto quedó en tinieblas, relleno en una penumbra infligida.

La mitad de su cabellera, larga y tupida, cubría la mitad de su rostro desvencijado, maltratado por la noche paquidérmica. Lo recogía, lo pasaba por detrás de la orejita derecha, donde se suspendía un aretillo chilloso. Con deseo, con una promiscuidad de afecto y desconcierto, la apreciaba. Toqué sus carnosos labios retintos, cargados, el cual perdieron una milésima de purpuridad en el sova, o vaso, para ser más formales pues. Después, con lentitud, levantaba la casaca con que se cubrió el regazo. La retiré. Sus rodillones hirvientes de la falda sentí, y conforme mis dedos se resbalaban aumentaban la pomposidad de su carne, me arrechaba harto. A pesar que tenía su edad, le quedaban bien marcados sus atributos. Carajo. El cigarro consumido acababa de quemarme mis dedos laterales. Regresando la vista para la pista, ni sombra de ésos. Al volverme, ni los perros, ni la línea divisoria que separa el mar y el espacio, se notaban siquiera. Oscuridad total. *'Qué se va a notar'*. Único las luces del dique quieto, inmóvil, salvaguardador, se mecía pero no se notaba.

—¿Cómo ahora, tío? —preguntó el bembón.

—Más oscuro. En ese entonces la bruma disipaba por totalidad el panorama.

—¿Entonces Saturnino? —se animó Octavio.

—Llegué al calzoncito; humedecito borradito, qué riquito. Le di por popa y proa. Me la tiraba rico. La desoldaba a la señora.

'Todos, sí, todos son una tira de mentirosos. Ley natural de la vida, pero para exagerar, no. Por qué no cuenta que la señora se reincorporó y lo agarró a cachetadas'.

—¡Qué rico, qué caliente...!

—¿Así como ésta? —señaló Octavio.

—Ésta es recontra mejor —observó el Chino—. Está para desmantelársela por popa y proa también. Su cuerpo debe estar durito, brilla todavía como si la hubieran frotado con ungüentos.

—Acerquémonos un poco más para medir la altura —propuso Octavio.

—Espera. Despacio. Leve —ordenaba el Chino—. Están allí esos sapos de los cutreros. No duermen, todavía. Sin apresurarse Borrado, tranquilo nomás.

—La luz de adentro está encendida —intervino Armando—; afuera no hay ni un solo gato.

—¿Hablen? ¿Nos arriesgamos? ¿O lo dejamos para mañana? —propuso Borrado—. Puede ser mañana.

—Mañana y nada —despropuso Saturnino—. Hoy es la voz.

—Puede que no estén dormidos. Nos correrán a balazos.

—Eres un cobarde de mierda, Borrado. ¿Qué hora son sobrino?

—Las tres y cinco.

—Hagamos hora hasta la cuatro, hasta que estén jatos profundamente. Si sigue encendida la luz de los camarotes regresamos otro día. ¿Está bien? ¿Qué dices Octavio?

—Bueno —asintió con la cabeza.

—¿Habla sobrino?

—Usted manda tío. No dice que estaré de centinela. Por mí no hay problema.

—Entonces volvamos... si no vamos a ver a la mía, a ella sí se le desuelda al toque nomás. Dale, de aquí estamos cerca. Córrela Octavio —mandó Saturnino—. Espera. Aguarda, ¿ven a esos eunucos que van doblando sigilosamente por allá?

—¿Dónde? —inquirió Armando, torcido en el movidero, esforzando la vista—. ¿Por dónde van? Yo no logro verlos.

—Para allá Borrado, gánate bien. —Señaló el Chino—. ¿Tú si logras verlos, no sobrino?

'Qué van a ver si está oscuro'.

"Es que este huevón tiene ojos de choro".

—Nada tío. ¿Por dónde?

—Puctesumadre, ¡que son más ciegos estos dos imbéciles! —dijo enojado Saturnino—. Para allá, al fondo, recto, a dirección de la fábrica.

—Es la Marimón —afirmó Colorino—. Te has referido para esa empresa, ¿no?

—Ajá, ya, cuenta los tubones. —Saturnino orientó—. Uno, dos, a la tercera.

—¿Qué pasó? —preguntó Armando—. Yo lo veo todo tranquilo.

—Espera. De allí saca la línea recta; sigue una línea imaginaria. Va. Mira —continuó señalando el Chino—. Derecho. Allá. Ve. Observen. Lo ven, ya se están perdiendo.

—Sí, sí, al fondo. —Apuntó el sobrino—. Se ve al fondo, apenitas.

—Ellos —afirmó enérgico Saturnino—. Esos son eunucos. Se la pegan de buenos choros, pero son unos idiotas. Único desmantelan, no hacen más. En cambio,

¿cómo somos nosotros Borrado? Hay que ser aventados. Desoldamos por delante y por detrás.

—Claro —sacó pecho Octavio.

—Pasemos de frente, dale más rápido. Mucha sapería —dijo Saturnino.

—Esa es la tuya tío.

—Ajá, y allí están esos otros cutreros inexpertos que le sacaremos la vuelta al toque.

—Están afuera, tío —avisó el moreno.

—Carajo... todos... Hoy, por lo visto, nadie tiene sueño. Pero hay que aguardar, ya se deben zampar.

***

Esperaron angustiados recalando la panga por toda la costa, y por un momento temieron que escogerían a la Sofía I, que ellos ya la tenían en la mira desde el inicio.

—Cinco para las cinco, tío —dijo Armando.

—Ojalá estén dormidos —rezó Saturnino—. Agallas pelan mis orejas.

'Está mal lo que iban a hacer. Esto lo penan en todo el mundo; en algunos países hasta pagan con su vida, en otros hasta te lo amputan para que no lo vuelvas a cometer... Cómo no le vuelan los huevos a estos hueveras por pendejos'.

"Cómeselos sus huevos".

'Lo estoy diciendo en serio puctetumadre'.

"Mámaselos, si no".

'Calla panpuctetumadre'.

—Lo que acabo de decirles —se entusiasmó el Chino—. Mejor si está oscuro. Tantísimo tiempo que tengo palpando, no habrá necesidad de toparla.

—Es de un piso como máximo —asintió el sobrino—. ¿Quién va a subir primero? ¿Usted tío?

—¿Quién más, sobrino?

—Nos pegaremos despacio —dijo Colorado corrigiendo su postura, gracias a la atadura de Armando y Saturnino.

Bajaron el tono de sus voces. Estaban contentos, pero un contento con sabor a miedo; un miedo con olor a nervios; se chicoteaban los circuitos de sus movimientos, eso que no topaban agua. Electrocutados a la tembladera de sus pulsos, al tuntún de sus corazones, uno de ellos se preparaba para subir. Saturnino se echó al hombro la mochila, comenzó a escalar. Arriba desataba las sogas, quería atarlos para el otro extremo, y tener la seguridad plena de no fallar.

"Es que la arrechura no espera, sábelo".

'Seguro que ya empiezas a reventarles cuete'.

"Entrégales el culo, para que se calmen".

'Calla idiota que nos van joder a nosotros'.

—Vente para acá Borrado, Armando que se quede ahí. —Llamaba de ademanes y con la cabeza. Ellos ya se entendían.

Sin perder ningún segundo, Octavio subió y fue escabulléndose para no ser visto. La oscuridad era plena. Desde cualquier ángulo podía verse la ciudad gregaria. No era tan grande. En una mitad, las lucecillas chispeantes se piropeaban dando zumbidos. En la otra mitad, estas luces estaban quietísimas, de tanto en tanto se apagaban. La primera era del mar, que más se confundía a otra ciudad. La segunda sí era el puerto. Es que la lanchada se incrementó a burbujas.

Encendieron una linterna, de esas que se usan para guiarse en los cines; una pequeña moneda de oro, tirado sobre la cubierta de la Sofía I comenzó a correr, hasta tropezarse con una especie de culebra enroscada.

—Cabos —exclamó a tono débil el Borrado—. Son nuevecitos.

—Vamos por ellos —ordenó Saturnino—. ¿Cuántos metros crees que tenga el grande? Ya nos trajeron, carajo.

—Quince, por lo poco —alucinó Octavio ya en saldo en su bolsillo.

—Así no querías venir, tonto. Cómo te arrechas ahora cogiéndolos. Borrado marisco.

Cogieron la larga soga y al otro culebrilla y se lo llevaron hasta el filo de popa, apoyados a la panga, lo ataron a otras sogas, lo bajaron. Armando lo recibía, Colorino encendió de manera improvisada y la pequeña monedita apareció al lado derecho del cuadrilátero de la bodega. Se movía veloz de lado a lado como un ovni; para su mano que no estaba tiesa, sino nerviosa. En una de esas, el diminuto objeto volátil saltó por el espacio, deslizándose por la caseta, a la negrura.

—Detente Borrado —exclamó despacito el Chino—. Esos barriletes.

—Es petróleo —corroboró Octavio, sin inmutarse.

Al decir esto regresó de nuevo el pequeño ovni, aterrizando en la redondez de aquellos cuerpos circulares. Saturnino se volvió, surcó el serrucho del boliche, se arrodilló y dijo a Armando:

—Pásame las galoneras.

—¿Las seis? —preguntó el sobrino.

—Sí. —Puso el cordial rígido en medio de sus labios negruzcos. Silencio.

'Silencio dice su tío'.

"Fuera mierda".

'Suficiente con eso'.

"No te metas".

'¿Un desoldador?'.

—Media planchita nomás quiero —dijo el Chino—. Media planchita. Lo saco por tajaditas.

—Eso es suficiente. Ya no —parecía implorar Octavio—. Para qué más. Ya tenemos buen billete

—Fuera Borrado marica, tenemos que desoldarla. Mira. Todavía está oscuro.

—Podemos dejarla para la próxima —se nerviosaba Borrado—. Qué vicioso, carajo.

—Otro día no tendremos esta oportunidad. ¿Cuándo? —se iba exasperando el Chino—. Nos arrepentiremos. Mira. Ve. Hay poquísima luz. Además

estamos distanciados de las demás naves. Y los cutreros duermen como burros. Dime si eso no cuesta.

—Anda, carajo —renunció Octavio—. No te olvides que esa luz se ve de lejos.

—Voy para el otro lado, frente a la isla, pensarán
que estamos trabajando.

—¿No dices que los demás se cagan en la nota,
tío?

—Sí, pero de todas maneras hay que asegurarse,
no hay que ser tan hueveras.

—Toma. —Colorado le pasó la linterna.

—Bien. —Se retiró Saturnino—. Les silbo y ustedes dan la vuelta. —Esto no se habló, sino que giró un
dedo, ya lo entendían.

En la panga, Armando y Octavio acomodaban lo
mejor posible los galones de petróleo con los cabos, a
tientas, mientras al lado diestro, por popa, Saturnino
soltó un fosforescente azul y comenzó a desoldar a la
Sofía I, a pesar que ahí chambeaba.

Armando señaló asustado para estribor, donde un
guardián salió a inspeccionar.

—*Shit, shit.* —Gesticuló Colorino e hizo sentar los
levantados hombros de Armando.

—Ahorita nos ampayan —dijo Armando—. Ahorita descubren a mi tío desoldando.

El cuidante se quedó quieto, apreciaba el muelle, a
las luces opacas de la ciudad. Luego, alzó los brazos,
bostezó... Con escalofríos cerró los ojos, remecido en

un temblor de su pulso, recordaba Lucho en su sueño macilento, dio media vuelta adentro.

—Se va, se zampa —silabeó Armando—. Está con todo el sueño encima.

El cielo brilló de chispas parpadeantes, pintando el boceto embetunado. Alguien lo chisqueteaba alarmado, soltando señales de auxilio, haciendo chillar todos los colores del arco iris. La panga quedó más visible que la luna en la noche. Pasaron la voz a los guardianes.

—¡Quién está ahí, carajo! —reaccionó Cutrero.

Apagaron el desoldador y se cayó al mar. Saturnino se quedó solo con la linternilla.

—¡Juan, Miguel! —llamó Luis.

Tocó un pito, encendió la linterna grande; su luz se desparramó en toda la pantalla plateada, avanzó y descubrió a Octavio y Armando.

'Nos cagaron mierda, no ves'.

—¡Tú! —reaccionó Lucho contra Armando—. ¡Tú que me cortaste la cabeza parinpanpuctetumadre!

'Jódelos, Cutrero, malógralos'.

—¡JC, Miguel! —exclamó más fuerte—. ¡Las armas! ¡Choros de mierda! —se abalanzó hacia ellos, iluminándolos.

—¡Larguémonos! —Octavio ya había encendido la panga.

—¿Mi tío? —languideció el moreno.

—¡Vamos puctesumadre! —vociferó Octavio—. Le dije que nos largáramos, pero no me hizo caso. Qué se muera ahogado por huevón.

Les caía Lucho, por estribor, más lisuriento que la puctesumadre. Dejaron caer la linternilla encendida; se fue al agua la moneda con el ovni; aplastó el proyector. Dispararon ya cuando la panga estaba lejos. Miguel y Juan azuzaban los rincones de la embarcación. El Chino se dejó caer, apareció y se aguantó en la quilla.

'Qué animal eres carajo. Te estoy alertando que nos van a joder. Nos cagaron por tu culpa'.

"Deja de hastiarme, mierda".

—Tenemos que estar tranquilos, como si nada hubiese pasado —aconsejó Miguel—. Los tres tenemos la culpa.

—Puctesumadre, cómo te puedes quedar dormido —se avinagró Juan Carlos.

—No va pasar ni mierda, hueveras —dijo Cutrero—. Nosotros no diremos ni mierda, sino hasta que se den cuenta.

5. La Desnudez del Ángel

Generalmente Miguel Ángel estaba decidido a ir detrás de su hermana. Algo se la olía. Temprano, antes de las siete, tocó la puerta de Juan. Era para decirle que le acompañe a un corto viajecito. Más que una sorpresa, le cayó la invitación del cielo, pues el piurano se encargaría de pagarle el pasaje. Un ceviche no le caería mal para recomponer el cuerpo que se hizo trizas la madrugada por el cuento engañoso del Boris, el patrón de la lancha donde se hicieron a la mar. Y, por qué no, acompañado con unas cervecitas para animar el día.

Una mañana común y corriente, aunque nublada, se sentía que quemaría. Los penetrantes grados de calentura borboteaban los sudores por encima de la niebla mecánica, fingida, confundible, de difícil discernimiento. El olorcito fragoso de pescado ya casi exiguo, se contaminó al lado del cerro San Pedro, al juntarse con la loción desplegada por la siderúrgica.

—¿Qué hablas? —JC se hizo el que reaccionó de mala gana, pues su instinto amoroso que soltó hace rato, que lo remordía sus centímetros de tripas, lo obligaba aceptar—. ¿Y a dónde se fueron? —Bostezó. No le quedó la postura de cojudo—. ¿Qué hermana?

—Mi hermana Sofía, pues —se asó Miguel—. Qué otra hermana tengo pues hueveras.

—¿Adónde? —preguntó sonriendo, burlándose, como si le llegara. Pero en su interior la actitud era otra.

—A Trujillo —lo soltó fugaz Miguel, en una de esas comenzó a llegarle totalmente la idiotez vacilonera de su amigo—. Se fue con su mancha.

—Hasta Trujillo —dijo desperezándose JC—. Se fueron en grupo, nosotros qué vamos hacer entonces. ¿Entrometernos?

—Qué vamos entrometernos si nos conocen. Vamos. Salieron de madrugada —decía animoso Miguel Ángel, por algo que le motivaba—. Nosotros nos pasamos rectos hasta Huanchaco, llegaremos primeros que ellos —planeó Miguel, velozmente.

—Si tú pagas la invitación, para qué rechazarla —se afiló Juan Carlos.

—Tú pon los pasajes nomás —apuntó Miguel—. Los otros gastos corren por mi cuenta.

—No seas malo –saltó Juan—. ¿Vienes a invitarme y quieres para poner de mi bolsillo? No seas malo Miguel. Si es así, desisto.

—Puta madre, hueveras —siguió Miguel—. Los pasajes nomás.

—No, no —entre disimulando y queriendo negaba Juan—. Entonces ve tú solo.

—No importa. Yo pongo todo. Vamos —declinó en su pedido Miguel.

—No ves. —Levantó los hombros y afirmó con la cabeza Juan—. Así está mejor. Quién no se anima. Ahora sí, te acompaño.

—Te espero entonces —indicó Miguel—. Anda, cámbiate que nos vamos.

—Bien. Pero, ¿por qué no dejas que tu hermana se divierta? Eres más celoso y pegajoso que la mierda. Déjala que se vacile, que se la chapen. Ya está grandecita para que tenga enamorado.

—¿Es por eso acaso? —dijo al toque Miguel—. Es por otra vaina.

—Vas por celoso, no te hagas —le recriminó Juan.

—Dices huevadas, hueveras.

—¿Entonces? –se vaciló JC.

—Es que van sus amigas —respondió Miguel, soltando el algo que le motivó a dicho seguimiento—. Va a ir la morenita de la fiesta. ¿Recuerdas?

—¿La morocha que te sacaste ese día? —dijo JC, de manera estúpida.

—Yo mismo soy JC. —Por poco y se dobla de entusiasmo—. Va a estar solita. Sabes que a mí se me regalan las chiquillas.

—Me paras toqueando. Como si no se te notara lo celoso. Seguramente te mandaron tus padres a cuidarla y te haces el hueveras.

Se mandó con todo Juan y por poco lo hace enojar. Dejó su apoyo en la pared, corrió un poquito la puerta, ya que el viento se empeñaba en cerrarlo. Miguel sacó unos pasos para la pista y dijo:

—Puta madre, Juan, que eres recontra porfiado. ¿No te digo que voy por la morenita?, por ella hueveras, no mi hermana. Sofía ni sabe que iremos, le caeremos de sorpresa.

—Tú estarás con la morocha, ¿y yo?

—Si las conoces. Enamóralas a sus amigas. Son ricas, hueveras.

Tomaron del centro un ómnibus que venía de Lima, teniendo a Piura como paradero final. Acordaron solo hasta Trujillo.

—Cómo no me fuera hasta mi tierra, caray —cantó Miguel al rememorar—. Irme para allá, visitar a mis patas del colegio, tirar buzo en Máncora. Guá, cómo andarán los paisanos.

—También te puedo acompañar hasta Piura —intervino Juan.

—¿Me acompañarías?

—Si me pagas mi pasaje, gustoso.

—Cualquier momento me aloco y me largo a visitar a mis entrañables compañeros. ¡Mis patas Juan, mis patazas!

—¿Nosotros no somos tus patas? —preguntó JC, roñoso.

—Sí —afirmó Miguel—, pero no como lo son ellos —lo fregó.

—Hueveras, qué malo que eres —terseó Juan, sentido a cosa desecha—. Nos dejas de lado. Cuando recuerdas a tus amigos piuranos los prefieres a ellos. A las finales échanos tierrita, ¿no?

—Tierrita fina, siquiera —dijo Miguel mirándolo de reojo por la ventana del bus—. Algo es algo. Peor es nada, a que les tire barro.

—Hueveras de mierda —se arrechó Juan.

—Nada JC, no te pongas saltón paisa —calmó Miguel—, estoy bromeando.

—Felizmente —bajó el tono de voz JC—. Ya me iba a bajar.

—Una bromita —dijo el amigo.

Enrumbando al norte, el puerto quedó atrás, chato, hundido, comido por la tierra. El salitre brillando encima de las casas altas, las islas flotaban sobre una tela celeste que resplandecía copando todo el sol naciente. Coishco, Santa, y su perfume a pasto y bosta de burro, se extendían sus campiñas verdes, coloreado por el sabor de su tierra, la frescura de los canales de agua.

Hasta la llegada a Trujillo, dos horas para el norte, su conversación estribó en pronosticar su futuro, entre el trabajo y la universidad. Trujillo —la capital de la Primavera—, flameaba de un cielo celeste, sin manchas, encendía los ojos. Con sus principales avenidas circulares, resguardaba su Plaza de Armas brilloso.

A quince minutos Huanchaco, balneario hermoso y repleto de turistas, con su cadena de restaurantes que rodean la playa, la vista de los bebedores, ahí, tienden a fenecer a su colado crepúsculo del atardecer; con su bola rojiza de acompañante hasta las señales de la noche. Estaba en su clímax la playa siendo ya las doce del mediodía. Transcurre la correría diaria, de meridiano a meridiano, se le veía nacer, y en la tarde fallecer. Adiestrándose las ondulantes olas de la tarde, quedándose solitaria, porque los pescadores, que chambeaban casi desnudos en caballitos de totora, se largaron con sus redes llenas de pescado. Narran las crónicas que en el Perú antiguo, acerca de los incas que vivieron por esa zona, como los Chan-Chan, los Lambayeque, los Chepén, se aventuraban millas adentro, con balsas que fabricaban de junco. Dicen que a Francisco Pizarro le provocó imitarlos. El hombre aventurero, marítimo, lobo de mar, se llevó la sorpresa de su vida, cuando remando, con el caballito, juntos se mandaban de sumergidas seguidas. Se volteaban en el agua constantemente, a pesar que las olas eran insignificantes. Tuvo que soportar la befa de la tripulación, incluso de los mismos prisioneros. Para rememorar, para conocer un poco, caía como buen aperitivo. En sí, su principal potaje, y por lo que él acompañó a su amigo, era la hermana.

Miguel Ángel alardeaba que su padre se recuperaba, pausadamente, con sus negocios en el norte. Poco a poco le devolvían sus enseres, la casa hipotecada. Que cualquier momento les sorprendería con los pasajes de regreso. Se lo tenía guardadito, pero ya se la olía. Es mi familia. Si los conocieras. De frente ancha y pelada, con unas entradotas exageradas. Mis tíos altos y fornidos. Son buenas personas, todos, respetuosos y corteses. Caritativos, además. Tienen dinero, haciendas, chacras, pensó Juan Carlos, en una jactada de Miguel y lo reprimió:

—Ya cállate, hueveras —lo dijo haciéndolo de lado con una mano—. Comienzas a pavonearte de vuelta. ¿Te callas o fugo?

—Me llega al huevo cuando hablas así —también el Cutrero, cuantas veces no.

—Déjenme decirles pues, escuchen...

—Calla, hueveras —cortaba Cutrero.

—Y tengo una primitas, para qué les cuento —siguió Miguel, abriendo los ojos, sabiendo que reaccionarían contrarios.

—No me digas. —Torció la mirada Lucho, interesado, apto a oír.

—¿Son bonitas? —reaccionó Juan.

—Guapísimas —aclaró el piurano.

—Sácate las zapatillas, esta arena es limpia —recomendó JC.

—Pero quema —desanimó Miguel hundiendo la punta del zapato en la arena

—Aún no mucho —dijo Juan.

La playa extendida de lado a lado, se anillaban sus olas levantándose gusanosa, y al soltarse, su resaca lamía la arenita deseando secarla.

—Cómo están, cómo andan, qué cuentan —cantó Miguel al saludar.

—¿Qué haces acá? —preguntó la hermana con un furor pasajero.

—Paseando con mi amigo Juan Carlos —declaró Miguel en una de esas.

JC estaba más palteado que aquella vez que le bajaron el buzo en la clase de Educación Física, delante de las hembritas. Un poco más y Mateo Quispe agarra calzoncillo y lo dejan huevos al aire. Concertó, de asado, una bronca a la salida y, para su mal, le sacaron la mugre; con todo y barra recibió duro.

Piurano no hacía caso a las fruncidas miradas de Sofía. JC imaginó que ella se tramaba algo. ¿Por qué el repentino cambio de actitud cuando vio llegar al hermano? ¿Tendría un plan, luego? Desvaído de nuevo Juan, ahí, con toda la gente del teatro. Calixto, que verdaderamente era Abelardo Jiménez. Sempronio: Erick. Pero Domingo era su apellido, y así le gustaba que le llamen. Grupillo y que lateaban siempre. Siquiera JC sabía ya, con quiénes caminaba su Reyna. Como lo conocían, no hubo necesidad de presentación. Excepto Clara Luna, otra amiga, también linda. Todas las amigas de Sofía eran bonitas, claro, como ella. Las dos con bikinis. JC babeaba internamente viendo a su Reyna, con uno azul polar, y gafas oscuras. Tomaban sol, las abrigaba, embriagándolas en su repelencia. Por el barrio ni en *short* siquiera se le había visto. Sí ahora, casi desnuda, regalándose a la dulce brisa del estival. Sorprendido el muchacho, disimuló su vergüenza. El mismo hermano poniéndosela de bandeja, servida en un plato, solo para cortar y saborear lo jugoso de su piel sudosa. ¡Carambolas! ¡El mismito hermano! ¿Qué pasaría, haciéndolo sin imaginárselo, su propio amigo enamorado de su hermana? Reventaría. Lo sacaría al fresco ahí mismo.

—Siéntate causa —fue cortés Abelardo hacia Juan, toqueteando la arena—. La pasaremos más bacán en mancha.

—Gracias —se sentó Juan.

—¿Cómo has estado? —preguntó Abelardo.

—Bien —contestó Juan—. Estudiando y trabajando.

—¿Qué es de tu otro amigo? ¿Cómo se llama? —indagó Abelardo.

—Lucho —volvió a decir.

—Ajá, él —dijo Calixto—. El moreno.

—En su casa, me supongo

Y mientras JC respondía el interrogatorio...

—¿Tu amiga? ¿Dónde está tu amiga? Si vino contigo mentirosa —le decía con insistencia el piurano a su hermana.

—No sé nada —respondió Sofía.

—Cómo que no sabes —dijo preocupado Miguel casi en su oreja—. Dime.

—No me hables. —Contuvo ella, despacio, cuando, al hacerle caso, él la jaloneó de los brazos—. Por qué no te marchas a otro sitio.

—Te jodiste conmigo —previno Miguel, creyendo que no le escuchaban.

—Calla zonzo... —ella no se doblegó.

—Pucha y cuando quema el sol, da ganas de estar desnudo todo el día —conversó Juan Carlos con la voz alzada—. Sientes achicharrarte.

—Era que te vengas con bermudas pues. —Le sonrió Sofía— ¿Con este sol y con pantalón?

—Tu hermano me sacó de improviso y no tuve tiempo para cambiarme —dijo JC palteado.

—¿Qué es de Sandra? Anda, dime, no seas malita —ahora acucioso el hermano, procurando arrancarle una sonrisa, dominarla.

Se hacía la desentendida, ni le daba la cara. Miguel se cansó, apreciaba el paisaje, pero, en realidad, lo que escudriñaban esos ojotes era a la morochita.

De rato, cuando corrieron los minutos, y conversaban amiguísimos, por detrás, taparon la vista a Miguel que le salpicó agua. La morocha regresaba mojadita de un largo chapuzón.

—Miguel. —Le saludó.

—Hola. —Le dio un beso.

—Qué milagro —le dijo ella.

—Para que sepas que existen, Sandrita —se pavoneó el bandido.

El sol se volvió tediosamente fatigoso. Animaron para zambullirse a Sofía, y a su amiga Clara Luna. Los primeros días de verano la gente se vuelca a la playa. Una tutería suave, perfectamente regulada por Miguel y Sandra procuraba en vano que los demás no se dieran cuenta. La conversación se tornó barullosa, con indicios de conato de pelea por momentos, hasta que una de las dos cedió. Ambos de pie, piurano alertó que comprarían helados.

—¿Ahora qué hago aquí solo? —se preguntó Juan Carlos, intruso.

Ricardo salía corriendo de la playa, sacándose el reloj acuático. Preguntó por Sandra y se regresó. JC lo reconoció, dio con su fisonomía. Era el que le abrazó afuera de la Farmacia Fátima, ese día en que persiguió a su amada. Entonces Erick, revoloteando, moviendo la cabeza dudosa, entre personas y faces retrayentes, dobló las manos. Imaginaba, de seguro, otra cosa el Ricardo y se hizo el hueveras. Al mencionarle Parmenio que se fueron a comprar helados, le cayó de alivio. No cabía dudas que el pata rebalsaba de celos. Con pasos agigantados trató de ganar la exhalación de la resaca.

Se hace el zonzo, pero se retuerce de celos, pensó rápidamente JC, con ironía, risa hinchada y burlona. Este piurano es un hueveras de primera. Por dónde se la habrá llevado a la morochita.

—Por dónde la tendrá arrinconada —dijo Parmenio adivinándole el pensamiento.

—¿Crees? —le preguntó Juan Carlos.

—¿No te ha contado Miguel? —le sobrevino la duda a Eduardo.

—Nada —respondió JC.

—Cada vez que la encuentra se la levanta. Ella se le regala —le contaba el novel actor.

—¿En serio? —Juan se hacía el opa.

—Verdad —decía el joven.

—Es facilona la morena. —Juan estiró los ojos para volver a observarlos.

—Con él, sí —decía Parmenio—. Donde lo encuentre se lo levanta.

—¿Y a su hermana? —preguntó Juan—. ¿Quién entra con ella?

—Está buenaza, ¿no? —preguntó Eduardo.

—Buena costilla —recalcó Juan Carlos.

—¿Te gusta? —Parmenio se puso picarón.

—A quién no —dijo Juan—, si es una hembrita hermosa.

—¿Por qué no le entras? —insistió el actorcillo.

—Si no tuviera enamorada, hace rato —dijo JC—. Éntrale tú.

—Eso es lo que quiero. Me la voy a mandar. No se lo vayas a decir a su hermano —se le salió la lengua al muchacho.

—Cómo crees —dijo Juan Carlos.

Una culebrita picosa le corrió de pies a cabeza. Un poco más se levanta y le agarra a lapos por lo que acababa de decir. Plantó la mirada de medio lado, a verlos nadar, sin atenderle más. Con cabriolas sumergidas y tirándose agua, se volvía espumosa, reventándose, rociándose las volutas ínfimas. Tuvo ganas de compartir ese juego, de estar con ellos, chapoloteando detrás de las chicas. Y lo abandonaron, quedó solitario, el Parmenio de Eduardo Quiroz se apresuró cargando barro de la orilla. Cómo no hubiese llevado *short,* se pesó y ni señal que alguien alquilara, para probarse uno. Así esté en ropa de baño, se remojaría a un costadito el huevaras: habló porque estaba vestido. Aquí, allá, es el mismo huevaras. Es que no existía la confianza necesaria como la tenía con sus otros amigos. Él, era la segunda vez que estaba a su lado, y era muy poco. Tuvo miedo de que algún día esa confianza sea rechazada. Que Sofía no le dé cabida a su acercamiento y rechace de plano sus pretensiones, lo chicoteó de nervios. No, quién puede creerlo, tan guapetón que es el muchacho. Imposible que lo niegue. Menospreciándose él mismo. Quién sabe ella se siente por él, como él por ella. Amor. Tal vez. O puede que no. Tres veces entraron y descansaron. Llegaban corriendo por su lado y se callaba cuando era salpicado de agua salada. Aunque no le gustaba, no le quedaba otra que reírse, aceptar las disculpas, así se pelara de ira en sus tripas. Cuidando la ropa de los amigos veraneantes, rozaba con los nudillos, tiernamente los de su Reyna, sintiendo que se llenaba de calor. Pobre Juan Carlos, todo tonto, rebosado, grasiento, a treinta grados apabullantes, un pollo a la brasa, achicharrado. Por último se sacó la camisa. Borbotaba de sudor, el cuello, la espalda, y los celos, peor. De pie, el horizonte quedó a nivel de su cintura, corriéndose el muelle, la arena era succionada a la muerte de las olas. Se puso ávido, pensativo, al verlos cuchichear en parejas. Con gestos cariñosos, amorosos, se soltaba Abelardo a Sofía; sus movimientos parecían suplicas, muecas de petición, rendición de plebeyo a su Majestad. Era Calixto. ¿Calixto? Sí Eduardo también se muere por ella. Los dos. Tres. ¿Cuántos más...? Apenado Juan Carlos, quiso correr a apartarlos e interrumpirlos.

Opa eres JC, imbécil entre todos. La nena vive frente a tu casa. ¿Por qué no la visitas? ¿Qué te va a hacer su hermano? Anda tonto. Tócale la puerta. Pregúntale cualquier cojudez, miéntele, engáñale. Si ya te habló una vez, no te va a rechazar nunca. Así como es, no. Cobarde. Eres un tímido, ahora que te vengo conociendo. Deja eso e invítale a dar un paseo por el parque, el cine, el teatro, que a ella tanto le gusta. Si no. Pedazo de hueveras. Tú solo te vas a cagar por baboso. Así, no paraba de recriminarse mentalmente.

Parmenio la tomaba de la cintura en juego, se acaramelaba. Desprevenida le robó un beso y ella le hizo un pare al seco. Cogió tierra e hizo puño, encallándose Juan. Cabizbajo, no paró de insultarse. Se acordó de aquella canción triste, de versos trágicos, y piano lúgubre. Le llegó a la punta de la pichula todo, hasta él mismo, tremendo hueveras de mostrador. Ebrio de furor, se echó para atrás y cerró los ojos. Abelardo, al ver que su amigo lo atrasaba con la jermita, persiguió a Sofía hasta la muerte de las olas, mediante gestos, cambiados ruegos, efusivas súplicas, rogaba para ganarse su amor. Al verse perdido, y sin soportar la cataratas de negativas, trató de besarla a la fuerza, que, para eso Sofía reaccionó esculpiendo con una cachetada su atrevimiento, que sonó en seco.

—¿En qué piensas? —inquirió acercándosele a Juan Carlos. Se cubrió con la toalla, se sentó a su junto. Aún temblaba, tenía los ojos llenos de cólera.

Juan reaccionó en un salto y la vio: un pollito mojadito, una avecilla rociada por la lluvia. *Él, el manto para cubrirla, él, su toallita.* (¿Sueño?).

—Esa pregunta te lo hago yo a ti. —La comía con la mirada. Seguido la desviaba el idiota—. Hace momentos te divertías a todo dar. ¿Estás enojada? Ya sé, te peleaste con tu enamorado. —No era nada dentro suyo Juan, solo hueso y pellejo.

—Es que mi amigo... cómo te digo... no es mi enamorado. —Tenía un resentimiento de vergüenza.

—Disculpa. —Hizo un puño de arena—. Para que se juegue así. —Su puño era un reloj arcaico—. Quiere contigo, vi cómo te fastidiaba... —Se mandó de a cheque.

Verdad, le contó todo, tiempo que se le habían mandado los patitas esos. Su espera era larguísima. Demoraba para que le dieran el sí, por eso reaccionaron tan mandados.

—Pero si francamente no los quieres, diles que no y punto —orientó Juan.

—No te he dicho que no los quiero —contestó Sofía secándose los cabellos.

—Entonces acéptalo al que te gusta —dijo sin sentido y desorientado el amigo.

—Los quiero como amigos, nada más. La cosa es... ahora último se han vuelto muy fastidiosos.

—Cuéntale a tu hermano —aconsejó JC

—No, Juan, ni en sueño. Se saldrían peleando. Miguel es bien celoso.

—Entonces yo intercedo por ti —se ofreció—. Soy su Caballero, vuestra Merced. —Para su corazón.

Le sonrió como de costumbre y charlaron amistosos sin que nadie les interrumpa durante buen rato.

—Verdad, ¿no han regresado mi hermano y mi amiga?

—Pues no, yo no me he movido de acá.

—Pueden haberse regresado mientras me bañaba.

—Pues no, mira... Si quieres vamos a buscarlos.

Recorrieron de ida y venida la playa hasta que se agotaron. JC reía internamente, confirmando a su pensamiento de hace momentos: éstos no fueron por helados, si no a otro lugar. ¿Detrás de las rocas? ¿A un hostal? En cualquier sitio se la tenía el hueveras, por esos huecos escondidos de Huanchaco, furibundo y achacoso.

—¿De qué te ríes? —Sonrió Sofía, seguro que imaginando malas cositas.

—Te invito a tomar algo y sentarnos en la sombrilla

—Vamos. —Se dejó llevar.

—Ojalá que este sea el preludio para otras invitaciones mías. Si se puede, eso sí —le salieron las palabras sin percatarse. Tosió de palteado. Ya lo había dicho.

—Claro —le respondió—. Avísame.

Carajo, qué paso tan grande, pensó alegre.

—¿En serio Sofía, me aceptarías una invitación?

—Sí, solo avísame.

Ya eran amigos, buenos patas.

VI. EL CHAMULLO

—Prosiga don Boris-Boris, no nos deje con el espinazo —se adelantó JC en decirle que no parara, en ese tecnicolor semiesférico que les enarbolaba el puerto, propicio para una aventura narrada en el mar—. Está interesante, prosiga por favor.

—Tal vez si la hubiésemos violado, no nos hubiéramos comido la reclusión —se adelantó en decir Saturnino—. Y era cierto que ese pendejo se fue por los refuerzos y regresó.

—¿Entonces quiere decir que sí era policía? —quiso que le aclararan más bonito a Lucho—. ¿Se cagaron de horror?

—Sí: era Capitán de la Policía el desgraciado —aseguró el Capitán de nave—. ¿...Nadie tiene por ahí un cigarrillo, señores...? A ver. —Lo encendió—. Gracias.

Cuando comenzaba el día a chispar, el displicente mar a extenuarse, la señora estaba a punto de retirarse. Callada miró al Chino con ojo de desprecio. Antes fue muy cortés: «Cuidaron de mí jóvenes, les debo una». Había sido en ese tiempo en el que el Chino se sintió una bazofia. *'Y lo sigue siendo'*. A vista actual, aún le duraba la pestilencia de su conciencia. *'Chinaco estúpido'*.

—Ésos son unos miedosos. La señora estaba más tendida que trapo sucio. Tu viejo se chupó. —Le señalaron a Cutrero—. Si no le temblaran las canillas nos hubiésemos aprovechado.

—Está bien, yo tampoco quise —dijo Boris-Boris con su serenidad de siempre.

—Son mariscos pues —arrochó el Chino.

—Bien abusador que te la pegas. ¿Quisieras que a ti te hagan eso? —saltó el Capitán—. ¿Quisieras haber resultado desflorado por los delincuentes en el río?

—Estás hablando puras estupideces —se enojó Saturnino—. Qué me iban a reventar esos fumones que ni podían levantarse siquiera. Qué mierda me iban a joder, a mí todavía.

—Cuando estás afuera te la pegas de macho —enfureció Boris-Boris—. ¿Qué das a entender con eso, bravucón? Maldito, machazo, pedazo de zoquete.

'Está bien, muy bien. Felicitaciones. Perfecto que lo hayan hecho callar a esa hueveras. A ver si de esa manera le revuelves los sesos a Lucho y le haces pensar. La venganza nunca es buena, peor, te envuelve en resentimientos'.

—Cállate cobarde —saltó Cutrero—. Quién dice que mi padre es miedoso, marisco.

—Cálmense, cálmense. —El tío Bernardo acudió al rescate con su voz quechuística—. Carambas, se comportan como mocosos. Chino, deja de contar, hueveras.

"También tú, de una vez, cierra el pico. Me estás asando. Uno de estos días me vas a llegar a la punta del pincho y voy a reventar", se enojó Cutrero.

—Serénate —le calmó JC.

Saturnino se levantó en un ataque despectivo y se retiró, con cara de pocos amigos.

—Yo —siguió Boris-Boris— apreciaba los chispitazos del sol, y sus *crescendos* se explayaron como un disco fulgurante. El mar que estuvo en una gritadera nocturna, desasosegándose, se le veía ya relajarse. Todo me parecía nuevo, el muelle, las fábricas, el terminal, las viviendas, los parques, cómo radiaban; los triciclos, las motocicletas, los patrulleros... ¡Los patrulleros! Entonces nos vimos en apuros. Cuatro se cuadraron a todas las salidas del campo, estábamos acorralados. Si hubiese sido cualquier batida, nos quedaríamos quietos. Pensar que era el policía que lo gomeamos de puñetes, sí que éramos pescadito frito. Saben cuál fue mi reacción: salir corriendo directo a la playa, para escabullirme por los rocones. El silbido de las sirenas, y unas movientes cuatro llantas corrían a mis espaldas. Aquel tiempo tenía una velocidad de caballo, y si se echaban a perseguirme a las carreras, qué me iban a capturar. Jamás. *'Se cree inigualable el búfalo ese'*. Qué se va a medir un animal para un motor, pues hombre. Un caballo para tantos caballos. La cosa era sortearlos. Seguía la línea de las piedras arenosas, bajé para el muelle Gildemester.

—¡Párate! —me gritaron con su megáfono en el aire desde la patrulla a mi paralelo.

—Para que me perdieran sus vistas decidí bajar para la orilla. Cuando saltaba las piedras de bajada, disminuí mi velocidad. Cutreros éramos, chiquillos sin ilusiones, como ustedes. *'Está loco Boris, yo sí tengo sueños, ilusiones, digan lo que digan'*. Nuestra esperanza era el mar. La Sofía I, qué, resplandeciente, brillaba distinguiéndose del resto y cualquiera moría por trabajar sobre ella.

Yo me muero por tenerla a mi junto, pensó Juan. Es que la amo.

'Cuándo te volveré a ver'.

"Qué diablos te va hacer caso".

'Ya va ser mi jerma, Cutrero, ahí te voy a ver la cara hueveras'.

—De repente sentí que ya no me seguían. Me detuve entonces para tomar aire. Los tombos son unas hueveras. Preferible era no parar hasta el muelle. Y, conforme me acercaba, las manchitas de oruguitas de la gente monotaba en toda su rutina de trabajo. Llevándome el poco viento, lo jalaba oxigenándome los pulmones. Y dale, con el salpique de las olas, se humedecieron hasta mis rodillas. Hastiado del mal olor, el abultamiento de las aves, me abría paso entre el jolgorio de perros, que al verme pelaban los colmillos como ansia mordedora. Espantado el enjambre de moscas, como para pincharme me zumbaban. Pasaba raudo y vuelta se aterrizaban en su defecada lonja. «Corre que te salvas», contaba cada vez que volvía la cabeza. Desaparecieron. Los dejé atrás, felizmente. ¿No daba igual que escape uno? Por lo visto yo era el más vivo. Estos policías se estaban dando la vuelta, sí, más moscas que el carajo… Francamente muchachos, esa era mi costumbre, cuántas veces no me habré evadido en las narices de esos marcianitos verdes. A esa edad era un sabido de campeonato, a esa edad todo el mundo me respetaba... *'Alentador eres, incitando que estos principiantes de maleantes sigan tus pasos...'.* No sé. Muchas. Hartas veces los dejaba husmeando los hangares del muelle. Pero, para mala suerte la mía, allá, miren, justo pasando el reservorio de cemento —en ese entonces solo eran collarines como las escasas rocas del litoral— bajaban arrastrándose por el pedregal dos policías, indicando que me detuviera. Retrocedí cuando dos plomazos me alelaron los omoplatos. La captura se volvió un espectáculo: el muelle se llenó de sapos de filo a filo, de los botes, en la lancha, querían ver a su tombería en la captura del fugitivo. «¡El mocoso del Boris!», más que seguro que se pasaron el soplo. Los guardias me formaron un arco contra la playa. Pan comido, apresado, capturado. Dónde. A ninguna parte; el infinito a mis espaldas. ¿Dispararían? No creo: nunca lo hacen. Sus voces por detenerme las escuchaba nítido, como bostezos de un león, como los bufares del elefante.

—No te muevas. Estás acorralado. —Se acercaban—. No tienes a dónde correr. Detente.

—Caíste, violador de mierda —me abucheó uno en son burlón, jugando con la pistola. Cómo se pavoneaba el desgraciado.

—Nada. Sin dudarlo, sin pensar en el olor nauseabundo, ni el pique de la malagua, me zampé al agua. Gritaba la gente con sabor a gol. Me entusiasmaron. Los guardias se deshacían de vergüenza. Flotaba primero, luego tomé aire y me sumergí. Las expresiones de burla, animadversión, deshonra, carcajadas, se escuchó por toda la costa cuando me vieron desaparecerme en sus narices. Un cutrero de mierda les hacía la mala jugada, puctesumadre. Un mocoso caray... *'Tranquilo Luis, no saques pecho...'.* Mis braceadas y pataleadas, mismo José Olaya. Deslizándose por debajo del agua como tubos engrasados y sin fricciones, los dejaba en la nada... Pasados unos minutos, cuando se me cortó la respiración, asomé la cabeza, bien retirada, y aprovechaba la corriente que me jalaba al fondo. Con pangas me perseguían éstos. Aire, me sumergía, reflotaba, vuelta me dejaba hundir. Hasta que el cansancio me traicionó, mis piernas ya calambrosas, mis hombros no los sentía en su sitio. Me dejé llevar por la corriente. De tanto en tanto tragaba agua. Aleteaba; pero no avanzaba. El agua salada me agitaba peor. Tres botes giraban a mi alrededor, jacarandosos, próximos a capturarme. Veían que se desorbitaban mis ojos, pero no me hacían caso. Ahogado ya, para que se apiaden, fui rescatado, me dieron con la cacha del arma en la cabeza... Creo que a eso le debo mi fama, desde ahí para acá me hice conocido, más de lo que era. Como cutrero y violador. Pero eso de violador no va conmigo, yo mismo me encargué de que no me fastidiaran, con fruncirles el ceño era más que harto.

*** * ***

Y todo parecía normal, como si no pasara nada. Los cutreros solo tenían que seguir la partitura narrada del Patrón, aunarse, pelarle las muelas de conveniencia a su favor y aprobar cada cuento o chamullo a lo que les tenía acostumbrados. *'Para algunos sí que estaban en su gloria'. "Jódete". 'Cómo no internamente deseaban emularlo'.*

—¿A mi padre cómo le apresaron Patrón? —preguntó el cutrero de Luis, impregnado dentro el cuento como si él fuera Ernesto.

—Él corrió para una pared, trepó lanzándose para adentro de una casa; escondiéndose en el corral; al gallinero, por ahí se sumergió como rata el hueveras. Uno de los perseguidores entró vehemente cuando el dueño de la vivienda salió en calzoncillos para alertar que el choro estaba adentro. Tu padre, al sentir la bulla, ahora de dos, abandonó el gallinero y ya estaba en el lar colindante. Lo buscaron; no lo encontraron. Un alférez dio la orden que se pusieran el grupo de subalternos para los techos de toda la manzana. Ernesto aparecía saltando por las paredes como equilibrista, formando ángulos cuando alzaba las piernas, también lo usaba como pasamanos. La lumbradera fosforita y mística de la mañana se creaban en los baldíos de aceite quemado que apenas eran topados por la luz enajenosa de ánimos hasta hastiarse por el magro olor a pescado. Justo cuando las empresas dejan de envenenar el sueño, la otra putrefacción ahoga de día, así es... *'Así será toda la vida. Cuándo se pondrán a pensar estos empresarios. Ya cagaron la playa, ya la asquearon, ¿qué quieren ahora?, ¿fumigar también a la gente?'.* Son unos parinpanpuctesusmadres. No es suficiente con envenenarlo de a pocos... Sinceramente que amodorra la compostura. Su táctica de bajarse y darse la vuelta alrededor de la manzana, les resultó efectiva a los guardias. Ernesto, que estaba camuflado, asomó la cabeza por encima de un tejado para ver si se acercaban. Los despertados habitantes de la cuadra fueron evacuados. Desde arriba, un organigrama de cuadrículas. Miraba para las avenidas alternas, estaba rodeado, perdido como yo. Se dejó caer. Parecíamos delincuentes en realidad. *'¿Acaso no lo eran?'*.

La muchedumbre se espanta, comienzan a señalarte, te mandan malquerencias de desprecio. Pero nosotros no lo éramos. Cutreros sí y bohemios; no choros, ni bolicheros. Nos ganábamos los reales en el muelle, a huevos mojados, a piel salitrosa, como ustedes... Solo nos amanecimos con la señora, ni nos movimos de esa esquina toda la madrugada. Fue señalado. Irrumpió la policía para otra casa. Las personas que la habitaban, y aún taciturnos por la corta noche, conturbada, reaccionaron en un revoltijo de retracción cuando les hicieron saber que el choro, que el cutrero violador, que deambulaba por la zona, se había metido para sus casas; preferentemente en la de ellos. El pavor se apoderó de las mujeres y corrieron para abrazar a sus niñitos.

—¡Al corral! —Se pasaron los tombos derechitos por el callejón, pistola en mano.

En el corral, el cruce de cordeles que se abarrotaban de tendidos incoloros y viejarachos impedía realizar la búsqueda.

—Ropa hasta por las huevas —exclamó un policía, abriéndose paso con la punta de su arma—. Tanta ropa han lavado estos hueveras.

—Y todavía está mojado —dijo el adjunto que le cubría la espalda—. Deben ser lavanderos. Lavan ropa ajena.

—Un custodio se puso de rodillas, agachó la cara para ponerla al ras del suelo; miraba para todos los rincones del corral. No logró atisbar nada. Durante la corta búsqueda de esas bolitas negras no pudo percatarse de algo que se confundía en la pared del fondo. Los cordeles mecían las extendidas sábanas y colchas, pesadas frazadas; con más peso debido a su humedad; gotearon desde la noche en el corral, enfangando todo el perímetro.

—Acá no hay nada. No pasa nada. Ha fugado esta mierda. Se nos adelantó el maldito. —Terminó por reincorporarse.

—¡Allí está! —Indicó con señas el alférez—. Adentro. Búsquenlo.

—Nada jefe —contestó el guardia haciendo venias negativas, brazos en alto.

Se zamparon a las habitaciones, abrieron los roperos, debajo de las camas, dentro del ñoba con silbidos se alertó la escolta. El alférez para una pared, le quedó a vista todo el corral. Un pozo, al fondo, a un ladrillo de altura, daba en circunferencia. Donde estaba no lograba ver hasta dónde llegaba la profundidad. Ambos se contrastaron. Cuando se agachó el guardia, se confundió con los ladrillos del pozo, a simple ilusión óptica, al fondo. Cayó, pensó el alférez, desfundó su arma. Indicaba a sus subalternos que corrieran para el fondo del corral, ¡el pozo, señores! Obedecieron, ramparon debajo el tendedero, ya aproximados a la boca del pozo.

—Acá estabas, cutrerito hueveras. —Le apuntó el alférez en la sien.

—Frito pescadito mi viejo. —Sacó pecho Lucho.

—Cómo huyes perro —lo insultaron—. Cutrero puctetumadre.

—Tu padre levantó los brazos, y parado en el pozo, el agua le llegaba a la cintura. Cuando se alertaron toda la tombería, que capturaron al otro cutrero violador, salió el Capitán del patrullero, sacándose las gafas, entró para la vivienda.

—Estoy indefenso, jefe —dijo Ernesto—. No tengo nada, vea.

—Acá lo tiene, jefe —orientó el alférez—, zambullido como una rata.

—Sal de adentro carajo. Afuera he dicho —ordenó el Capitán—. Con qué eres escurridizo como un perro y saltarín como un sapo. Ahora vas a ver cómo corres y saltas dentro de cuatro paredes —le auguraba lo que le esperaba la cárcel.

—Vaya para movido mi padre. No podían capturarlo dentro una manzana. Ven cómo fue burlada toda la policía.

'Si hasta hoy en día continúa de escurridizo. Cuando vivía en tu casa se chorreaba por el corral, salía por la casa de su compadre en la otra cuadra, por no pagarles a sus prestamistas, y al compadre se lo llevaba a chupar y se esfumaba todo una semana.

No me mires así, es una broma'. "Aguanta, aguanta, que estás tocando fibras íntimas, y eso no te lo voy a permitir".

***

En mar de bravos y corajudos qué raro que esté todo normal y no se den cuenta de nada. O sea que los cutreros estaban pasando piola. Sí el choro lo tenían a la mano y estaba dentro de la misma embarcación, solo les quedaba sacarlo al fresco.

"Calla hueveras que tú no tienes vela en este entierro".

'Es la verdad hueveras, ahora revienta todo'.

"¿Y qué vas a decir?, te vas a orinar".

'Solo digo hueveras'.

"Pues ahora yo te digo a ti, que cierres el pico".

—Por último señor, ¿cómo capturaron al Chino? —inquirió Juan Carlos—. Termine de contar, si no. ¿Qué dirección tomó al caerles la mancada? ¿Qué fin tuvo ese jalado?

—Corrió de frente, para el colegio. La pared era bastante alta, por eso tuvo que impulsarse como resortera. Logró cogerse con la yema de los dedos, a las justas. Se hacía barras el granuja y nada de coger la trepadera... Mosca el oficial, se vacilaba al verlo que no podía subir, dejó que se bandereara, a ver qué tiempo resistía colgado. Esforzándose Saturnino, embadurnaba la pared dejando largas huellas. Lo vio difícil, no podía ponerse al otro lado. Con toda la borrachera además, se soltó, emprendió la carrera para cualquier sentido. Lo balearon. Sí, le sonaron la rodilla de un medido disparo, cayó, cerca al arco del campo.

—Caray —entendió el motorista—. Tantas veces que quería saberlo recién lo suelta.

—Y la hablilla no paró en meses. Todo el puerto se la pasaba de lengua en lengua —se vaciló el Capitán.

—¿Qué fue de la señora? —preguntó don Bernardo—. ¿En realidad era su marido o solo la sacó de la fiesta? ¿Lo supo, señor?

—Ni chus ni mus. Sinceramente no sé qué fin tendría. ¿Dónde la llevarían? Qué habrán hecho después con ella. No llegué a tener conocimiento de su destino.

'¿Sabes lo que hicieron? Fue como ellos. A ella la llevaron para el Capitán. Él la esperó en una celda vacía. La dejaron con él. Se abusó de ella, él. Él mismo llamó a un par de oficiales. Como tontos ellos cobraron pato'. "Hueveras de mierda, qué imaginativo eres". 'Ni imaginativo, fácil es suponerlo'.

—De frente a la comisaría —dijo Miguel.

—En efecto, directo —confirmó el mastodonte.

—Apresados —confirmó JC.

"Sí hueveras, como te gusta verlos".

'Bien, por ser abusivos'.

***

Para eso, el cutrero de Alejandro se había acercado hasta el borde de la embarcación. ¿Estaba absorto o era su manera de ser? De la forma como contaba sus vivencias el Capitán, y lo añadía de partituras emocionantes, se le pegó el susto, parece.

—Oye tripulante, ¿tienes otro cigarro? —llamó Boris-Boris, pidiendo.

—Los cigarrillos al toque se hacen humo. —Se rió cachozamente el tripulante.

—Tú, jovencito, oye —le llamó al cholo y sacó unos soles de su bolsillo—. ¿Puedes traerme una cajetilla de cigarros, a ver?

—Sí, señor. —Obedeció en el acto.

—Apúrate. —Le mandoneó.

—Fuimos llevados, los tres, para el centro del campo. Saturnino tuvo que llegar cojeando, arrastrándose como lagartija. Se cuadraron los patrulleros y nos juntaron para el asiento trasero. Imaginan la sapería, como un mercado, concentrados todos cuando estábamos clavados en el centro de la cancha. Y de ahí, cerca, rodearon la avenida. Unas cuadras se imponía el San Pedro. Corrieron el portón de la cárcel, el río, y al toque nomás, nos metieron al fondo. Se nos reventó una tosedera aflictiva que a mí me dejó seca la boca. Es que las letrinas despedían mierda de perro; qué loción para apestosa. Desde que nos capturaron, hasta aquellos momentos, el quemadero se toxinó frenéticamente. Creo que el sol también quería sancocharnos en su bochornoso hollar; caerse de su rotación a la tierra; o alargar sus quemantes brazos fragosos. Tumbados en la celda, chica, avernosa, cadavérica, de cuatro por cuatro, procuramos no oír los hilarantes quebraderos de los policías. Insultos irónicos, en una confusión de corregidas rabietas insultativas, predicciones jacarandosas, se aguantaban por órdenes superiores en darnos de trompadas. Saturnino se quejaba hoscamente. Sus ojos líneos y lagrimones, no parecía tenerlos, pero esas rayitas horizontales se hacían v chicas. La bala le carcomía la pierna. Empezaba, seguro, la voluta de plomo a resbalársele por las venas, coagulándole la sangre, contaminándolo, y se detenía en la aorta, en su corazón, fulminándolo. Tuvo esa penosa sensación. Tampoco era para exagerar. Fue recogido en una camilla, con rumbo a la sanidad. Nos jodieron compadre, hasta el cuello y embotellados.

—Qué fecha propicia para hacerse a la mar. Con una noche perfecta como ésa, recuerdo —emuló el motorista—. Todas las noticias de los rotativos anunciaron el levantamiento de los recursos marinos a solo una hora dentro. Era una bendición, San Pedro se apiadaba de nosotros, nos mandaba el pescado, después de una larga veda. Ya era hora.

—Tenga el zarpe, Patrón —le dijo un tripulante y se pasó a los dormitorios.

—A ver. —Boris-Boris lo recibió—. Gracias chiquillo. —Encendió uno y se puso a fumar.

—Preocupado se encontraba todo el mundo —recordaba el tío—. Aquella noche fue como sagrada. Todos los pescadores se hacían a la mar, al unísono. *'Ahora sí que existirían las vedas'*. Los pescadores dejaron de trabajar larga temporada. Habrán escuchado ustedes, un tiempo que el pescado se hizo polvo de nuestro mar. La avaricia empresarial, por ganar millones, terminaron con el ciclo de reservas. Andábamos como opas. La caleta se quedó tan pobre que ni un pajarraco la resguardaba. Las fábricas dejaron de operar, por ende, las personas de trabajar y el puerto de desarrollar. La ciudad navegó a la deriva, sin reales. Barcos mochos en los astilleros, rampas altas de las grúas oxidadas, cubos inmensos de las fábricas, o la siderúrgica, o de fogoneros en los trenes que entraban de mineral, era como un desierto. Como en su mayoría la población son personas venidas de la sierra, se fueron para adentro del pueblo, a ganarse descampados, más que sea. Luego, con el transcurso de los años se convertirían en valles pequeños. Hasta que por fin hubo indicios de acaparamiento progresivo. Cuando la Marina salió a inspeccionar, el cardumen flotaba en manchas negras, parecían discos luminosos que se cortaban y juntaban. Quedaron absortos, esta vez sí que era verídico, el periódico local salía a pedido de productos domésticos, en épocas de hiperinflación. Todo el puerto se agolpó en el muelle, lo bendecían con agua bendita. Eso es poco. Hubieran visto a los creyentes cómo adoraban el mar cuando éste desbordaba en las riberas de las costas toneladas de peces que fueron varados en el verano. Causó asombro. Se convertirían luego en alabanzas a San Pedro. La población entera comió pescado hasta el cansancio. Teníamos para más, un año, solo que se putrefactaron y envenenó la localidad por todas sus guaridas. Pescarían toditos, cutrearían con ganas, y éstos, como hueveras, encerrados, sin cutrear siquiera al ventarrón...

—Y esa misma noche, unas sombras opacas se vertieron a través de la reja que dieron a regarse sobre nosotros que descansábamos sentados con las rodillas levantadas —contaba el Patrón— ...Un poco le pasó los dolores a Saturnino, al ejercitarse suavemente con los dedos. Las sombras pertenecieron a diez guardias, que entraron y devolvieron el candado a la reja. Encapuchados, con unos palos pinga de burro nos rodearon.

—Entonces ustedes son los cutreros que han abollado al jefe... ¡Toma mierda!

—Tu viejo se ganó un palazo por la espalda —le refirieron a Cutrero.

—Conque son abusivos. Quita perras. Violadores. Cutreros del carajo. —Alguien se me acercó, descansó el palo pinga de burro en mis hombros, luego en mi cabeza.

—Qué tales puctesumadre éstos —musitando se burlaban en nuestras orejas, a pura carcajadas.

Furiosos nos arrancaron el pellejo a fuetazos. Gozándolo encima, no es que parecía, sino que verdaderamente se regodeaban. El Chino se salvó del apaleo. Ululosos como perros callejeros por el ardor, no se apiadaban, caray. Con Ernesto tropezamos de cornadas al protegernos de la avalancha de golpes. Acorralados en un rincón nos regalaban de puntapiés y puñetes. Vieron que nos deslizamos furibundos, quedamos ensangrentados, todos inanimados.

—Pobres cutreros, no dan más —dijo uno de ellos—. Vamos a darles agua para que se refresquen de la golpiza. Brindémoslo compañeros. El agua no se niega a nadie. ¿No es cierto?

—Agua que no has de beber, déjala correr —dijo otro—. ¿No dice así el refrán?

—Los diez nos vaciaron de orina, nos empaparon del urea amarillenta, pestilente; tan salado como los días portuarios. —Escupió Boris-Boris.

Corrían vocecitas lúgubres de las celdas vecinas. «Déjenlos malditos policías!». «¡Tombos sinvergüenzas!». «¡Por qué no son así de vivos con los terrucos!». «Mariscones». Ardían nuestras rasgaduras. Se empozó la noche. Ruidositos, afiladuras, creados por el vendaval se silbaban por el viaducto del reclusorio.

—Eso cutreros, báñense, báñense... Aprovechen el agua escasa. Aprovechen la achicada de bomba. Esto les mata las pulgas. Este líquido salino les quemará la sarna —jodían y rejodían.

—Qué corona tiene este cojudo. —Se volvieron para el Chino, regándolo—. Sóbate la abertura con esta agua oxigenada. Es desinfectante.

—Para eso, mis ojos desorbitados, a punto de rodarse, notaron alargarse otra sombra, desfigurada y amorfa, en el piso húmedo. El Capitán, el rollizo era, no aguantó la pestilencia y se tapó la boca.

—Ya están —le alertó un subalterno—. Bien limpiecitos y bañaditos.

Hizo un esfuerzo, pero entró el Capitán. A boca seca, ordenó nos sentáramos. Después supimos que se llamaba Samuel Orejudo.

'Es así como cobran en el bote aquellos que se la pegan de maleaditos. No vieron'.

"Ya comienzas".

'A ti no te digo, carajo'.

—¡Siéntense bonito mierdas! —amedrentó el panzón—. Para cacheritos sí son ávidos. ¿Saben cómo pagan los violadores en la cana? Así como a ustedes les gusta el culo, a los presos del pabellón C, también les encanta.

—¿Qué haces? —me preguntó.

—Trabajo en el muelle, señor —contesté.

—¿Los tres? —volvió a preguntar con tono despectivo.

—Sí, señor —tu padre se adelantó a contestarle.

—Me dan pena, carajo... Los dejara, pero cómo van a irse así, tan adoloridos. ¿O todavía les queda fuerza para poder caminar?

—Aún podemos —contesté—. Somos cutreros señor, queremos trabajar.

—Bien, bien, los voy a dejar ir, ya recibieron su paliza. —Mecía el cuerpo gelatinoso, el amasado de pan de Orejudo—. Llévenlos señores. Quieren cutrear, dicen. Quieren ir al muelle.

—De a tres nos tomaron cada uno, nos dejamos arrastrar por un largo pasadizo, como si nos enrumbaran para el cadalso. El griterío de los pabellones aledaños anunciaba una reyerta entre presos. Estuvimos, de nuevo, cara a la cerrazón principal. Pensamos que de ahí nos largarían. «Al muelle ha dicho el Capitán». Quebramos para la playa. Fuimos subidos para una panga que tendría que deslizarse para el muelle;

arrancaron dos más donde abordó el resto. Nos cagaron, no nos llevaron de regreso, sino para la isla. Se tramaron algo, era ineludible. Mi personalidad volvía a perder mi temperamento recobrado. Jamás, juro, vi a tu padre tan asustado como esa fecha, taciturno, perdido en el álgido rumoreo marino el hombre. A punto de evaporarnos, desaparecernos en el acto, chorrearse a la pleamar, nos churreteábamos de las hueveras.

'*¿Qué más les quedaba? Solo aguantársela. Para que nunca vuelvan a hacer eso*'.

"*No lo entiendo. ¿Qué han hecho?*".

'*¿No la violaron a la señora acaso?*'.

"*¿Quién dice? Todos saben que no pasó nada*".

'*Pero sí la manosearon*'.

"*Eso no se llama violar, oye*".

'*De qué te quejas ahora*'.

"*Puctesumadre, a nosotros siempre nos jodes. ¿Por qué no lo haces también con esos tombos abusivos?*".

—Estos miserables hicieron que las tres chalupas giren en el mar fingiendo marea brava. Despojados de nuestras ropas, nos arrojaron calatitos, qué castigo. La noche fría, negruzca, igual que tu tierra Bernardo. Bazofias, comidilla: la cochinada del Capitán, eso. Tal lección se enmascaró en mis tuétanos y nunca se me iría a olvidar. Qué los van a castigar ahora a los choros así; seguro que los detienen, les encanan un momento, luego los sueltan. Rescatados, por fin, nos regresaron para el mismo apestoso cuarto, chorreábamos como estropajo… A la hora todavía nos aventaron una frazada por cabeza para abrigarnos. Mañana sería lo peor, cuando nos lleven al pabellón de matones. Nos quedamos tiesos. Al alba, tal cual lo pronosticado, nos confundieron en el temido pabellón, como los demás presos. Éstos no conocían agua; creo que se olvidaron que sirve para asearse o para alimentarse. Miradas desproporcionadas, voces quejosas, agrias, sudorosas, solo nos miraban.

—Les traemos carne fresca —dijeron los guardias—. Aquí los tienen. Han caído por bolicheros, sépanlo. Ya saben ustedes cómo tratarlos a los que abusan de las mujeres.

—El pavimento resplandecía, alimentando al moho microscópico. Construyeron covachas de frazadas, telas, fuera de sus celdas; asomaban la cara para conocernos. Desprevenidos los tombos, ellos afilaban sus cuchillos y armas cortantes. El sol empeñoso caía de lleno y recto. Frotándose los genitales mostraban su sed de venganza. Su principio: si te gusta el culo, pagas con el culo. Qué asco puctesumadre, qué porqueriza, qué desilusión de cutreros nosotros. Los tres, aguados de miedo, de esta noche no pasaríamos con el culo sellado.

"No dejarás que les hagan eso. Porque yo no, ah".

'De ninguna manera, cómo crees. Como habla se ve que es un incitador a la vida maleada pues'.

"Está contando su historia, nada más".

'Trata de desilusionar de la vida, a los cutreros. Excepto yo, claro, que mi poco saber no me cae tanto como a ti, Lucho. Siquiera tengo el sueño viviente, *una oportunidad para ser algo y salir de esta vida mierdosa'.*

"Qué sueños vas a tener tú. Eres otro cutrero, intelectualito mariscón de mierda y vienes hablarme de oportunidad. Morirás analfabeto y choro como yo, te apuesto".

'Calla borrico'.

"¿Qué dices?".

'No ves, ni sabes lo que significa borrico'.

—Filudo silanparinpanpuctetumadre —dije para mi amigo.

—Búfalo —esa era mi chapa ese tiempo—. ¿Qué haces en la cana? ¿No me digas que decidiste seguir mis pasos?

—Encontré a mi amigo de mi barrio en Santa. Teodoro Ucañan, más conocido como Filudo. Cuántas veces no me había sacado la mugre con ese puctesumadre. Nos llevó a su compinchería y los alertó que éramos sus patas. Nos salvamos de la puta: porque la puta vida es la puta vida. Si nos cachaban, a ver, estaríamos con el culo roto ahorita. En la noche, reunidos todos, Ernesto se ganó de la cavación a cucharazos que hacían en el suelo salado, cavándolo como si estarían en la búsqueda un tesoro perdido.

—¡Los cabos mierda, el petróleo! ¡Se han levantado los cabos y el petróleo! —gritaba Saturnino—. ¡Quienes se han quedado de cuidantes, puctesumadre!

'Nos jodimos, hueveras'.

"Cállate".

'Hijo de puta, el mismo choro está que nos vende'.

"Nosotros no sabemos ni mierda".

—Las sogas, el petróleo, carajo —se levantó Boris—. Nos chorearon silanparinpanpuctesumadre.

6.- La Gloria del Príncipe

Al bajar las escalinatas del tercer piso de la academia del centro pre universitario la Galileo, subía Sofía para su clase de Medicina. Sin dudarlo, ni pensarlo siquiera, Juan Carlos estaba en el mismo rumbo, hasta que tropezaron.

—Hola Juan —le saludó ella.

—Sofía —se sorprendió el muchacho.

Días de verano. Esa mañana, o tarde, al sol no le dio por asomarse. Estuvo escondido dentro de gruesos cascarones de nubarrones que pasaban a grandes velocidades. El ciclo vital daba rotaciones creadas por el astro rey. Como nunca, se soltó una llovizna menuda, en verano, sí, aunque suene raro. Si en el invierno solo garúa en parsimonia, y que haya caído una llovizna, qué clima.

—No creí que el encuentro sería tan pronto —dijo Juan chicoteándose de nervios, pero logró balancearlos con el ánimo de estar a su lado—. No te he visto todo este tiempo. Pensé que estabas enferma.

—No —negó Sofía, riéndole.

—Iba a preguntarle a tu hermano, pero como es celoso, no lo hice.

—Es que casi no salgo —dijo Sofía.

Las tramoyas circulares de la academia simulaban una ruptura en una cañería en el tercer piso, donde un maracuyá enroscaba sus encrespados lazos verdosos que se iban para el último piso.

—Eres un mentiroso —se mandó ella.

—¿Yo?... ¿Por qué? —preguntó JC, extrañadísimo.

—No me digas nada, no me digas nada... —Ella le hacía de lado moviéndole los deditos.

—¿Si...? —Más estúpido no podía hacerse Juan.

—Me mentiste —le dijo Sofía—. Ahora ya no te voy a creer nada...

Esa llamada de atención le hizo daño a Juan. Sintió una suspensión de desconsuelo. Haría lo que estuviera a su alcance con el fin de remediarlo. Y pronto. Le entró muchísimas ganas y estaba propuesto a saldarlo.

—Dijiste aquella vez que me visitarías para conversar —dijo riendo.

Si Sofía pensó en hacerlo recordar, estaba engañada. Falso, él no se olvidó; al contrario, lo tenía presente en todo momento. Bien que le quedaba el disimulo.

—Verdad —reaccionó estúpidamente.

—Eres un olvidadizo.

Es que cuando salía de su casa, decidido a caminar al frente y tocar, se chupaba. Encontraba a Miguel, a Lucho, y los demás, se echaba a conversar, desistía de sus planes detallados la noche anterior en su habitación. En breves palabras, se acobardaba y se aguaba de nervios el marisco.

Juan tenía puesto un pantalón oscuro, camisa blanca ancha, de rayas celestes horizontales, y unos lentes negros colgados en el bolsillo, estaba guapísimo. En su cara blanca, rasurada, los pinchitos pintados de su barba, contrastaban con su rostro blanquecino. Ella, la linda, su Reyna, vestía un pantalón azul, recién sacado de la tienda; y un polito celeste, ribeteado de cintos amarillos, le quedaba precioso. ¿Cómo los observarán desde el suelo esos trabajadores fatigados a través del rosetón de albañilería? Ambos, hermosos.

—Carambas, cómo no me acordé de la invitación —dijo Juan y buscó sorpresa a su compostura.

—Qué tendrás en esa cabecita Juan, que ni te acuerdas de la amiga.

—Mira —decía pensante y le caía horrible—. Tan juntos que vivimos.

—Ya te dije, en qué pensarás.

En ti, pensó ahí mismo.

—Tan bonita será esa chica que ni te hace acordar de las amigas.

—Sofía —navegó—. Tú estás dentro de mis neuronas.

Soupir:

Si esos labios rubicundos no los tiene nadie: están a punto de desangrarse.

Si esa carita rosadita no lo tiene ninguna: está cubierta por un velo límpido.

Si esas pestañotas alzadas no los tiene alguien: son como la cola del escorpión.

Si esos ojazos claros no los tiene nadie: sus cristalinos brillan como la luna...

Si se toparan apenas con el cuerpo mío, segurito se me corta la respiración...

Encima, esa anatomía tan frágil, moldura china, persiana persa...

¡Me vas alocar!

—Lo iba hacer —dijo trémulo—. Sabes cómo es tu hermano. Voy para tu casa y si pregunto por ti, de celoso, puede negarme. O armarme una bronca. Imaginarse cosas y...

—Imaginarse qué, ni que fuera tan ligero para pensar eso. Somos amigos. Lo sabe. Tú eres su amigo de confianza y no puede pensar mal de ti.

Pénalité:

Derrámate, derrámate puquio, que ya topaste tu límite, que ya te desbordaste.

Desbórdate, desbórdate río, que en la altura llueve, y tu cauce se va incrementando.

Detente, detente corazón, que quedaste taponeado, y te oprime, te induce a la desazón.

Déjalo, déjalo cazador, que esa linda palomita no es para ti, déjalo que en sus alas hallará su rumbo...

Perdí, me mató....

¡Sí! ¡Con eso me dijo todo! Acabas de plantarme un puñal en el corazón.

—Ese Miguel —dijo con un aire de pena, con cierta melancolía—. Los hombres somos ligeros en pensar cosas que no son.

—Sí —dijo ella—, además con la mente que tiene ése. Es un fastidioso.

—Hasta yo —dice de mala gracia.

—Mira, el sol ni se asoma siquiera, pero quema fuerte. ¿Lo sientes? —cortó Sofía.

—¿Qué? —terseó Juan Carlos

—Cómo quema, digo —dijo de nuevo

—Es asfixiante —corroboró el joven.

—Sí pues —cortó Sofía, alegre, refrescante, exuberante, resplandeciente, con las movititas de sus orejitas, y su alegre sonrisita, le llegó a la punta de la verga a Juan Carlos—. Vamos para el ático. ¿Quieres seguir conversando, o esperas tu clase de última hora?

—Yo no tengo nada —mintió—. Te acompaño.

—Subamos —pidió Sofía.

—¿Vas a ver a alguien? —preguntó JC.

—A nadie. Arriba está fresco —dijo—, porque acá da modorra.

Es que la frase, «No tiene por qué pensar otra cosa», le sonó en el alma a Juan Carlos, a martillazo de yunquero, taladro de carpintero le aserró los órganos. Por qué no se calló como siempre. Suficiente sería con reírle. Quizás sabría, tendría una vaga intuición, que cualquier momento haría el intento de mandarse, por eso prefirió cortarlo antes. Lo quería como amigo y suficiente. Mejor para Juan, pensaría. ¿Es que no le gustaba, sinceramente? Ésta no quiere a nadie por último...

Subieron al cuarto, al quinto piso. Los murmullos de los profesores, fúnebres se oían, marchitándose por las calientes paredes. Gárgaras gruesas y revolucionarias de otros renegados por el Gobierno, sus miserables sueldos quedaban chicos al incremento de los precios exagerados. Otros de gran elegancia, altivos, de fracs duros, se daban que se llenaban de dinero por su intelecto.

El aire salado corría por encima de los techos, entreverándose con la brisa, la sensación de estar frente al mar, se siente la frescura del puerto. Qué lindo se ve toda la bahía —al oeste—. El Cerro de la Amistad se levanta como un tobogán —al norte—. Cómo resplandece el reloj de la iglesia —al este—. Para allá, es un largo hormigón la pista Pardo —al sur.

Ambos al centro, al medio de todos, únicos. Observó las islas, Sofía. ¡Qué rica de espaldas!

—Son bonitas las islas —dijo.

Bonitas como tú: la bahía, la iglesia, el cerro... todo y más eres, pensó.

Muérete templado.

—Es bello —respiró hondo.

—¿Es como Piura? —preguntó Juan.

—Parecido. Como todas las provincias, que tienen casi en común. Piura es más grande, con sus porfiados algarrobos, soportan el sopor del sol. ¿Te gustaría conocerlo?

—Encantado —dijo JC—. ¿Cuándo me invitas?

—Cuando quieras —le aguzó Sofía.

—Esperaré ansioso, entonces.

—Chimbote también es bonito. Hermosas son esas islas que lo rodean. La innumerable cantidad de barcos, no hay así en mi tierra —dijo sincera acuciando el oeste, al fondo marino que era cubierto por un camino de ínsulas romas.

—Son bolicheras —corrigió Juan Carlos, señalando la cantidad que se mecía a la quietud del extendido manto celeste donde anclaron.

—¿Ahí traen pescado? —preguntó Sofía, absorbiendo el fragor de la brisa con delicia.

—Sí, de dentro del mar —respondió Juan—. Se pierden millas adentro por días hasta llenar sus bodegas.

—¿Qué tanto? —preguntó inquieta, como si todo eso lo interesara.

—Días, semanas, como encuentren el pescado. Si no hay; es por eso que se demoran.

—Es precioso —dijo sin dejar de apreciar la hondonada celeste.

—Tú sabes ver las cosas buenas de la ciudad. Todo lo feo lo llenas de encanto, le das una chispa de hermosura cuando te lo refieres.

—No es por eso. Además, con todo lo malo que tenga, a mí me gusta.

Soupir:

Qué vas a saber tú, angelito de las noches celestiales, de todo lo que es bueno o malo ¿Has caminado acaso hasta la misma orilla, a petrificarte esa linda naricita de ese olor nauseabundo, de esos despidos putrefactos empresariales? Qué vas a ir hasta el muelle linda Reyna. Por ti irías, te voy conociendo; pero eso no es para ti, ni siquiera para que lo menciones de palabras. No es digno para tus ojos, al aura de tu hermosura. No, Sofía. En las noches, verías preciosa, el borbotar humilloso con sabor a cal y a fósforo quemado con que los condenados hijos del mal, los drogadictos se intoxican su apestosa perra vida. No, no, ricura, tú no naciste para ver eso. Ni merezcan tu ayuda ni devoción. Y peor, para ti guapa, el jadeo asnal de los placeres carnales que los hombres de mar, pagan unos reales a perras por allí, detrás de unos templetes descuartados. ¿Ves? La perdición humana, Reynita. Qué vas a ver eso, mi serafín, mi corista de ángeles, ni para que les extiendas el brazo y brindes tu apoyo. Pero sé, por más que diga y trate de alejarte, tú estarás con ellos y oirás sus suplicas y pedidos. Procurarás ayudarlos en todo lo que puedas, les darás ánimos, alentarás sus ineptitudes. Tú eres su Reyna Sofía.

—Hay también cantidades de aves. Nunca vi tanto, Juan.

—Se llaman piqueros, cochos, guanais —enumeró los que conocía Juan Carlos.

—Cuándo me llevas a conocer el muelle —pidió Sofía respirando, cerrando los ojos.

—¿El muelle? —le rehízo la pregunta Juan Carlos.

—Sí —pidió la muchacha—. Cuándo me llevas.

—Ahorita si quieres —se apresuró el muchacho.

—Otro día. —Ella lo hizo un poquito de larga—. Hoy no.

—¿Pero quieres ir? —volvió a preguntar Juan, pensando que se lo decía de broma.

—Claro —acertó la señorita—. Por qué no.

Cuando ella se volvió, sorprendió a Juan Carlos, que la miraba dulcemente, con devoción, quien no tuvo tiempo para reaccionar y girar a otro sentido. Quedaron ahí, los dos, con el roche encima. Qué vergüenza. Chisporrotearon de voces trabadas, y se morderían la lengua. JC simuló una peinada en su ralo cabello. La preciosa, fuera de sí, a pesar que vibraba en el aire, se dio tiempo para hacerse la desvaída. Sin vainas, dejándose de cojudeces, los dos se querían. El hueveras por no fastidiarla, por no mandarse, perdía tiempo. Ella igual, por no soltarle insinuaciones, minúsculas facciones de cariño, se moría de miedo. Ambos temblaban, los dos se tenían pavor. De miedo que se rechazaran estuvieron este tiempo mudos, sin voz. ¿Entonces? Ahora, tontos, como gallinas, nada más les faltaba cacarear, aletear los brazos. Una línea de disparo recto, ambas miradas, eran clavados de martillazos; a un cagado, duros, encantados, impactados. Diciéndose que se amaban y se deseaban con los ojos, no tuvieron escapatoria.

Desde sus adentros le llamaban la atención a Juan Carlos, en una obligación, un mandato, una jalada de orejas, una orden a recluta provisto a cumplirlo. El suplicio que se hacía, enervaría el coraje que lo deseaba.

Pénalité:

Ahí la tienes. Mírala, está de frente. Es una princesa, obsérvala, es un amor. Si es posible, hipnotízala, atráela a tu lado, hazla tuya. Cómo no tuvieras esos poderes, ¿verdad? Suéltale todo lo que tienes que decirle. Todo lo que practicaste de madrugada en tu cama, dile de una vez, suéltalo letra por letra, desfógate. Toda la poesía que hiciste en su honor, recítasela, cántasela, que te oiga. Por las huevas no te has inspirado en crearlo. Eso cuesta, quita tiempo, ya lo sabes. Dilo para que después no te lamentes por tu silencio. Hazla delirar de emoción, halágale hasta por las puras. Verás los resultados. Cómo tantísimas veces te alababas delante tus amigos, que eres solamente de niñas bonitas, ahora quieren gozarte. Demuéstramelo de una vez, antes que comience a joderte sinceramente. Yo: tu conciencia. El que no te deja dormir, ni estudiar. Te aconsejé: «El que no espera no lleva nada». Creo que ya esperaste mucho, y se acaba la inspiración. Quiero sentirte levantándote a la piuranita. ¡Por mi madre que se derrumba el mundo si te atraca, se te hunde el puerto si te dice que sí! No esperes más, ésta es tu oportunidad, hoy es la voz. Lúcete Juan Carlos, demuéstrale al público lo que le dice un mocoso a una hembrita cuando se está retemplado y perro. Invéntale, invéntale, vamos... Sí, sí, pero están allí esas dos parejas de enamorados. ¿Si reboto como pelota de playa? ¿Si me choco contra el cadalso? ¿Se enoja ella? Los demás se burlarán, harán muecas que me enojarán. No sé qué, me largo, y no vuelvo a la Galileo... Parejas, parejas, son cojudeces. Piensa en ella y tú. ¿O tienes las hueveras que te cuelgan por las puras? Qué importa el resto. Que sepan que te mueres por ella, qué más, son unos estúpidos. Piensa en los dos, en una barcaza en el Amazonas. Ambos moviendo la campana de la catedral anunciando la misa. Olvídate de todo, déjalo en sus humedeces y humedécete tú con la piuranita. Ahora mismo.

—Ya es la salida, Juan Carlos. —Haciéndose la disimulada trató de sortear Sofía—. Creo que ya es hora de irnos.

—No, no... —Juan le aguantó con una voz algo grave.

—Ya vamos —dijo temblorosa.

—Espera. —Fue atajada por los brazos de Juan—. Conversemos un momento más.

—Ya van a ser la una. —Miró para el reloj de la iglesia—. Ya es hora de salida.

—Aguarda. —Le tomó de los bracitos, sentía que se los partía—. No te vayas.

—Es tarde Juan. —Se escarapeló la preciosa, sintiéndose forzada.

—Falta todavía para la una. —Fue sagaz para engañar—. Ese reloj anda atrasado.

—Vamos de todas maneras. —Sudaba frío—. Quiero irme.

—Espera Sofía. —La retuvo el muchacho—. Tengo algo importante que decirte. Tienes que escucharme una cosa que me tiene estrangulado desde que llegaste. Óyeme solo un ratito, por favor.

Soupir:

Le soltó toda la inspiración de juventud. Le comparó con Julieta y Melibea en hermosura. También le igualó en el cuerpo de Venus. Por qué no sería ella quien mostrara su torso desnudo en el Museo de Arte de Lima, para que todos los visitantes puedan apreciarla. La llevó a la luna. Le bajó las estrellas y de ello fabricó una corona luminosa para engalanarle su figura. Reyna provista a sentarse en su trono. Que era fruto vivo, futura inspiración vista por Neruda y Vallejo. Más que eso, ella para él todo lo hermoso y bello, como la poesía de Job. Lo infiltró a los tiempos remotos de las Mil y Una Noches, y la regresó vestida de Odalisca, y que baile para él solito la Danza del Ombligo. Si Goya aún viviera, ella hubiese sido su último capricho. La Norteñita Desnuda, la esbozaría, pintándola entre sábanas, sedándose su fino cuerpecillo, o danzando como una Pavlova. Juan Carlos pintándola, en un contraste de colores, con pinceladas de lenguazos y de pasión...

JC la igualó y comparó hasta donde pudo, conoció y dio su imaginación. Sí, hasta verla que comenzaban a brillar sus ojos. Nunca en su vida le dijeron cosas tan bonitas. Susurrarle poemas de su estilo: menudas, simples, estúpidas, cojudas, qué mierda, la cosa era decírselo. Lo que vale es que le brotaron del corazón.

Para ella, que le gustaba: su Dulcinea del Toboso. Estaba hecha la muchachita. Tragó saliva. Tuvo ganas de acurrucarse en sus brazos juveniles que la esperaron ansiosa.

—Juan. —Le brilló la cara a la chica

—Sí Sofía... todo y más... —dijo el chico con desasosiego.

Lo besó, se acercó, le robó el beso. Ella se apechó al macizo, fue cogida por la cintura.

—Yo también Juan, te quiero. Me gustas. Sobre todo porque eres guapo e inteligente.

—¿Por eso nomás? —laceraba Juan.

—No, por todo, pero... —Se hizo la desentendida la piuranita.

—¿Pero qué...? —JC estaba con el ansia desbordante.

Pénalité:

Derrámate, derrámate puquio, que pronto te secarás, basta esperar.

Desbórdate, desbórdate río, que nunca más alcanzarás tu verdadero nivel.

Detente, detente corazón, que más que sea con bombilla has de funcionar.

Párala, párala cazador, esa linda palomita no se ha escapado de su palomar...

Cómo que me mató; si la bala me rozó.

Cómo que me dijo todo; si aún yo no hablaba.

Cómo que me ahorcó; si todavía respiro.

Felices los dos, tan contentos como merodeaban las aves en las plantas, en las palmeras del centro.

Cayó la piuranita como una mansa palomita. Arrulladita contra JC, se sintió halagada, que valía y mucho. Es que le trabajaría bacán el hueveras, y se sentía orgulloso por eso. Para pavonearse el bandido y contaría a todos que Sofía era su enamorada. Pero seguido supo que todo era una ilusión, un sueño pasajero. La escuchó, para peor, iba a desmoronarse, hacerse polvo, evaporarse. Qué mal, qué feo. Preguntó:

—¿Eso me querías decir? —se preocupó Juan.

—Discúlpame —contestó Sofía, temblorosa.

—No te entiendo. —JC no salía de su asombro, y se sintió la cagada del mundo.

—Es que no puedo —seguía, ya, con los ojos llorosos.

—¿Por qué Sofía, por qué? —preguntó el hombre.

—Porque no —dijo Sofía casi sin voz.

Era la náusea viviente, JC.

—Yo te quiero, no me hagas esto. Te amo.

—No puedo Juan. Nos estamos yendo a Piura la próxima semana. Lo siento, perdóname.

—Eso no tiene nada que ver. Nos escribiremos. Voy a verte cada fin de semana.

—Ya no Juan. Discúlpame por favor... No te pongas así.

Ella le toma del rostro, le besa en la mejilla y se abre delicadamente.

Soupir: Ella te quiere, se le nota.

Se resigna, baja la cabeza, no dice nada.

—Me voy, Juan. Adiós. También te quiero, pero perdóname.

Soupir: No la dejes ir, si te quiere.

—¡Cállate! —gritó en el ático vacío y solitario.

Pénalité: Ya no más.

VII. LA BRONCA

Por dejarse robar les fregaron el pago, los bajaron de la lancha, y por poco los encanan. Era el quince del mes cuarto. Fueron a recabar sus mochados sueldos. Llegaron a una pequeña oficina de puertas victorianas y pisos sevillanos, ambientada con maceteros a sus cuatro costados y un ventilador tatuado de flores ornamentales pegado al techo. Dos secretarias, sentadas una al lado de la otra, en dos pupitres, tecleaban en novísimas computadoras. Boletas de pago ya archivadas se barajaban al airecillo que ondulaba la ventiladora fija. Cerca de la ventana del andamio, la brisa marina, el mar terso, ensortijado, vibrante, se moldeaba a fina fotografía de ocaso.

—¿Sí? ¿En qué puedo servirles? —preguntó con amabilidad la que estaba cerca de la ventana, coqueta, dulce, tan llena de rímel en las pestañas que se le notaba a metros—. ¿Qué desean? ¿Buscan a alguien? —exageraba en ser cortés.

—Disculpe señorita, venimos por nuestro pago. Hemos estado saliendo a la pesca, por una semana casi —dijo Miguel.

Señaló, ante un ralo asombro, para la otra que firmaba unas boletas de compra. Al mismo tiempo levantó la cabeza, dejando apreciar esos lindos machetitos graciosos, rubientes y coquetines. Sonrió a medias. Era guapísima.

'Imagínense que lo tenga todito adentro, hueveritas'. "¿Tan rica como la Sofía?". 'Sí, Cutrero hueveras'. "Pues sueña nomás con la hermana de Miguel, que nunca será tuya, ja, ja, ja...". 'Si no soy yo, peor serás tú'. "Al menos yo no me hago muchas ilusiones...".

—¿Ustedes pescan o vienen en remplazo de sus padres? —inquirió despacito, como si aquella voz viniera de un manantial.

—Salimos nosotros, señorita —respondió Lucho—. Nos embarcamos hace semanas. Antes estuvimos de guardianes.

—¿En qué embarcación? —preguntó la chica—. ¿Es para los tres?

—Es así —aseguró Lucho—. En la Sofía I.

—La Sofía I. —Asintió la muchacha—. ¿Los tres?

—Claro. —Miguel precisó.

Juan Carlos fue a pararse cerca a la ventana; estuvo quieto largo tiempo, mirando el trajinar del puerto, la productividad de sus días fuertes, desarrollándose frenéticamente, pero de manera desordenada. La mañana estaba tranquila en su extensión, cantidades de pájaros cochos apostados en los techos planos de las casas miramar; picoteándose los sobacos, cimaban cansados, reposando en las antenas de los teléfonos.

—A ver... —dijo la chica mientras jugaba con una lista de nombres en el monitor, pulsando *enter*, corría las imágenes, abriendo el archivo detallado con los nombres de los trabajadores.

Les volvió la mirada, dulce, cariñosa, palpitante. Inspeccionó al piurano y le sonrió risueña. Qué guapo. ¿Ustedes salen a pescar tan jóvenes?, seguro que pensaría.

—¿Es la primera vez que salen, o han salido antes? —volvió a preguntar la chica—. No parece que fueran pescadores.

'¿A lo serio?'.

"Gracias amorcito".

—¿No parece?, ¿no tenemos facha de pescadores? —preguntó Miguel.

—¿Cuántos años tienes? —preguntó ella comiéndoselo con los ojos al piurano.

—¿Cuántos me pones? —no se quedaba atrás el Miguel—. ¿Qué edad crees que tengo?

—Tenemos más de veinte, señorita —fulereó Lucho—. ¿Qué más?, ¿Alguna cosa?

—Tú sí. A ti se te nota de lejos. Parece que tuvieras más. —Continuó tecleando la máquina—. Les he preguntado a ellos, no a ti. —La otra sonrió. Juan se acercó—. Pasen para adentro.

Dieron para un *hall* corto, directo, que desembocaba en una sala amoblada y ambientada al mismo gusto que las oficinas; la cosa es que ahí no había secretarias. Un ventilador de auto se suspendía de un andamio, y los cojines estaban regados en la alfombra.

Sobre el sofá, a un ángulo más oscuro de la pared, el tío con el monumental Boris-Boris, con sus *overalls* de costumbre, lleno de picosas nacientes barbas, aguardaban. Para qué, no se enojaron con el robo, y solo se limitaron en advertirle al dueño. Otros capitanes los hubiesen mandado a las madrinans... hasta echado o encarcelado. Él solo les dijo que se arreglaran con el dueño. Él ya vería qué hacer.

—Buenos días, cutreros —saludó apenas los vio asomarse—. Carambas, carambas, son madrugadores para cobrar.

—Qué tal don Boris-Boris —respondió primero Miguel alargándole la mano; que se le ocultó en el de él, grueso y yemoso.

—Don Boris —se le acercó Lucho—. Cómo le va, don Bernardo.

—¿Qué es de tu papá, Cutrero? —preguntó el Capitán volviéndose hacia Luis.

—Ni su sombra. Casi poco lo veo. Tiempo que no va para la casa. Debe estar pescando... —puntualizó Cutrero al sentarse.

—Va a estar trabajando —habló don Bernardo, cachondo—. Dónde estará enchuchado ese hueveras. Ese es un sabidote —carcajeó.

Llegaron tres trabajadores más. Eran los tripulantes de las otras lanchas que pertenecían a la misma empresa; para los cutreros, unos desconocidos.

'Creo que nos alargaron la mano solo de compromiso. Solo por estar ahí'.

"También eso pienso".

'Como si fuera para jactarse ser pescador pan-puctesumadre'.

"Me estás cagando".

'Bueno, para ellos sí. Me olvidé que era lo máximo ser pescador. No te pavonees, Cutrero'.

De la espera, la sala se llenó de trabajadores. Amargos carajeaban a toda persona que pasaba. *'Reclamaban su abnegado sueldo, eso sí'.*

—Señorita, por favor, el pago —afonicó un tripulante con la frente ancha y sin pelos—. Nos estamos haciendo cochos de tanta espera.

—Mire que ya van a ser las diez del día —interrumpió Saturnino.

Boris-Boris se cagaba de risa, como siempre. Al parecer tenía todo el tiempo del mundo. ¿O preferiría guardar hígado para los años venideros? Tantísimas veces de reclamón en su juventud, hasta le provocaba rabia, convulsiones, ya que siempre era la misma confusión.

—Aún no viene el dueño para firmar los cheques. —Se volvió la chica—. No demora seguro. Quizá les paguen en efectivo.

—Esa es la huevada de chambear en esta empresa —se enojó el panguero Zoilo, saliéndole una voz aguda y tónica—. Siempre son así para el pago, carajo. Pero para mandarnos a mojar los huevos nos espantan como gallinazos. Y por el pago tenemos que esperar como hueveras.

—Ahí está, viste... —cortó el tío, mosca—. Ya era hora, caray.

—Escucharon tus reclamos, Zoilo —le dijo un canoso, medio jorobado.

Quedó estacionado afuera un auto chico, moderno, nuevo, de marca, plomizo, de lunas polarizadas. Bajó el dueño, de pantalón oscuro de lino, camisa negra, cual se anticipaba ya al invierno. Le sobraron los saludos y movía la cabeza, yendo para su dirección.

—Los de la Sofía I primeros, por favor señores —pasó la voz, retirándose las gafas.

Llamó a Boris-Boris y lo hizo entrar a su oficina y el resto de los trabajadores pitearon de broma por la preferencia, y silbaron al buen trasero del dueño que no se dio ni cuenta.

***

Cuando terminaron de pagarles a los cutreros, que por decir, eran los últimos, fueron despedidos hasta nuevo aviso. Salieron a refrescarse de una cola. Lucho se quedó contando sin roche, Juan y Miguel esperaron hacerlo en otro sitio, en una cantina, podía ser. Quemante era ya el mediodía, por poco y se ahogan del susto. Único sudaron por las recriminaciones gastadas por el armador, para que no vuelvan a dormirse en pleno trabajo. En una cebichería, al frente, el motorista con el Capitán, sentados en una mesa desvencijada, y, encima, cuatro cervezas al polo, les hicieron venias para que se acerquen. Don Bernardo era el que se esforzaba, sirviéndose un vaso repleto. Sudaban las botellas de congeladas. Hervían, pero hervían de polaridad. JC sintió congelársele la laringe y el estómago.

—Salud pues muchachos —dijo el tío, caballero como siempre. Tembló el vaso en sus manotas. Meneó medio cuerpo, aguardando la música—. ¡Qué bien! Están cargados de billetes. Mira Boris, cómo llevan los bolsillos llenos. ¿Qué van hacer con tanta plata sus hueveras?

—No exagere, tío. Una propina nomás. —Señaló Juan, riendo—. No hemos cobrado como ustedes. Nos han descontado una parte por el robo.

—¿Una propina? —Frunció el entrecejo el motorista—. Encima, Capitán, se quejan los hueveras.

—Así parece, Bernardo.

—Pero qué buena propina entonces, ¿no es así? —seguía el motorista—. Y que son muchachos solteros, sin mujeres, sin nada caray. Para ustedes es mucha plata hueveras. En cambio yo tengo que repartirlo por aquí y por allá, para mis tres mujeres —*'lo decía orgulloso'*— no me quedo ni con un real, fíjense —*'cualquiera se queda callado'* —mañana no hay ni michi.

"Estamos entre hombres, marisquito".

—Verdad. Purita verdad. La plata es solo para verla pasar. Encima que tengo varias jermas por ahí sueltas, la mierda, ni para la chonguería queda —corroboró Boris-Boris, terminándose de soplar la segunda botella; cogió la tercera, vertió un poquito para repletar el vaso *('para sacarle el veneno a la siguiente huasca, como dicen los beodos del Perú')*—. Provecho ustedes. Tienen para que inviten a salir a las hembritas. —Palmoteó la espalda de Cutrero—. No te vayas a desbarrancar como tu viejo nomás. Ese Ernesto, cobra, y se avienta a la perdición hasta esfumarse el último sencillo de la billetera.

—Creo que le he ganado, Capitán —se afiló el pecho Lucho—. ¡Cantinero! —llamó.

—Eso es poco de Ernesto —dijo don Bernardo—. Para remate, las putas lo pepean y lo dejan sin pantalón al desgraciado, misio, hasta calato.

—Cantinero —llamó también JC.

Esperaron unos segundos, riendo, gastándose bromas. En su tanto, la tardecita, apaciguante, cargado de sal, imanaban a los transeúntes a satisfacer una sed obligada; porque es obligatoria, o se hace, con una quemazón apabullante. Pasaron por afuera los pitiones del pago, en busca de picanterías: ahora sí, no reclamaban la pérdida de su ocupadísimo tiempo. Éstos eran unas hueveras netos.

Se acercó un mozo, vestido de pingüino, con acento andino, al vuelo de Cutrero.

—¿Digan? —preguntó

—¿Qué hay de comer? —preguntó Lucho, gesticulando penduleaba la mano para su boca—. Qué hay hermanito que traigo un filo de la puctesumadre.

—Tenemos cebiche, jugoso, jalea, sudado —enumeró el mozo.

—Un jugosito de pintadilla —sorprendió don Bernardo—, claro que un jugosito.

—Tráete una fuente, quieres —ordenó seguido Cutrero, todo mandón.

—Y aviéntale una cerveza negra encima —remató don Boris-Boris.

El local tenía un ambiente a mar, a océano, si le zampabas una ojeada de orilla a muelle: pintas de lanchas en plena faena, hermosas sirenas pintadas a pulso, cuadro a diversos ángulos de la caleta de pescadores, red extendida por todo el techo como telaraña, junto con sus corchos, y dos relojes grandes, uno en forma de timón, el otro en forma de ancla, daba, claro, la sensación de estar a flote.

'Me gusta'.

"Peor a mí, que soy hombre de pesca, me saca de madre".

'Carajo, yo también...'.

"Cómo que no, ya te me estás torciendo".

'Es que yo también soy de puerto'.

—Sí —aclaró seguro el Capitán—. Por eso, cada vez cuando cobramos, nos venimos a echar nuestras aguas por acá. Además es un lugar pasivo. Esta decoración no aleja a los hombres marinos de su mundo. Nos aferra más puctesumadre.

Al oír esto se dieron cuenta que el animal, así como era, de apariencia física intimidante, tenía un corazón enorme como una nave.

'La cosa que semejante robustez amedrenta a cualquiera que no lo conoce como es'.

"Te acobardas".

'¿Yo, Cutrero?'.

—Salud, jóvenes. –Brindó don Bernardo con el vaso al aire.

'Es buena persona. Pero no lo has gozado cuando tiene la pezuña encima, es un rinoceronte a tropel. Para alentador a la perdición, a la desventura, sí que nadie le gana'.

"Ahora te la quieres agarrar con el Capitán, que ha sido bacán con nosotros".

'Estoy dando a saber, nada más'.

Terminado el jugoso, burbujeante, el picante continuó ardiéndoles en las encías. Boca abierta, emanando bocanadas de aliento a pimiento, quejándose por el ardor, moqueaban. Juan Carlos arranchaba las servilletas como si se le viniera una hemorragia de baba. Cutrero se zampó dos vasos seguidos de cerveza. Miguel soplaba gustoso frunciendo los labios. ¡Qué vengan más cervezas! Bernardo se retiró los anteojos, le metió un aliento, y lo limpió con los bordes sucios de su camisa. El mesero dio vuelta a la cinta de boleros mexicanos. Boris-Boris golpeaba con los dedos, lerdamente, al sonido, y las letras se le salían por la boca áspera, se las sabía toditas las canciones. ¡Qué vengan más cervezas!

—Muchachos —dijo el Capitán—. Les voy a contar algo. Escúchenme.

—Antes de que comiences, zámpate uno bueno pues. —Aplaudió el tío.

—Cuando yo tenía la edad de ustedes, y recibí mi primer pago, no propina por si acaso. —El mozo trajo un par de cervezas más, con unos cigarros que Boris-

Boris repartió a todos; el palito de fósforos dio para los cinco, a las justas—. Me oyeron. Siempre la primera ganancia es para chupárselo. Claro que con lo que han sacado ustedes tienen para que se pudran más de un mes con sus respectivas amanecidas. En cambio cuando yo trabajé, y gané mi primer billete a los once años, no era como lo que ustedes tienen. Unos amigos, mayores que yo, me lo hicieron gastar todo, saben por qué, porque trae buena suerte. ¿Es así o no? A mí no me ha ido ni tan mal ni tan bien. Más o menos. Pescando sí que se gana, mientras hay, eso sí.

'Quiere seguro para gastar todo nuestro pago'.

"Este hueveras es una leyenda".

—Ahora se los cuento porque a mí eso se me ha quedado de cábala.

—Pero qué se lo van a gastar todito —intercedió el tío—. Con el dinero que han ganado los tres, tenemos para zamparnos una amanecida brava.

—Eso es poco. —Sonrió sorbiendo el Capitán; hilos de agua pasaban de frente dentro su boca—. Un mes y sin parar. Dale y dale.

—Con perras y todo —acotó Miguel—. Culeando putas en el Blue Star, en el Copacabana, donde cachan los vaporinos que vienen del extranjero. También con sus respectivas jaladas de coca, por supuesto.

'No ven. Esto está más cantado que un bolero. Les acababa de alertar que era un incitador de la vida delincuencial. Creo que quiere que le sigamos los pasos; sus equivocadas pisadas'.

"De nuevo este hueveras. ¿Comienzas ya? Dale con las mismas estupideces. Qué ni fueras gran santo, carajo".

'Es la verdad. Quiere llevarnos por un mal camino. Qué le vas a entender tú'.

"De borrachos nos desconocemos todos Juan, y ya se me está subiendo la mostaza a la cabeza. Sabes cómo soy yo cuando reviento".

'Por las huevas te pones saltón'.

"Ya he dicho, soy una mierda borracho y no respondo por nada".

'Silencio'. Le volteó la cabeza.

El mozo llegó con media caja de cervezas, la dejó en el piso lleno de viruta, y apuntó la cuenta en su libretilla. Sumaba mentalmente. Ni siquiera oscurecía, de cualquier forma, fueron encendidas las luces de adentro del local que acababa de llenarse. Quedó chica la picantería. Iba arrastrándose la claridad desde afuera, por las avenidas, entreveradas callejas, chillonas veredas, salitrosas paredes, embetunadas pistas. Sombras largas dejaban los postes de luz, quebrados por las viviendas, cuadriláteros a los cables, rotos por el sonido de los vehículos. Una tarde cualquiera.

—Aviéntate de una vez las seis restantes. Para completar el cajón de una misma —mandó Luis al mozo—. Vamos a experimentar qué tal resultan los consejos del Patrón. ¿Sí o no Capitán?

—Cómo tú digas, Cutrero —festejó Boris-Boris.

—Siempre es bueno confiar en algo. — Ademaneaba Lucho, gesticuloso, con el tic de siempre: como si se recitara alguna poesía, o lanzara un discurso—. Déjeme nomás que estoy averiguando quién nos choreó los cabos con el petróleo, lo estoy investigando. Cuando lo haga, regresaré por la puerta grande a la Sofía I.

'Recitar poesías. ¿Lucho? No jodan pues, que hacen reír a cualquiera. Investigador, sapo, eso puedes ser'.

—De una vez. Acabas de decirlo Cutrero —sonrió el Capitán —. Tú mismo eres.

—Este paripanpuctesumadre es igualito a su papá —asentía don Bernardo cada vez que podía.

—La caja va para el tío por si acaso —dijo Lucho, a todos—. Para usted don Bernardo.

—Gracias muchacho.

—No me agradezca. Esto va como trueque con su jubilación, ya que le voy a reemplazar en su puesto.

***

Entre los tragos, van y vienen, las cervezas daban más vueltas que un molino. Lucho corría con los gastos. Es que estaba con billete y abundante, era la alegría para él. El soliloquio de dos horas de Boris-Boris llegó, de sus correrías aventurescas de su juventud, mejor dicho, sus cincuenta años resumidos en un par de horas, tuvo final. Todas las mesas se ocuparon. Los sábados los porteños salen de vacilón, y a quién no le iba a gustar el chongo. Divertirse en chupar, bailar, fornicar, qué gloria. La cocina despedía un olor riquísimo, de todos, con sabor a algas marinas, se restregó en el ambiente. *'Me recuerda un paseo en lancha'*. Anunciaron por los parlantes que el *show* empezaría pronto. Que cantaría tal cantante criolla. Se confundieron los borrachos en una nueva palabra: lenguebriedez: estar zampados y hablarse en un entrevero, sin llegar a un diálogo concreto, nunca. Cutrero con el tío conversaban, movían las manos, ¿pero?, ni jota de entenderse. Siquiera JC plantó la mirada para una rica hembrita que cruzó las piernas en todo su frente, sin palta. *'No tenía facha de movida, y se parecía a Sofía'*.

Dos guitarras, un cajón, dieron inicio al espectáculo. Las parejas se echaron a la bailanda. Un grupo, al fondo, pegaron dos mesas. Celebraban algo, valseaban entre ellos. Miguel se levantó, retrocedió, bailaba solo, con una pareja invisible.

—Así se tonea en Piura, en Sechura, en Catacaos —decía en su movidero.

Se sentó nuevamente, turbado por el exceso de cerveza. Estaba borracho el cabeza de pollo ese.

—Hoy es mi cumpleaños —hizo saber empalagoso—. Y hay que darle de parejo, carajo.

—¿A lo serio? —preguntó Juan Carlos—. Nos estás engañando.

—Es cierto —afirmó el piurano.

—Salud por eso entonces. —Levantó un vaso lleno de cerveza don Bernardo.

Fue agasajado, obligado a zamparse tres vasos corridos, repletos, y sin espuma, brindando a cada rato, pidieron a los músicos que les canten el vals *Cumpleaños.*

***

Cinco horas duró la peña de la tarde, que lo dieron de corrido al compás y pedido de los concurrentes, que, a pesar que le habían dado parejo en el baile, no estaba satisfechos, y pedían la continuación; pero la agrupación pasó a retirarse.

—Entonces también nos largamos nosotros —dijo Boris-Boris.

—No, no Capitán, siéntese señor. —Se levantó Cutrero e hizo que vuelva a sentarse.

—Si se acabó el criollismo, qué más vale el resto —se quejó el Capitán.

—Vamos a seguir echándole —dijo Lucho—. ¿El mozo? Oye mozo. Puctetumadre.

—¡Mozo! —también gritó JC.

Miguel se confundió entre los bailarines, y otros que ya se iban, en busca del camarero que estaba muy ocupado. Lucho, impaciente, esperando cualquier momento verlo asomar, encendió un cigarro. El tío se soplaba el último vaso. Ni que lo acabe, porque es un pitón de mierda; si no estaban las cervezas en la mesa, sobre el pucho, se amarga y se larga. Así es de borracho. Bueno fuera que aguardara.

—Tráete más licor pues cholo —mandó Lucho al camarero con un aire colérico.

"Colérico no, hueveras. La atención está hasta el culo. Yo quiero seguir chupado. Quiero mamarme hoy sábado de perras".

—¿Quién va a cancelar? —preguntó el mozo, confundido en aquella borrachera.

—Quién más: yo —sentenció Lucho—. ¿Quién está pidiendo?

'Puctetumadre'.

"¿Qué pasa?".

'Estás borracho. Mierda'.

Esas cervezas que les trajeron sudaban de heladas, a los dos polos; la etiqueta se despegaba solo por su gelidez dura. Las pestañas se volvieron pesadas. Miguel chupaba el cigarro jalando el humo con demencia, lo almacenaba dentro sus pulmones, luego lo expulsaba pláceme. Lucho se peinaba para atrás, escondiendo los puntos de su cabeza que aún no cerraban del todo. Miró su vaso; cómo nacían desde el fondo los puntitos de espuma; metía un dedo, los globillos reventaban microscópicos. Rumorearon las aguas inquietas para afuera. Del pasado cómo fue, tal vez incipiente, la bravura oceánica, difícil es imaginarse que con demasiada grandeza, desde un satélite, no es el pueblo, ni un puntito sobre una i. Los yuyos se han pegado en todas las rocas y son peinadas por las olas tersas. Esa tarde han sacado canastones de pota, almejas, machas, y han hecho buen sencillo los cutreros. Ayer fueron jureles y bonitos, palmeros y pampanitos, vaya que había para forrarse de dinero. Quizá regalo del difunto cutrerito, dice. Por meterse dentro de una bodega de embarcación fue succionado por el absorbente que jala el pescado para las fábricas.

—¿Lo conocías Lucho? —preguntó JC.

—Claro —dijo Cutrero—. Ese chibolo.

—Lo licuó el absorbente —dijo Miguel—. Lo hubieran apagado.

—No. Qué van a pararlo, si demoran —afirmó don Boris-Boris—. La vida es así, hueveras.

Succionado cutrerito junto con las doscientas toneladas de sardinilla. Silvestre era su nombre. Aspirado de la punta del muelle, sancochado en las elefantinas calderas, machacado por los entreverados tubos intestinos, que se otean como inmensos ventanales, hangares de diez metros, evaporado por las fumarolas grises. Vale elevar una oración en su recuerdo. ¡Qué paren las labores dos días parinpanpuctesumadre...! Nada.

El mutismo rellenó de melancolía a los borrachos. Bajó la cabeza Luis, señal de hastío y hostiga.

—Patrón —dijo.

—Habla Cutrero —respondió Boris-Boris recogiendo el vaso que le pasó Juan—. Tú dirás.

—Mire. Quisiera, no, quisiéramos agradecerle por la molestia que ha tenido al habernos sacado a la pesca —agradeció.

'Qué comprensivo'.

"Ahora no jodas, pues".

'¿En serio, ya estás borracho? '.

"Si lo estoy, y qué pues so hueveras".

Bernardo meneó la cabeza de arriba para abajo, afirmando que estaba correcto con lo que decía y buscó la mirada de los otros cutreros.

—Así, sin saber ni mierda de pesca, nos ha sacado. Otros qué chucha iban a querer.

—De qué vas a agradecer Cutrero. Mira, toda chamba es así. A la primera vez no vas a poder hacerlo todo a la perfección. ¿Quién nace sabiendo? Con el tiempo y la experiencia se llega lejos, muchacho.

—Entonces trabajo duro y en unos años adelante seré patrón como usted —auguró Lucho.

—Exactamente. Todo está en ser concienzudo, se logra lo que te propones.

—Eso —asintió entre burbujas el tío.

—Trabajo y trabajo, cutreros —dijo el Capitán— ...caray, ya van a ser las diez. —Se levantó—. Bueno, ya es hora…

—Siéntese, tome asiento, una hora más. —Juan Carlos lo alentó.

—Por favor, trompa... no nos va a dejar así, picados. Qué es eso —le brotó un cantito a Miguel.

—Me quedaría, la cosa es que de aquí salgo para Santa —dijo ya para despedirse—. Voy a ver a mi mujer y mis hijos. Toda la semana que hemos estado afuera no los he visto.

—¿Tu mujer o a tus mujeres? —eructó don Bernardo soplándose el vaso.

—Usted lo ha dicho: mis. ¿No me diga señor que usted no está libre de eso?... —rió—. Hasta luego cutreros, y gracias por la borrachera. A la próxima me toca a mí

***

Noche total. El cielo desintoxicado de humo se encapota las estrellas. Don Bernardo ya no aguantaba más, estaba trapo, sopa, borracho, huasca, hasta su culo, Lucho lo llevaba abrazado, encima sacudidos por el viento, entre balanceos y eructos se aventaban para la pista atestada de carros.

—Carajo tío, ya está hasta su hueva. —Se juntó Miguel ayudando del otro brazo—. Pararemos un taxi para que se vaya.

—Qué ni taxi, ni nada huéveras —tartamudeó don Bernardo—. Es tarde. Llévenme para mi lancha, allí quiero dormirme tranquilo sin que nadie me joda.

—Poco ya y van a ser las diez. —Tenía el ojo en el reloj el piurano.

—Un taxi —dijo JC.

Terminaron de pasar la Plaza de Pescadores, de donde se nivelaba el malecón y a su orilla las nitrosas aceras, por la curva cuadrada, cerca al muelle, gigantescos cubos, la bulla de las maquinarias, paralizaban la audacia de la marejada.

—Mi lanchita. Allá al fondo está, carajo. —Reconoció a lo lejos el tío con los lentes que se le bajaron hasta las fosas de la nariz, bostezándole y mostrando signos de ascua—. Esa es. Allá.

La chica a la que yo amo, la que vive frente a mi casa, pensó Juan Carlos entre brumas, ojo de entuerto. Sofía.

—¿Saben por qué la reconozco? —dijo el motorista—. No tiene el tope azul encendido. Cuándo mandará a arreglarlo ese empresario del carajo.

—Mierda —dijo Lucho al sentir golpear las olas en las rocas—. El agua se ha puesto brava, tío, se anuncia un fuerte viento. No se vaya a caer, así como está, pasado de tragos.

—Cojudeces, hueveras. —No se alarmó don Bernardo—. No me vengas a hablar de marejadas y vientos a mí, hueveras de mierda. No te olvides los años que tengo mojándome los huevos.

Media cuadra al frente y cruzaron una casa virreynal —el Casino Español— en su alero gusarapiento se pendulaba un lámpara grasosa, que afiló la negrura. Silbaba el viento, más agresivo. Magros remolinos procuraban enrollarlos, aprovechando los samaqueos que se daban de bebidos, próximos a una atmósfera vaporosa meses adelante. Se permitieron acompañar a don Bernardo hasta el embarcadero, pero fueron desanimándose porque comenzó a ponerse espeso y sabrosón. Quiso que lo soltaran, mecido en sus mareos procuraba embocar la mano para su bolsillo trasero. Cuando por fin lo logró, sacó un quepis machucado, se lo colocó en la cabeza con la visera tirada para la oreja derecha. Buscó los brazos amigos para que lo lleven de nuevo.

—Déjenlo. Puede caminar solo —habló más atrás Juan—. Está cerca ya.

—Suéltenme puctesumadre —agudizó enojándose—. Suelten. Yo puedo ir solo.

—Le vamos a llevar don Bernardo —insistió Luis.

—No. Váyanse, váyanse. Puctesumadre, yo sé cómo llegar.

Por la acera del periférico le envolvió la acusada noche, encapotándolo en su guante púrpura y retinto. Sí que estaba sobregirado de alcohol. Desde el mediodía que se agarraron, no iban a estar más o menos, ni picarones. Chupó gratis, de camarón, eso sí, y le había salido buena tranca. Le pusieron trago los cutreros, eh, eso que faltaron las polillas, bueno, pero se lo quedaron debiendo. Los tumbados pasos de sus sombras quedaron todavía un rato con los amigos, pero prefirieron seguirlo de lejitos. Con el turrón que llevaban en la boca, quién caminaría junto a él. Hipeó, así, hip, hip, nada más.

**

Varados en la playa, la ciudad, y el muelle, lucecitas luciérnagas del Cerro San Pedro, desde ahí copaba la ciudad entera a través de sus faldas, los cutreros bajaron caminando, adormecidos por la emulsión toxica, no podían ponerse de acuerdo.

"¿Quién es ese imbécil que ha mandado a descansar a estas horas?".

'Yo pues, quién si no'.

"Cállate, quieres".

'Vámonos ya a dormir, hueveras'.

"Te olvidaste que hoy es el cumplete de nuestro amigo".

'Claro que sí, pero creo que ya le dimos hasta por las huevas'.

"No jodas hueveras, sabes tú que recién se viene lo mejor".

No encontraron motivos para desanimarse a seguir chupando. La razón principal estaba ahí, con ellos: el cumple de Miguel Ángel. JC se avergonzó, como tantas veces se amanecían en cervezas sin tener un motivo primordial, trató de reponer su insistencia proponiendo, no sabe qué, porque ya lo sabían de antemano dónde caen y cómo ponerse a punto, para seguirla echando.

—Vamos para la bocatoma, Lucho —dijo Juan, sacando la punta.

—¿Qué? ¿A dónde? —preguntó Luis.

No va a saber a dónde, solo que se hacía el estúpido. Le quedó horrible, si lo van a creer. Miguel encogió los hombros, él sigue, son sus patas, donde vayan.

Doblaron por las paredes largas de un astillero, se aguantaron en la bajada del mar, sí, porque esos guachimanes chasquean sus armas. JC sacó un sobrecito blanco de su billetera. Un papelito envuelto, Lucho le cubrió del viento. Miguel estiró el cuello para ver. Formaron en líneas delgadas, que fueron tres, a la coca blanca, con la tarjeta de banco de Juan, quien fue el primero en meterse la primera aspirada, ejercitando las fosas nasales con los dedos; seguido Luis para la segunda línea, y Miguel, que ni corto ni perezoso, a la

tercera. Una vez a los tiempos no hace daño. Es recomendable. Fue el regalo para Miguel, reventarle los
hoyuelos de la nariz.

—Al Rincón del Mar —amenizó la noche Juan
dándole lengüetazos el envoltorio—. Coca rica que
consumen los vaporinos.

—El Laura. —Se excitó Cutrero, acordándose
después de varias lunas—. Sabadito hoy. A levantarse
a las perrunas se ha dicho.

—Qué esperamos. —Estornudó piurano, hastiado
pero con ganas de seguirla.

Aparecieron por la avenida Bolognesi —la que es
en realidad la carretera Panamericana— caminando de
frente al sur, a su mano derecha la chillona playa crujía con apetencia. Mejor un taxi, aprobaron los tres.
Las luces amarillentas del puerto, alto y cementoso,
ofuscaba a un levantamiento de ojos. Quedaron a unos
espectros de tramoya, a una ya subida de telón, listo a
la actuación y desenvoltura de un espectáculo, podría
decirse, aterrador. ¿No actuarían tóxicos? Eran las
escenas perdidas de jóvenes desembocados. Un oropel
luminoso se formó adelante. Se encontraron con la
siderúrgica que funde acero vivo, de ella emanaban
temperaturas altas; ésta se dibujaba en forma de arco
celeste en el espacio occiso.

—¡Cholo Alejandro! —gritó Juan desde el asiento
trasero del taxi—. Para hombre, para.

—Sube Cholo —alentaba Cutrero—. Vamos a
embriagarnos, serrano hueveras.

Alejandro segundo se quedó observándolos. Era la primera vez que los veía huascas. Él nunca se había metido una borrachera, pero hoy no pasaría la ocasión. Hoy.

—Sube carajo —ordenó el piurano—. Te haces el hueveras o qué. Sube.

—Serrano de mierda —le insultó de adentro Luis—. Qué más quieres que vas a chupar de camarón. Dale fercho —le dijo al chofer—, de frente al Rincón...

La máquina crujió como una embarcación, abriéndose paso en el embotellamiento cruzado de la noche. Tenía puesto Radio Programas, y daban la noticia que en Ayacucho, en Huanta, los senderistas emboscaron a una patrulla del Ejército, donde murieron diez militares.

—Cómo muere la gente, puctesumadre. —Luis se hizo el macho—. Todos los días las mismas noticias. No hay ni un solo día que dejen hablar de muertos. El Perú está hecho una cagada.

'En efecto'.

"Ahora me escuchas de lo que quiero decir. Estés donde te encuentres mueres como perro".

'Ya me sales con tus huevadas. Seguro como queriendo justificar nuestras movidas'.

"Nada hueveras. Solo te digo que hoy estamos vociferando en este mundo; quizá mañana no".

¿Por qué tantas ganas de ir a tomar allí? ¿No tienen acaso todo el distrito a su disposición? Saben que en ese hueco caen los perdidos, y dale con el pescado a la carnada. Chupar escuchando el fragor de la yapla, de la rica playa, el feo aroma del ambiente, los humos blancos de las fumarolas, los ronquidos las naves, eso les gustaba. Emborracharse mirando la nada, a un paso a ser jalados por el rumoreo marino, eso es lindo. Sí.

"También porque las putas mamacitas se regalan aquí, imbécil".

'Puctesumadre. Hablador eres. A las finales no te levantas a ninguna'.

"¿Quieres verme en acción?".

'Puros mariscos es tu fuerte'.

Alta, frondosa, abierta, ahora era la noche: para donde ellos estaban con desmedidas estrellas juguetonas, rebotonas, comparseados por violines de ángeles. El Rincón del Mar aún estaba vacío y ellos eran los primeros en llegar. Al percatarse de ello, el Laura salió a darles el encuentro en la puerta y como una araña se les interpuso a los cuatro, erizada, con la blusa mal puesta.

—Ustedes… —Les aguantó ahí mismo.

—Nosotros pues Laurita —dijo Cutrero.

—¿Qué quieren? —Los miraba con mala cara.

—Déjanos entrar, amor —pidió Lucho.

—Vienen a causarme problemas nomás ustedes. Y por su culpa la tombería no ha dejado de joderme.

—Caray Laurita. —JC se interpuso—. Vamos a consumirte el trago. Chuparemos tranquilos. ¿De qué te preocupas? Déjanos pasar.

—Ven Laurita —le llamó Luis.

Lo tomó del brazo, lo sacó afuera, y ya conociendo cómo sería el arreglo, lo bajó un sencillo y se lo compró.

—¿Qué? —preguntó el marisco.

—Ves qué clara se ha puesto la noche, Laurita. El viento ha desparramado la bruma apestosa de las fábricas, y ya no huele tanto, ¿verdad? Suerte de Dios.

—No me jales… —contestó el gay.

—Quiero proponerte algo. —Cutrero estaba empalagoso.

—¿Qué será? —El Laura paró las orejas.

—Mejor dicho, quiero decirte algo que me tenía guardado... Tu marido nunca te ha regalado algo bueno, solo su verga color hollín... pues yo te regalo ese infinito coronado, ese batido azul eléctrico. Ves. Sabes que tengo unas ganas punzadas de reventarte el potito, si supieras. Mira que calzo cuarenta y dos, para mi tamaño que tengo. Te hago rodar los ojos como máquina tragamonedas, ya sabes. Pero no importa, así yo te lo zampo. Espérame arriba pasadas las doce, que subiré.

—Uy, sí que la tienes grandota. —Figuró el Laura, palpándole el cierre—. Gruesa, como las que me gustan.

—¿La sientes? —preguntó Lucho—. Aparte te voy a dar un sencillo. Pero déjanos chupar en tu local que hoy es el cumpleaños de mi amigo.

—Pero me prometen que no me harán cojudedes...

—Te lo prometo, Laurita...

—Bueno. —Se echó para atrás el maricueca—. Y a ti te estaré esperando entonces, cariño...

Las prostitutas, como los maricas, se paseaban aún de ropa entera; probándose diminutos calzones, pantis elásticos, frondosas bragas, merodeaban desaprensivas. *Recuerdos de una noche*, de los Pasteles Verdes, se tarareaba en los parlantes descascarados. El gozne chilla, termina abriéndose la puerta del local. Perspicaz se sintió el latir del fluorescente, ahora ya, desparramando su luz con firmeza. Las sillas se mecieron, las mesas temblaron, un susto, pánico, terror, algo se anunciaba.

"¿Por qué se asustan?".

'Puctesumadre, me siento raro, cojudo. Como si se me aflojara el esqueleto'.

"Todos los sábados se anuncia una matanza, pero es puro huevo. Nos peleamos y se acaba todo".

—Salud por el cumpleaños, salud por el norteño. —JC levantó el vaso rebalsante de licor.

—Salud. —Aplaudió Miguel.

Hasta las patas de beodos, abrumados al latir de la luz parpadeante de los focos grasientos, y la turba enraizada del aporreo de sus cuerpos al levante mismo majadero del mar, de borrachos como estaban ya, un poco faltaba y les orinan los perros o les lamen las babas lisurientas.

—Piurano marisco. —Terminó de abrazarlo Cutrero—. Marisco de mierda.

—No le digas marisco a mi cuñadito, si es bien hombrecito. —Festejó Juan y volvió a llenarle el vaso de licor.

—Cuidado —habló Miguel, riéndole de mala gana a JC—. Acepto todo, menos eso.

—Vas a ser mi cuñado pues —y lo decía en serio.

Procuró abrazarlo otra vez Juan, trayéndolo consigo, pero Miguel logró abrirse y lo hizo de lado.

—Hueveras, no jodas. —Miguel le dio un leve empujoncito.

La cerveza se le desparramó por entre los bigotes a Juan y le entró un tanto a la nariz, y poco se le salpica en una atragantadera de espuma le dejó bordes saturados en el labio superior y un poco ahogado. Cutrero y Alejo se vacilaron con ganas, señalando la espuma que se le esfumaba por los cachetes.

—Compórtate bien, cuñado —seguía jodiendo Juan, limpiándose con una servilleta.

—Se vaciaron en tu boca —jacarandeó Cutrero.

—Así me voy a vaciar en el potito de su hermana —dijo de reojo JC con dirección a Miguel.

—Habla bien hueveras —se encolerizó el festejado.

No le permitió la forma tan perniciosa de mandarse al Juan Carlos. Sabían que piurano era un celoso confeso, pero ahí le daba, jodiendo, como si no le importara ya y sepa de una vez que estaba enamorada de Sofía, su preciosa hermana

—Tan bonita, tan linda, chisguetearse en su espalda, uy, ya me lo imagino —clamó JC.

Se le desbordaron los estribos a Miguel, y Juan había llegado a un punto inconcebible. Piurano lo tomó de la camisa ancha a Juan, y lo manda de un empellón de espaldas al piso encerado, con todo y silla. Se alertan todos. Apagan la música. Alejandro se abrió y jaló de la cintura a Juan, que estaba endiablado y colérico. Lucho tomó por los hombros a Miguel y lo plantó contra la pared.

—Si quieren sacarse la mierda, a la calle —chilló el Laura.

—Ven, ven. —Abrió un ruedo Miguel, llamando a su compañero.

—Puctetumadre. —Juan Carlos le seguía a sus espaldas.

Desprevenido Miguel, JC le adelantó unos puntapiés, prendiéndose de su espalda resultaron tendidos en la avenida, golpeándose, rodando, insultándose, amortiguaban sus cuerpos resbalosos, calenturientos por el licor fluyente.

'Todo porque lo llamé cuñado'.

—No te metas serrano —gritó Lucho—. Que aprendan a ser machos.

'Si... Bien macho eres tú'.

—Déjalos Alejandro, he dicho —volvió a decir Luis—. Que se trenzen un rato.

"Sácale su caga, piurano".

El Laura resguardaba el establecimiento, con la puerta a medio cerrar; así, si se quieren sacar la mugre, mejor que lo hagan en la pampa y no le arruinen el negocio.

—Suéltense. —Alejandro recogió a JC que encimaba a Miguel que intentaba ahogarlo, aplastarlo del pescuezo—. Carajo, ya, déjense.

—Quítate —rabió Juan, usando también las piernas como hélice—. Deja serrano de mierda. Se la quiere medir conmigo el parinpanpuctesumadre.

No lo vieron, pero acabaron de pasar por arriba dos estrellas fugaces, dejando una estela de penuria. Creo que se iniciaba, o se daban las primeras pautas para un sainete estúpido. Unos ventrílocuos la masa de concentrados, de vacilón en la porosa pista, la gozaban. No se sabe de dónde salieron, pero allí estaban, y en manchones. Toreados, las olas son necesarias. Juan le ganó en el ataque, y con una larga tijera de piernas pudo levantar a Miguel, que se descuidó cuando retrocedía. Se balanceó de espaldas en el suelo y se levantó torcido. Fueron midiéndose, probando sus golpes sin destino, pugilistas los muchachos, llenos de bravatas a las miradas de los demás. Eran los malos de la película. Oh, el que infunde miedo y temor, ¿o admiración? ¿Ellos? ¿Pensaban eso? Por favor. Estaban borrachosos, pasados, hasta coqueados. Fuera de aquí, quizás en Ganimedes, en Marte, echados por los anillos de Saturno. Esos ojos de Juan, que más que evidentes, a punto de reventarse en sangre, salir disparadas esas canicas marrones. Trenzados otra vez por las baldosas de las piedras, el mar les aplaudía a su reventazón incólume.

—Se acabó, hueveras del carajo —gritó Cutrero, retirándole de las espaldas a JC—. Sepárense mierdas, se dieron, se dieron…

Así, hasta separados, no dejaban de insultarse. Sacudiéndose la ropa, la fatiga terminaba en entrecortadas pausas llenándose de aliento. Cerraron el local, Laura pendeja aseguró a sus consumidores echando llave por dentro, y, junto a un par de perras, sapeaban desde el segundo piso.

—Todo porque te llame cuñado, hueveras —dijo Juan, más sereno.

—Ya les he dicho que no me gusta que me jodan con mi hermana. No quiero que se metan con ella —contestó Miguel metiéndose la camisa para adentro.

¿Ya sabía algo de él? ¿Se imaginaba acaso que estaba templado rondándola a su hermana?

"Por las puras se pone saltón, solo porque la joden a su hermana".

'Es tan hueveras este piurano, si a las finales a quien se la van a tirar es a Sofía, no a ese imbécil'.

"Claro, además qué celos puede tener, y peor contigo".

'También tú qué hablas hueveras. ¿Acaso no me la puedo levantar? '.

"Sueñas nomás hueveras".

'Hueveras de mierda'.

"Para eso sirves...".

'Comienzas hueveras'.

"La verdad es la verdad. Todo este tiempo solo te has pasado de templado y ni has hecho nada. Ni sacarla, ni invitarla, o siquiera para conocerla... Eres un quedado de mierda".

'Es que este hueveras del piurano es un celoso puctetumadre'.

"El puctetumadre eres tú que no has hecho nada, marisco".

¿Volverían adentro?... A dónde más hueveras... ¿Continuaba la chupadera?... No huevón, nos vamos a dormir... Bebidos, qué gusto de seguirla. Están con billete, y uno no está tranquilo hasta no tener ningún centavo en la cartera. ¿Qué dices?

'Así, así somos de mal juntados, hueveras de mierda'.

"Ja, ja, puctesumadre, éstos sí que son bravos. Buena sacada de madre que te dieron".

'Puctetumadre no comiences, que yo también estoy asado'.

"Te dejaron un hematoma, qué buena, para que nunca en tu vida seas maletero hueveras del diablo".

'Calla ansilanparinanpuctetumadre'.

"Te sacaron la puctetumadre".

'Burro de mierda'.

Lucho no necesitó correr mucho, apareció por la espalda de Juan, le alcanzó un puñete lleno en el rostro. Comenzó a bailarle dándole círculos, moviendo el torso con las manos sueltas. Puso una cara de maldito, la misma que dibuja cada vez que le entra a la bronca. Eso es poco, eso que no coge piedras.

"¿Piedras?".

'Así eres'.

"Ni que fuera marisco, puctetumadre".

'Hueveras de mierda'.

—¿Quieres pelear conmigo? —chilló molesto Cutrero en sus vueltas circulares—. ¡Ahora te la quieres pasar de pendejo conmigo!

—No ves que te voy a tener miedo —contestó Juan afirmativo.

Se quedó tieso, mirándolo como bailaba en su ruedo. Aguarda la sorpresa, ya que esa era la manera de pelear de Cutrero. Saltó Luis; le rozó un puntapié a Juan. Se aventó Lucho; pudo esquivar una lluvia de golpes JC. Él no le entraba.

—Así como hablas, agárratela conmigo boqueriento —midió Lucho, azaroso y más de arranque que Miguel.

Continuó rodeándolo, le salió con potencia la pierna derecha, y, por lo resbaladizo de la zona, Lucho quedó abierto de piernas, con la testera a dirección a la cintura de Juan, quien pudo saltar, y su rodilla le llenó la cara de completo. Sonaron a Cutrero. Un hilo de sangre; no, dos, comenzaron a regarse por su nariz, se achicó un rato, grabado en su mente serpientes y basura. Desesperado, ido, mismo tigre, Lucho se le fue encima a Juan. Ya, al vuelo, le dio, le regaló de golpes. Era más vivo. No sé si a eso se puede llamar viveza. No. Más pendejo, puede ser. Descendiente de una familia de choros, cómo no podría ser un mechador pues. Sacaban su mierda a JC; claro, que era abollado, aun peleando a los tres juntos.

'Burro de mierda'.

"Puctetumadre".

'La tuya será'.

Sobre el pasto de todas las viviendas, sobresalían las mangas de las fumarolas de las conserveras que emanaban gases, sí, apenísimas, se hilachaba en la atmósfera enervada y fétida, y se extinguía en el cielo con sabor a cal y yuyos flotantes.

—Párenle carajo —ahora el que se desesperaba era Miguel—. Puctesumadre.

Alejandro sostenía de la cintura a Lucho, que se reía cachaciento, burlesco y bufonesco. Sabía que había ganado, y a cualquiera él le desahuevaba al toque. Como para que Juan aprenda, y que nunca se vuelva a meter con él...

"Síguela nomás y vas a ver cómo te vuelvo partir la cara".

'Sí hueveras, sí, ya me intimidaste'.

Ni haga el intento de volverlo a joder...

"Vuelve a hacerlo, te saco la puctetumadre otra vez".

'O el que te madrugo soy yo, la parinpan'.

Él era lo máximo en la intimidación.

"Ya sabes cómo soy de arrebatado, tengo agallas y no me chupo ante cualquier hueveras".

'Ven, sígueme pegando, parinpanpuctetumadre', se deschavó Juan, que era otro espeso.

—Deja serrano —dijo Lucho queriendo volver a trompearse.

—Cutrero de mierda —contestó JC—. Tú, estás recontra hueveras.

—Carajo, y sigues prendiéndote. —Luis con la sangre a punto—. Te voy a volver a pegar hueveras —sonrió en son de burla.

—Vamos Cutrero. —Lo llevó jalado de la cintura el Alejandro—. ¿Con tus propios patas te comportas así de agresivo?

—Tú no sabes ni mierda, cholo —gritó durante el forcejeo.

—Carajo, todos somos iguales Cutrero —aclaró Alejandro.

—Es un maletero de mierda, encima prendido —quiso zafarse Cutrero—. No ves cómo es de espeso.

—Están borrachos los tres. —Lo jaló el cholo.

—No. Yo todavía —reclamó Lucho—. Cualquier cosa es mala para él, y a mí eso me llega al pincho.

—No jodas tampoco tú —interpuso el piurano—. Además todos estamos borrachos, y de borrachos decimos huevadas.

—Es que no saben —continuó Cutrero—. A ustedes este hueveras no les jode como me jode a mí.

—¿Qué no son amigos de infancia acaso? —dijo el cholo.

—Deben ser como hermanos, carajo —se amargó el piurano.

—Por eso pues Miguel, cholo, a este hueveras lo conozco bien y con solo mirarlo con sus expresiones y muecas sé lo que me va decir, me va joder o me va maletear… —se hostigó Cutrero, confundido.

—Ya hueveras, tú también no me salgas con huevadas, y de una vez dense la mano —arbitró Alejandro.

***

Aguardaron varados en la puerta del Rincón del Mar. Miguel se dio el dichoso gusto de admirar las estrellas, a ver si con esa somnolencia podía contar siquiera algunas; pero se mareó peor. Se empañaron los ojos sosegados de los tres. Juan Carlos vio en la luna reflejarse el rostro de Sofía, con todo y corona, tipo reyna, y eso le bastó para alegrarse. Su hermano seguía siendo un huevón a la vela. Engañaron que se fueron. Una prostituta bajó de un taxi, y estos hueveras se metieron detrás de ella, cargándosele con todo al Laura. Además no lo tendría cerrado la noche entera. *'No, ¿no es así?',* le significaría pérdida en el negocio. Y siendo sábado, peor. Como si no hubiese pasado nada, éstos, chupando de nuevo en la misma mesa. JC, aunque escondido, se lo tragaba el rencor. Si se lo llevaron de encuentro, tuvo dos broncas seguidas esa misma noche. Si son dos, pueden ser más, ¿cierto? Alejandro hablaba por todos, ya, queriendo matar los enconos resentidos. Entró al amiguismo. Comenzaba por primera vez, parece, a subírsele la mostaza a la cabeza.

Cada momento, Jairo, el cafiche, el marido del dueño, se les acercaba y perdía la compostura: «Compórtense tranquilos cutreros, caray, que nada les cuesta». Pero en el fondo sabía que con Lucho presente era imposible.

—No pasa nadita hueveras. Entre patas es así, siempre nos sacamos la puctesumadre —se pavoneó Luis—. A las finales seguimos siendo galladas.

Un comprimido hedor de pescado borbotó desde el piso, de las paredes de las casas, de la misma gente; es que todo el mundo estaba infestado de olores a salmuera.

—Chupemos, carajo —ordenó Alejo.

Qué diablos se aguantaba el Laura ahora. Arrechona el marisco ese, implorando con su culo mascacalzón, parece que aguantaba el viento en la puerta. ¿Así comenzaría su *striptease*? Algo como no pasen, ademaneaba. Creo. Movía las manos, aleteando, mismo pescado fuera de agua.

—Ese marisco es más espeso que la mierda —alcanzó a decir Miguel.

Se cansó. No pudo para una mancha de ocho, de fumones, hirsutos todos, con aspectos de cutreros conocidos. Se sentaron en la entrada, en la única mesa vacía, justo donde muere la noche y se abre paso la fosforescencia. Fueron reconocidos los más altos, los dos zambos, por Lucho. Si todavía sentía ese hilo de electricidad rasparle la cabeza. Era el menor, claro, el que se levantaron los equipos de trabajo de la lancha. Por su culpa de esos hueveras hasta les botaron de la chamba, donde el dueño les bajó, engañándoles hasta nuevo aviso de reincorporación. Mejor echarle agüita salada, porque ya no les volverían a llamar. Los tenían marcados, además. Su rabieta era cólera, furor, rabia de perro, era y la parinpanpuctesumadre. Esperaba. Aguardó. Tomaba. No dijo nada. Pensaba en allá arriba, en esa orla azulada, en ese queso lunar, en ese lumbre chispitoso, en el levantamiento marino, en el parido de los chanchos marinos, el reviente de las olas, en el olor del ano de una perra cuando el perro se la quiere montar, tropezó con el pensamiento de Juan, pero ya bastaba pararse la joda que había llegado a su cauce máximo. Pensaron en la jalada de boliche, en el maullido de los gatos, en la planeación de las aves guaneras, el reviente de las olas, se sintieron ambos sanguazas donde no existía nada agradable. Parece que se enoja el océano, trompetearon las draconianas empresas, caray es como si corriera un viento fúnebre. Noche de puerto, entre muelles yuyientos, señalizaciones de luz, bulla en la bahía, hangares de astilleros, culebrientos tubos, gangosas sanguazas, repletas embarcaciones, presumía temores.

Armando, el menor de los negros, levantándose, trastabilla hacia una hembra, por el mostrador. Le hizo la conversación. Acertaron ambos en su protocolo sexual y salieron, sacudiéndose en el revoltijo de gente. Cutrero ya no tenía ganas de nada, ni de seguir huasqueándose, ni de vaciarse por la espalda de cualquiera de esas perras. Vista imprevista, por si acaso.

—Chupa hueveras —dijo Miguel—. Sécate la botella que viene el doble.

—Yo soy capaz de meterle la lengua a esa perra —ululó Juan—. Mejor a Sofía, sí, pensó.

—¿A una puta? —se asqueó Alejo. Estaba ya embotado el serrano.

Uno de los morenos se paró de frente a Lucho, su aspecto se interpuso al parlante, y su larga señal se la dirigieron para el callejón del retrete. Chilló el Laura que se había ganado del roche. Jairo saltó por encima del mostrador. Cutrero reventó una botella en la pinacoteca horrenda de la pared. Miguel y Juan se armaron con las otras botellas de la mesa. Buscó pretexto Juan. El resto les abrió cancha. Si quieren agarrarse, que lo hagan afuera, no hay porqué joder el local. Dieron vueltas las sillas, las mesas, los uruguayos, que procuraban quitarle las patas y usarlos como armas. Brilla la punta de una chaveta. Sonaron hebillas de correa, qué pánico. Que se maten. Son cutreros, renegados de la vida, que a las finales no les cuesta nada. Les gusta ese ambiente, les vacila la pendejada. Si una borrachera no acaba en bronca, entonces no era una verdadera borrachera. La misma mierda.

—Tú, que me cagaste la cabeza y robaste a la Sofía I, puctetumadre. —Señaló Cutrero para el moreno, confundiéndolo.

—Cutrero, panpuctetumadre —gritó Flavio, arrebatado.

El deshonesto, el inmoral, con facha de gárgola, cafiche de Laura empezó a amedrentarlos. Se interpuso con un fierro entre los dos bandos.

—No me hagan destrozos, hijos de puta, que ya saben —se enfureció—. Les sacó su mierda uno por uno.

—No te metas Jairo —saltó el negro—. Tengo un encarguito con este parinpanpuctesumadre.

—Silanparinpanpuctetumadre, agarrémonos a mano limpia —insultó Juan.

—Hacen cualquier daño, no quiero volver a verlos por aquí jamás. —Les separó el cafiche—. Córranse para allá ustedes.

—Me cagaste la cabeza ansilanparinpanpuctetumadre —se quejó Cutrero, enardecido.

—La tuya madrinansilanparinpanpuctetumadre. — El moreno soltó la rabia, y su mano le ganó a su fuerza moral. Salió disparada una botella con dirección al cuerpo de Lucho, pero pudo esquivarla, felizmente. Era otra reventada de cráneo, más que fijo.

—Perro de mierda —reaccionó Luis, devolviéndole el botellazo.

—Paren carajo —bufó el Jairo—. Se cagaron conmigo, mierdas.

—Qué más quieres que te venimos a consumir trago y sacas cara por ésos —gruñó el negro.

El clima de las vociferaciones llegaba a su punto máximo. Los demás bebedores empezaron a retirarse porque no querían llevarse un mal recuerdo. Unas palabrotas injurientas entorpecían el ambiente. Fijo que de la mancha de Lucho saldrían perdiendo porque los uruguayos eran muchos más. Ellos, bien sabiendo que les sacarían la puctesumadre, devolvían los insultos a la misma orden. Como nunca visto la reacción de Alejandro, qué se iba a aguantar; con la vista roja, volvía el cuerpo con tropiezos al enfrentamiento.

'Larguémonos hueveras, son muchos, nos van a joder a los cuatro'.

"No te asustes. Solo muévete, no saques la mirada porque te madrugan de un chavetazo".

Confundido el cafiche, perdido en la guerra, no sabía qué hacer en ese intercambio de objetos contundentes. Eso sí, procuraba salvaguardarse. Le sonaron un tablazo, le volaron a un uruguayo. Fue alcanzado uno más bajito, por la puntería del Cutrero, que le hizo rodar con la madera astillada. Felizmente que Jairo y su mancha pudieron cortar la bronca a tiempo, antes que se vuelva una matanza. Hizo que los amigos se resbalaran de espalda por la pared. Tropezando con los envases rotos, cigarros mal pisados, Juan estuvo a punto de caerse; sintió, clarito, su pierna volverse una marioneta. Un portazo les siguió de lleno, cuando les expulsaron, y echados como perros. Qué iban a volver, ya no. Con una roca, Lucho reventó la ventana de la segunda planta, el cual sonó agudo su estropicio, mentaba la madre por las puras, y un larguísimo llanto se escuchó en el local, Cutrero acertó con uno dentro.

—Vámonos carajo —vociferó Alejandro yendo en retroceso

—Tu pierna, mierda —Lucho alertó a JC—. Está sangrando. Tu pierna está sangrando.

—Puctesumadre, te jodieron —dijo desesperado Miguel—. Te jodieron.

—¿No te duele? —preguntó Alejandro anonadado.

—A la hora que te resbalaste te alcanzaron —enojado Cutrero, como si le hubiesen herido a él, le abrochó la rabia.

'Sé que te duele a ti también hueveras'.

"Cómo no me va doler... imagínate".

—Tienes que curártelo —orientó Miguel—. Vamos para un hospital—. Para donde le llevamos a Lucho la vez pasada.

Juan iba a dejarse caer el pantalón para que vean qué tamaño tenía el tajo; era largo, por donde la sangre salía a borbotones.

—Échale aceite quemado —gritó Lucho, corriendo para uno de los baldíos, trajo en sus manos, lo frotó por toda la herida.

—¿No te duele? —preguntó Alejandro.

—Nada —contestó Juan Carlos.

—Mañana te va a hacer trizas —dijo Miguel—. Con la borrachera que tienes encima no lo sientes. El corte parece una boca.

Lucho centelló dinamita de sus ojos, era capaz de todo. Juan se volvió a poner el pantalón, que la mitad para abajo lo tenía manchado de sangre. Lucho tiró a dispararse para el Rincón del Mar. Procuraron en vano aguardarlo, pero se fue. No creía en nada ese hueveras, sí que era de arranque. Porque detenerlo, nadie lo iba a lograr. Allí, en la boca del lobo, de fijo que se lo cargarían. Reventará la puerta, pero no, se pasó de largo para el malecón. Por allí husmeaba en la porquería. Aguas no mansas producían electricidad en sus repulsivos golpes.

—Lucho puctetumadre —llamaba Juan, herido.

Bajó para las olas; su cabecita indicaba el rumbo a seguirlo. Se esfumó, saltó hacia la playa. ¡Cutrero! Súbitamente apareció la silueta de una mujer, casi desnuda, procurando vestirse velozmente. Su tez blanca, llena de finas pequitas, labios púrpuras, ojos grandes, todo el encanto de su piel viva se centró en ella, su piel cremosa alocó de placer el panorama oscuro. Era una linda perra.

—¡Lo mata!, ¡lo mata! —alcanzó a decirles corriendo desesperada.

—¿Por dónde? —se asustó Miguel.

—¡Allá! —Señalaba desorbitada—. Cerca al muelle. ¡Corran, sálvenlo! ¡Lo va a matar!

Cuando se acercaron, Luis y el negro Armando se ahorcaban tendidos en la roca lisa, mientras la resaca les empapaba queriéndoles jalar para adentro. Juan se acercó a ayudarlo, pero su venganza tampoco le hizo reaccionar y serenarse. Pensó, en su corte, y era gravísimo, si se vengaba, mañana no se arrepentiría. Estarían iguales, uno con otro.

"Así quería gozarte".

Abusivos del carajo, cuatro contra uno. Cobardía pura. El chillido del zambo se combinó con los vagos ladridos de la perrada, maullidos gatunos, qué sé yo. Parece que Cutrero le zampó un pico de botella, parece. En efecto, se lo clavó por un lado del estómago. Sí, sí, le reventó la panza.

—¡Qué haces, puctetumadre!

—¡Vienen! —gritó Alejandro.

Se venían con todo y todos. Un tropel de animales salvajes los maleantes. Un loquerío de personas azorosas, anacrónicas, emulantes de reyertas de cárcel, parecían una peste que se explaya por todo el puerto, enardecidos, mordidos la lengua por la corajina. Vagos de la parinpanpuctesumadre, machos son, bravos, mecidos en su estúpida demencia, ignorancia, no sabiendo en la mierda que estaban cometiendo.

—Corre Juan —ordenó Lucho.

El Laura fue el primero en abrazar al herido. Palpó el boquerón de su abdomen con el pico de la botella que incrustado lo tenía adentro.

—¡Lo mataron! ¡Cobardes! —Se desquiciaba el marisco al ver al moreno Armando desorbitado, con esas bolitas negras apagadas, a punto de salírsele la sangre por la boca.

—Hermano. —Le tomó de la cabeza el negro Flavio, descesperado y alocado.

—¡Por la puctesumadre! —se rasgaba el Laura.

Tanta era la corajina, de no aguantarse, inconmensurable, lanzados al grito del negro, su hermano era el que estaba tendido ahí, agonizante, sin alma, sin cuerpo, invertebrado, acéfalo, próximo a la tumba, a pedirles favores a San Pedro celestial, salieron a la búsqueda de los asesinos. Buscaron por todo el malecón, por el centro, las discotecas, las peñas, pero no los encontraron.

'Parinpanpuctetumadre, lo has cagado'.

Lucho corría sin fin y sin hacer caso a nadie.

'Lo cagaste, puctetumadre'.

Se metían en medio de la pista sin respetar los semáforos ni nada, y solo corrían.

'¡Para qué carajo lo hincas con la botella!'.

—Miguel —lo llamó Sofía, su hermanita, desde una camioneta *pick up*. Su padre Renato era el que manejaba. Había maletas encima, varias, y el piurano se acordó del viaje; se apresuró a subir, sacándose el polo, se regaba de aire.

A Juan Carlos lo envolvió el dulce vértigo del amor, sintió pena, tuvo ganas de llorar. Quería hacerle una seña, hacerle presente a Sofía que él estaba ahí, vivo, ensangrentado, atrofiado por la bulla del tráfico, mandarle un beso encargado con el aire, más no podía, ni debía, porque ella ya había finiquitado su buena amistad. La tenía en su mente, su linda figurita, imponiéndosela en su sueño. Su nombre aparecía en los muelles, al movido del oleaje, desde el mirador encima del puerto, ay Sofía, Sofía I... Desaparecido Miguel, no se despidió. Qué se acordaría de ese sano gusto, con toda y la confusión, no. Por mirarla Juan y apreciarla, quedó retrasado de los otros dos amigos. La gente lo miraba de compasión, o de confusión, como venía, lleno de sangre ese Cutrero. No pudo más y en el hotel San Felipe tomó un taxi.

Los uruguayos se cobrarían ese mismo día, rondarían por su casa, esperarían que salga. Si no, al día siguiente, al mes, al año, no estarían tranquilos hasta dañar a cualquiera de ellos. Mejor desaparecerse, largarse, no sé, hasta que pase el roche. Juan, oliéndolo, se fue hasta afuera de la ciudad, para la casa de su tía. Ahí aguardaría hasta la mañana y se largaría para la capital.

Cutrero, para su casa, con toda la señal de la culpa en la frente, resultó en su sala, resbalándose por los muebles de mimbre, y se pasó nomás, de frente al segundo piso sin saludar a su madre y hermano que se despertaron ofuscados. En su cuarto rellenó sus andrajos en una mochila y salió.

—¿Qué pasa hijo? —le preguntó doña Matilde.

—Nada mamá, nada —dijo Lucho bajando las escaleras—. Lo que pasa es que nos vamos a pescar a Paita.

—¿Al norte? —preguntó Pedro.

—Nos deja la lancha —dijo inquietó, borracho.

La señora Matilde notó algo raro en su hijo. Apostaba a que mentía. Mañana mismo iría a preguntar a la empresa, y lo desenmascaría a su regreso. Rezaba para que sea cierto. Imploraba en su corazón, elevando oraciones mentalmente, porque sabía que de cada diez palabras que su hijo decía, cinco eran falsas, y el resto sandeces.

—Me voy —dijo a la prepo.

Corrió para el repostero, no encontró ni una galleta, al retroceder por poco bota el velador sin vela. Sacó su dinero, que le sobraba harto, dejando la mitad para su mamá y el resto se lo guardó en la billetera. Llevó a su hermano para el callejón, al baño, se echó agua para refrescarse y se secó.

—¿Pasa algo? —preguntó Pedro, confundido—. Cálmate, quieres.

—Estoy bien, hueveras —contestó su hermano.

—No parece —lo atrasó Pepín, todo legañoso.

—Nos lo cargamos, lo cagamos al cafiche, al negro que me cortó la cabeza.

—Puctesumadre. —Se asustó su hermano—. ¿A quién de ellos?

—No sé, pero me cagué a uno de ellos. No vayas a salir, hueveras, guárdate, me van a estar buscando. Anda con tu mancha pero no camines solo, te pueden agarrar y vengarse. Me largo entonces, y no le digas a mi vieja.

—Estás temblando —le jodió Pepe.

—Puctesumadre —dijo Cutrero—. Ahora sí que tuve buena venganza.

—¿Lo habrán cagado bien, para que estés así todo cojudo? —preguntó el hermano.

—No sé, no sé. —Tosió Lucho—. Ojalá que no haya sido tan fuerte, pero de cagarlo, sí lo he cagado.

—¿Ahora? —preguntó el hermano.

—Me voy pues, hueveras, que me pueden joder.

—Sí, mejor, vete —dijo Pepín—. Fijo que van a estar buscándote con su primo Triquino que ha salido de la cana.

—¿Qué, ya salió ese choro de mierda? —preguntó Luis.

—Hoy en la mañana lo han soltado —dijo su hermano.

—También es otro uruguayo que me llega al pincho —se asó Cutrero.

—Cuídate hijo —llegó doña Matilde, le dio un beso en la frente de despedida y un rosario.

Terminaba la amanecida prolongada y nacía un alba débil. Sitio lúgubre, nadie rumoreaba la zona, ni un solo gato, ni siquiera al pordiosero de siempre se le ve pasar la cuadra, gritando en busca de trastes viejos. El pedazo de luna se escondía por los filos de las nubes expectoradas por el mar que guiñaba a veces. Tampoco las empresas dejarían de joder, de encrispar los ánimos, nunca. Qué se iba a acabar siquiera una noche blanda, abierta, propicia para la imaginación, impensable. Justo al doblar la esquina, Alejandro, preparado, lo esperaba escondido en un jardín, con una bolsa negra donde portaba su ropa. Tiritaban de cobardes, aunque digan que no, eso sí se les notaba. Cutreros. Caray. ¿Si lo mataron? Panpuctesumadre.

Dios no quiera, por lo que habían hecho, clavado botella al rival.

—Salgamos por la cuadra de atrás —ordenó Cutrero, siempre líder.

Se desvanecían en la hendidura del paisaje cementoso, por la estepa de humo que raspaba el suelo, tapándole como una alfombra plástica. Un levantamiento de cuerpo es como sintieron, flotar junto a las nubes posesas, un fuerte viento mañanero adelantó sus pasos. Es porque daba la impresión que cambiaba el clima, por el ambiente, por la cargada bruma, pero no, solo que ya era un domingo como cualquier otro, pobre, trágico, gris, que comenzaba a acusarlos.

7. Jaque Pastor

Hay una hermosa fotografía, un contraste lleno de colores, en un *Atlas del Perú y el Mundo*. Es un valle frondoso por donde se desparrama la vertiente cortando la cordillera. Su azul es intenso. El sol se acaba de esconder, quedan marcas rojizas por sus abras montañosas. Hacia abajo, a las desoladas covachas, que están pintadas de vivos claros, hierven de amarillos sus intensos maderos. Con su larga carretera, de extensas y cortadas costas, un diminuto puentecito junta dos comarcas. Las personas del frío siembran con amor el fruto que en algún momento cosecharán, saboreando, siempre, con su olor a cabras. Como toda naturalidad de la vida puede pintarse en un pedazo de tela, ésta, al apreciarse con sutileza, reverdece el alma a cualquiera. Los dos lagos azules, azulinos, en ellos se retratan las nubes blancas que pasan encapotando el pueblecito. Varían sus montañas despicadas, se salpican de culebrinos sus montecitos con hilitos de hielo, y la temperatura nocturna se estampan venosos, pero, con las primeras crestas solariegas de la mañana se sueltan en goteras, hasta formarse riachuelos, ríos grandes...

Primer plano: se abren sus ojos desde el nivel del pasto y siente el borbotar de ese río bravo que baja por la cañada y desemboca en la segunda laguna. Tropieza en la ribera, chillan labrando las piedras, aguantan la fuerza de la corriente. La S, en forma de costa se mantiene allí, firme, febrilmente reajustada a la raíz de los pinos, donde atracados reposan sus botes, que se mecen con el vaivén del viento. Apenas corta allí un muellecito de juguete. La carretera se abre más, subiendo en la geografía, para la naturaleza que diseñó el paisaje.

Segundo plano: un montecito separa el mar formando dos lagunas que aguarda al segundo pueblecito, domina el panorama de toda la fotografía. Las casuchas unas a otras se suceden, parecidas a un expreso. Para esa costa, por ejemplo, la carretera continúa hilándose. No hay árboles, aunque parecen mecerse con ímpetu. Sí, es un valle verdiamarillento, lleno de casas con tejas rojas, que, fijo, dan calor a los hombrecitos del friolento paisaje nórdico. Las lanchitas son más numerosas. Las riberas montañosas se van a un cuarto arriba y se detienen a las microscópicas algas que alimentan la reserva de bacalaos.

Tercer plano: todas las miradas quedan cortas, diminutas a la hondura del valle. Queda desierto este plano. La figura se siente más romántica, apenada, triste, con un sabor amargo en el gusto. Como una ensombrecida noche que se antepone al día, se achina la vista. Es que zumba el frío, flanqueando señales raras. Se deja llevar uno por la pena, la melancolía, la tristeza... ¿Pena de amor quizás? *Mouvement, pénalité, soupir.*

Suena el teléfono en un retintín parpadeante que Juan se acerca atender de mala gana.

—¿Aló? —Atendió Juan a la defenestración del sonido.

—¿Juan? —Sonó una voz, remota y muy lejana.

—¿Si? —Se intrigó JC, en una duda parpadeable.

—Soy yo —dijo la voz al otro lado del auricular.

—¿Eres tú, Sofía? —recrudeció Juan, aguzando su voz y su anacrónica respiración.

—Sí Juan, soy yo —tembló aquella voz, afirmándose.

—¿Cómo estás?, ¿qué pasa...? —Juan convulsionó internamente.

—Una desgracia, Juan. Mi papá está grave. Tuvo un accidente con mi hermano, pero él no sale del coma. Quieres venir, por favor. Te necesito. —Se iba a partir en sollozos esa dulcificada voz.

—Claro, Sofía. En este momento no puedo dejarte sola. Mañana en la mañana estoy en Piura. ¿Tu hermano, Miguel?

—Él salió ileso. Solo guarda reposo. Mi papá está grave. Ven por favor. —Lloraba.

—Salgo ahorita mismo mi amor, no te desesperes, no llores...

—Juan... —susurró Sofía.

—Dime... —lapidó Juan.

—Te amo de verdad... te amo —dijo la chica—. Te llamé a tu casa, pero tu mamá me dio este número, de tu tía.

—Sí, estoy viviendo con ella un tiempo —contestó JC—. Y quiero decirte que sé que me quieres Sofía, lo sé. Igual yo, lo mismo siento por ti.

Nervioso Juan Carlos, sintió en el alma la tristeza de Sofía, de la linda, de su amada. Compartía su aflicción, su pesar. Veinte para las ocho, chapó su maletín y salió, directo a la agencia. Él por ella, donde sea. Decidido siempre en amarla, sacarla de su pesadumbre, consolarla, siempre dispuesto y cuando ella ordene, parece que le atinó a su templadera.

Carta para Juan Carlos

"Qué tal Juan Carlos. ¿Recuerdas el tibio ambiente de la mañana chimbotana, la temperatura asfixiante de la tarde, el ocaso rojizo de sus tardes, las avenidas salitrosas, el mar ácido, esas ínsulas enroscadas, el lanchaje, las conserveras y todo lo pestilente? Sí que lo recuerdas. Ahora amigo, lejos de ti, siento que mis pulmones respiran mejor, mi caja torácica guarda más aire que de costumbre.

Recibí tu carta. Siempre me siento y cierro los ojos cuando quiero acordarme de los amigos nuevamente, eso es suficiente para sentirme junto a Miguel y tú. Me siento navegar, abordar la Sofía I, chambeando, ganándonos los soles. Conversar con el Capitán, oír sus narraciones de las aventuras vividas en su juventud. Yo le escuchaba dichoso, veía en él a una persona extraordinaria, conocedora de la vida, que nos brindaba sanos consejos. No como tú, que te pasaste todo el tiempo de impertinente, considerándolo malo, que propiciaba en nosotros un incentivo a la perdición de muchachos. No comparto contigo esa inquietud, por eso me apeno.

Oigo llover en estos momentos, cuatro tormentas se anticiparon ya desde temprano. Qué frío que hace, me estrujo todavía. Puedo decir que estoy enojado contigo. Para joder y mandar indirectas, eres la peor mierda. Cualquier hueveras se da cuenta de eso. Preguntarás: por qué reventé. Habías llegado a mi punto máximo, sábelo. Te partí la cara, te saqué la pa-

rinpanpuctetumadre, por lo que me llamaste Burro. Tengo sí la verga del burro, pero no su cerebro. Sé que te estás riendo, intelectualito de mierda. ¿Sigues pensando en tu sueño? Además, sabes que esa chapa de Burro no me gusta. Si razonaste algo de la escuela, mejor lo dejamos ahí.

Sofía, la linda, ¿no? Así que te la fastidiabas a es- condidas, mentiroso. Me cuesta creerte, y me da risa. Solo eras un templado de mierda. Qué te iba a dar bola, tan guapa la mocosa, tan poquísimas veces que se dejó ver. Ahora la lluvia cae con fuerza, corre el agua por las avenidas, Juan. Sopla el viento, chilla, si lo oyeras, es un paraguas nuestra pensión. Veo aso- marse al Alejandro que se viene jalando algo.

Sinceramente, JC, ya no sé qué decirte. O lo poco que sé es para hacértelo saber. Pepín me cayó la se- mana pasada. Caray. Llegó tremebundo. Mierda. ¡Lo matamos al negro Armando! Lo victimamos. ¡Somos unos asesinos malparidos! 'Parinpanpuctesumadre', no lo puedo creer'. "Sí, le dimos vuelta". *Era lo que au- gurábamos, se cumplió para mal. Nos lo cargamos al negro, en esa noche, con esa fachosa luna muerma, ¡lo matamos!*

Tiemblo Juan. Acaba de reventar otro trueno, me muero de miedo amigo. Yo, nada más, quería devol- verle lo que me hizo, pero se me pasó la mano. Quería plantárselo en la pierna, me traicionó el pulso, y se fue para su estómago. ¿Ahora? ¿A las finales? Estás echándome la culpa. ¿Acaso tú no metiste la mano? ¿No le reventaste la cabeza, hueveras? Eso tampoco lo dices, te lo guardas, piensas que nadie se ha gana- do. Todos estamos con un pie adentro y embarrados.

Así, si a uno de nosotros le pasa algo, todos corremos la misma suerte. ¡Maldito cumpleaños! Era para irnos a descansar ya, si estábamos mamadotes. ¿Por qué la seguimos? Mierda. Ya nos jodimos, cualquier rato nos pescan y nos enchironan. Desaparecidos estamos mejor. Perdernos unos años, hasta que las aguas vuelvan a su cauce normal, y olvidarnos del puerto un buen tiempo, hasta que la gente se olvide, sería lo más recomendable".

www.ingramcontent.com/pod-product-compliance
Lightning Source LLC
Chambersburg PA
CBHW052020240626
47153CB00006B/1884